책은 도끼다

박웅현
인문학
강독회

책은 / 도끼다

인티N

재출간에 덧붙여

12년 만에 책을 찬찬히 들여다보았다.
어딘가에는 호들갑이 있었고
어딘가에는 무심함이 있었다.
손 닿는 데까지 만져보았지만
여전히 아쉬움이 없지 않다.
믿고 의지할 수 있는 건 그저
독자분들의 넓은 마음뿐이다.

— 2023년 여름, 박웅현

일러두기

- 각 장에서 소개하는 도서와 인용문은 저자가 소장한 책을 기준으로 했으며, 각 도서의 발행연도는 초판 1쇄 발행연도로 실어두었습니다. 개정판이 나온 책의 경우에는 개정판 정보도 함께 실었습니다.
- 각 장에서 소개하는 도서 중 절판된 것은 별도로 표기하지 않았습니다.

울림의 공유

우리가 읽는 책이 우리 머리를 주먹으로 한 대 쳐서 우리를 잠에서 깨우지 않는다면, 도대체 왜 우리가 그 책을 읽는 거지? 책이란 무릇, 우리 안에 있는 꽁꽁 얼어버린 바다를 깨뜨려버리는 도끼가 아니면 안 되는 거야.

— 1904년 1월, 카프카가 친구 오스카 폴락에게 보낸 편지 중에서

내가 읽은 책들은 나의 도끼였다. 나의 얼어붙은 감성을 깨뜨리고 잠자던 세포를 깨우는 도끼. 도끼 자국들은 내 머릿속에 선명한 흔적을 남겼다. 어찌 잊겠는가? 한 줄 한 줄 읽을 때마다 쩌렁쩌렁 울리던, 그 얼음이 깨지는 소리를.

시간이 흐르고 보니 얼음이 깨진 곳에 싹이 올라오고 있었다. 그전에는 보이지 않던 것이 보이고, 느껴지지 않던 것이 느껴지기 시작했다. 촉수가 예민해진 것이다.

"콩나물 줄기 속에 물기가 가득하구나!"

"단풍잎의 전성기는 연둣빛일 때구나!"
"그 사람의 그 표정이 그런 의미였구나!"

예민해진 촉수가 내 생업을 도왔다. 감각이 날카로워진 촉수
는 광고 아이디어를 내야 하는 회의실에서 내가 열 수 있는 거의
유일한 문이었다. 무엇보다 내 하루하루를 행복하게 했다. 신록(新
綠)에 몸을 떨었고, 빗방울의 연주에 흥이 났다. 타인의 언행에 좀
더 관대해졌고 늘어나는 주름살이 편안해졌다.

머릿속 도끼질의 흔적을 사람들과 공유하고 싶었다. 경기창조
학교 프로그램의 일환으로 2011년 2월 12일부터 6월 25일까지 강
독회를 진행하며 3주마다 토요일에 학생들과 만났다. 냉정한 겨
울에서 찬란한 봄을 거쳐 맹렬한 초여름까지, 나의 도끼였던 책들
과 나의 독법(讀法)을 이야기하는 자리였다. 그러나 어차피 독법에
정답은 없으니 이것은 그저 나의 독법일 뿐이다.

종이 낭비가 되지 않을까 하는 우려를 무릅쓰고 그 강독을 책

으로 묶어내는 이유는, 이 책이 다른 책으로 가는 다리가 될 수 있으리라는 작은 기대 때문이다. 말하자면 나의 도끼였던 책들을 독자 분들에게 팔아보고자 하는 의도인 셈이다. 나는 결국 광고인이니까. 인간에게는 공유의 본능이 있다. 울림을 공유하고 싶다.

— 2011년 가을, 박웅현

차 례

Contents

재출간에 덧붙여 • 5

저자의 말 | 울림의 공유 • 7

1강 ─ 시작은 울림이다   13

2강 ─ 김훈의 힘, 들여다보기   53

3강 ─ 알랭 드 보통의 통찰   99

4강 ─ 햇살의 철학, 지중해의 문학   141

5강 ─ 참을 수 없는 존재의 가벼움   199

6강 ─ 불안과 외로움에서 당신을 지켜주리니,
      안나 카레니나   255

7강 ─ 삶의 속도를 늦추고 바라보다   301

시작은
울림이다

이 장에서 소개하는 책들

· 이철수

- 『산벚나무, 꽃피었는데 — 이철수 신작 판화 100선전』, 학고재, 1993.

- 『마른풀의 노래』, 학고재, 1995.

- 『이렇게 좋은 날』, 학고재, 2000.

· **최인훈**, 『廣場/九雲夢』, 최인훈 전집 1, 문학과지성사, 1976.

· **이오덕**(엮음), 『나도 쓸모 있을걸』 (개정판), 이혜주 그림, 창작과비평사, 1991.

반갑습니다. 광고 만드는 박웅현입니다. 광고하는 사람이 '창의력'이 아닌 '인문학' 강의, 그것도 '책 이야기'를 하는 이유가 무엇인지 궁금하실 겁니다. 창의성이 필요하다는 광고를 30년 가까이 만들 수 있었던 바탕에는 인문학이, 그리고 그 중심에는 책이 있었습니다. 물론 그림, 음악, 영화 등에서도 분명 많은 영감을 얻고 영향을 받았습니다. 하지만 서로 소통하고 교감하기에 책만 한 것이 없다고 생각합니다.

강의에 오신 분들이나 이 강의 내용을 책으로 읽게 될 독자분들 중에는 저보다 인생의 폭도 넓고, 독서량도 많은 분들이 있을 겁니다. 혹은 저보다 어리다면 제 나이쯤 이르렀을 때 저보다 훨씬 많은 책을 읽을 분도 있을 거고요. 그분들 앞에서 함부로 책 이야기를 해도 될까 우려가 앞섭니다만, 제가 읽고 느낀 것을 진심으로 전달하면 되지 않을까 싶습니다. 여러분과 만나면서 이전에 제가 책을 읽으며 놓쳤던 것을 알아내고, 그 안에서 새로운 것을 발견했으면 합니다. 만남은 3주 간격으로 준비했습니다. 그 사이에 제가 말씀드리는 책에 관심이 생긴다면 읽어보시길 바랍니다. 여러분이 그 책들을 읽고 새로운 것을 발견해 제가 놓친 것을 잡아주면 좋겠습니다. 그렇게 서로 감동을 주고받았으면 합니다.

저는 여느 독서가들과 비교했을 때 독서량이 평균에 미치지 못할 겁니다. 읽은 책들을 매번 메모해놓는데, 통계 내보면 1년에 30~40권 정도 읽습니다. 한 달에 세 권 정도 읽는 셈이니 독서량이 많은 편은 아니죠. 그 대신 저는 책을 깊이 읽는 편입니다. 한 문장 한 문장 꼭꼭 눌러 읽습니다. 책을 읽으면서 좋은 부분, 감동받은 부분에 줄을 치고, 한 권의 책 읽기가 끝나면 줄 친 부분을 따로 옮겨 놓는데요. 이 강의의 목표는 이런 방식의 책 읽기를 통해 제가 느낀 '울림'을 여러분에게 전달하는 것입니다. 또 다른 목표 하나는 여러분이 제가 소개하는 책을 사고 싶게 만드는 겁니다. 결국 저는 광고하는 사람이니까요. (웃음)

파도타기를 해보진 않았지만 책 읽기는 파도타기와 비슷하지 않을까 싶습니다. 파도타기는 잘하면 재미있지만 잘못하면 물만 먹게 되죠. 책도 마찬가지 아닐까요? 어떤 책은 찍어 읽어야 하고, 어떤 책은 흘려 읽어야 하고, 어떤 책은 문맥으로 읽어야 하는데 그게 잡히지 않으면 책이 재미없어집니다. 그래서 저는 누군가가 이렇게 물만 먹다 포기할까 봐 함부로 책을 추천하지 않습니다. 예를 들어 누군가 제게 어떤 책이 좋은지 물었는데 대뜸 제가 좋아하는 『현대 물리학과 동양사상』을 추천했다고 칩시다. 물론 어떤 사람은 그 책에서 저와 같은 감동을 받을 수도 있지만 어떤 사람은 어려워하며 지레 포기할 수도 있습니다. 잘못된 추천으로 책을 덮어버리게 할 수 있죠. 하지만 천천히 시간을 두고 이야기하면서 준비 운동을 제대로 하면 대부분은 파도 위에서 물살을 즐길 수 있습니다.

사실 이 강의의 모태가 되었던 것은 딸과 함께한 독서 수업입니다. 지금은 성인인 제 딸이 고등학생일 때의 일입니다. 어느 날 딸아이가 친구들이 과외를 한다며 이야기하는데 그 비용을 듣고 입이 떡 벌어졌어요. 여름방학 두 달 간 하는 논술 과외 비용이 대학 등록금 서너 배에 가까운 금액이었습니다. 세상이 미쳤구나 싶더군요. 그래서 딸에게 "그 과외 아빠가 해줄게" 했습니다. 그리고 매주 일요일 오후 1시부터 3시까지 8주 동안 딸아이와 딸의 친구 둘을 집으로 불러 제가 읽은 책들을 설명해줬습니다. 처음에는 어려워할 줄 알았는데 차근차근 해나가니 재미있어 하더라고요. 그 경험을 계기로 이런 강의를 구상하게 됐습니다. 다른 분들에게도 제게 울림을 준 책들을 소개해서 좀 더 많은 사람이 책 읽는 즐거움을 느꼈으면 싶었어요.

이제 저에게 울림을 주었던 책들을 말씀드릴 겁니다. 제가 김훈을 왜 좋아하는지, 알랭 드 보통에 왜 빠지는지, 실존주의 성향이 짙은 지중해 풍의 김화영, 알베르 카뮈, 장 그르니에, 니코스 카잔차키스에 왜 전율하는지를요. 그리고 아무도 이길 수 없는 '시간'이라는 시련을 견뎌낸 고전의 훌륭함에 대해 이야기할 겁니다.

오늘은 첫 시간으로 제가 어떤 방식으로 어떤 것에 감동받는지 설명해볼까 합니다. 그러기 위해 준비한 책이 이철수 판화가의 판화집 세 권(『산벚나무, 꽃피었는데』『마른풀의 노래』『이렇게 좋은 날』)과 소설가 故 최인훈의 「광장」, 교사이자 작가였던 故 이오덕 선생이 엮은 『나도 쓸모 있을걸』입니다. 오늘 제가 성공한다면 이 시간이 끝나고 여러분이 제가 말씀드린 책들을 찾아보지 않을까요?

판화가 이철수의 다른 시선

어느 날 동료의 책상 위에 놓여 있던 이철수의 판화집 『산벚나무, 꽃피었는데』를 보고 무심히 책장을 넘겼는데, 몇몇 페이지에서 마음이 멎었습니다. 청각을 기막히게 시각화해낸 표현, 제가 그동안 지나쳤던 것에 대한 세심한 시선이 단박에 저를 사로잡았습니다. 그 책으로 이철수를 처음 접하고 『마른풀의 노래』, 『이렇게 좋은 날』까지 구입해 읽었는데요. 두 판화집 모두 한 페이지도 그냥 넘어가지지 않는, 책에 실린 모든 작품이 생각을 하게 하는 책이었습니다. 이 자리에서 몇몇 작품만 소개드려봅니다.

처음 소개해드릴 작품은 〈마음, 쏟아지는구나!〉입니다. 화면 하단을 채운 대나무 숲에서 수많은 점이 여백으로 날아올라갑니다. 여백은 하늘이고 점은 새입니다. 빈 공간이 하늘로 보이고, 그냥 찍어둔 듯한 점들이 떼지어 날아오르는 새로 보여요. 언젠가 경포대의 대나무 숲에서 수많은 새가 한꺼번에 하늘로 날아오르는 걸 보고 압도당한 기억이 있는데, 이 작품을 보는 순간 마치 그때 그 광경을 다시 마주한 것 같았습니다. 새가 쏟아지는구나, 대나무 숲에서 새가 다투어 몰려나오는구나. 내가 본 자연의 스케일을 다 잡아서 한 폭에 담아냈다는 것이 그냥 놀라울 뿐이었어요.

그리고 또 하나, 〈寂照(적조) — 햇살〉라는 작품이 있는데요. 화면을 가득 채우고 있는 건 태양빛입니다. 지면에 툭툭 친 선뿐이에요. 아래 구석에 위치한 나무도, 위쪽에 뜬 태양도, 내리쬐는 햇살도 전부 검은 선으로 단순하게 그려놨어요. 그냥 죽죽 그어 놓은 선이 전부인데 그 선이 진짜 햇살 같아요. 실제 눈에 보이는 3차원의 넓은 스케일을 2차원의 좁은 지면에 집약해놓은 힘이 대단합니다. 제가 뉴욕에서 유학할 때 한 수업에서 생략과 여백의 미(美)에 대해 발표하면서 이 작품을 보여준 적이 있어요. 그때 그 자리에 있던 교수와 학생들 모두 용감하고 대담한 표현이라며 놀라워했던 기억이 있습니다.

〈소리 — 다듬이〉는 청각을 시각화했다는 게 느껴지는 작품입니다. 단단해 보이는 다듬잇돌 위로 끊어 친 듯한 선 여러 개가 이쪽저쪽으로 정해진 방향 없이 뻗어 있는데요. 마치 다듬잇돌 두드리는 방망이 소리가 귓전에 울릴 것 같아요. 단순한 선으로 이렇게 온 감각을 일어서게 하는 것이 이철수의 판화입니다.

이철수는 원래 민중 판화를 했습니다. 독재정권 시대에 보이던, 다소 거친 느낌의 선 굵은 걸개그림 아시나요? 그런 부류의 작

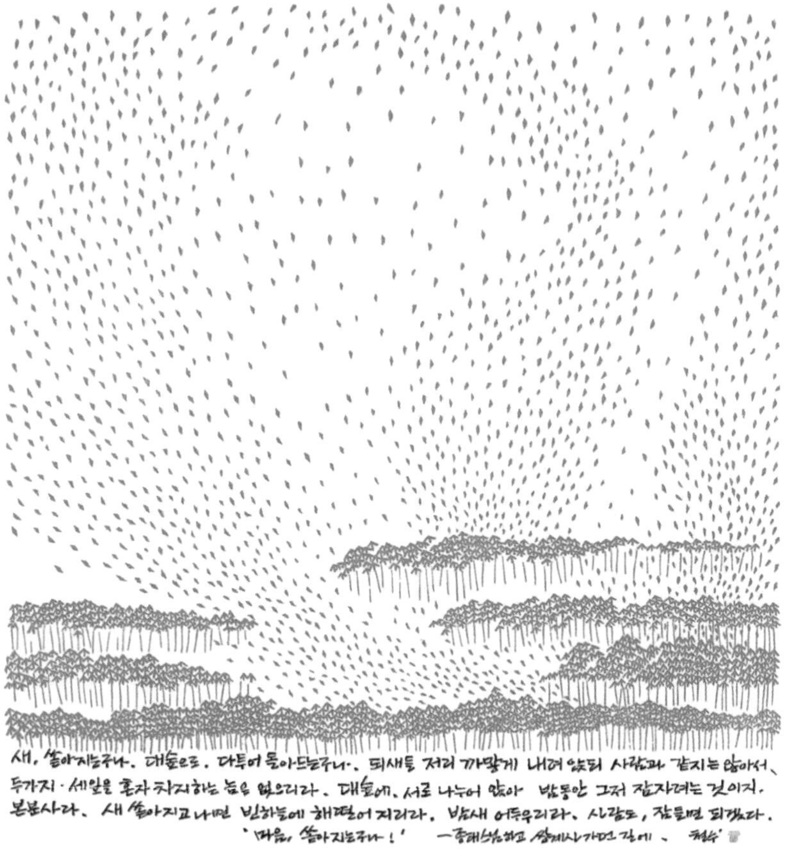

이철수, 〈마음, 쏟아지는구나!〉, 98.0×93.0cm, 1994년

품을 주로 했었지만 이데올로기의 시대가 지나가면서 다른 분위기의 작품을 만들어내기 시작합니다. 불교 쪽에 관심이 많아서인지, 선(禪)적인 담론이 담긴 작품이 많습니다. 무엇보다 매 작품에 덧붙인 짧은 글은 저에게 충격을 주었는데요. 1995년 판 『마른풀의 노래』는 읽고 책에 '족탈불급(足脫不及)'이라고 써놓을 정도였습니다. 아무리 애를 써도 따라갈 수 없다고 느꼈어요.

염주 끈이 풀렸다

나 다녀간다 해라

먹던 차는

다 식었을 게다

새로 끓이고,

바람 부는 날 하루

그 결에 다녀가마

몸조심들 하고

기다릴 것은 없다

이 글은 〈坐脫(좌탈)〉이라는 작품 속의 글로, 판화는 좌탈한 노승의 모습을 그리고 있습니다. 꼿꼿이 앉은 노스님 앞에는 작은 찻주전자가 놓여 있고 그 곁의 염주는 실이 풀려 염주알이 흩어져 있습니다. '좌탈'은 스님들이 앉아서 해탈하는 것을 말합니다. 저는 이 작품을 보고 좌탈이 어떤 것인지 아주 명료하게 알게 됐습니다.

장황한 설명으로도 갸우뚱하던 것이 단번에 이해가 됐어요.

　줄기에 매달린 땅콩과 땅에 떨어진 땅콩 몇 개가 그려진 〈땅콩〉이라는 작품에는 이렇게 쓰여 있습니다.

　　땅콩을 거두었다
　　덜 익은 놈일수록 줄기를 놓지 않는다
　　덜된 놈! 덜떨어진 놈!

　이 한 줄만으로도 '덜되다'라는 게 이런 말이구나 알 수 있지 않습니까? 익으면 떨어지는데, 익지 않아서 '덜떨어진다'는 겁니다. 이 한 줄이 자연 현상이 인간사로 넘어오는 순간입니다. 현기증 나는 차이가 느껴지시나요? 이철수는 동양철학과 서양철학, 동양과 서양의 삶의 태도를 가장 극명하게 비교해주기도 했는데요. 〈가을사과〉라는 작품에 쓰인 한 줄에서 그 사실을 엿볼 수 있습니다.

　　사과가 떨어졌다
　　만유인력 때문이란다
　　때가 되었기 때문이지.

　사과가 떨어지는 것은 만유인력 때문이라고 기어이 과학적으로 밝혀내고 마는 것은 서양의 장점입니다. 반면 동양의 장점은 때가 되어서 떨어지는 걸 왜 안달복달 난리들이야 하며 자연을 아우르는 철학에 있습니다. 과학적으로 끌고 온 서양의 담론과 노력은 인정하지만, 동양의 것은 이렇게 쾌도난마(快刀亂麻)의 느낌이에요. 칼로 퍽 쳐서 꼬인 실타래를 단숨에 확 풀어버리는 맛이 있죠. 서양의 장점이 준 문명적인 혜택, 충분히 많습니다. 하지만 그것은 지금의 자연 재앙도 가져왔죠. 그래서 이제 자연 현상을 '때가 되었기 때문'이라고 파악하는 동양의 지혜가 힘을 발휘해야 할 때라고 생각합니다. 저는 이런 것이 통찰인 것 같습니다.

사람들이 저에게 창의력이 무엇이냐고 자주 묻는데, 저는 이런 통찰이 창의력이라고 생각합니다. 저도 사과를 많이 봤지만 이철수와 같은 생각은 한 번도 해본 적 없습니다. 같은 것을 보고 다른 것을 생각할 줄 아는 것이 이들의 힘입니다.

> 논에서 잡초를 뽑는다
> 이렇게 아름다운 것을.
> 벼와 한논에 살게 된 것을 이유로
> '잡'이라 부르기는 미안하다
> ― 〈이쁘기만한데…〉

이것도 참 좋은 한 줄입니다. 논 주변의 풀을 보고 잡초라고들 하는데, 이것은 벼의 관점으로 보았기 때문에 다른 풀이 잡(雜)이 된 겁니다. 풀의 입장에서는 얼마나 기분 나쁘겠습니까? 〈가난한 머루 송이에게)라는 작품도 비슷한 맥락에서 눈여겨볼 만합니다. 가느다란 가지 끝에 열다섯 개의 작은 머루 송이가 달려 있는데 누군가가 머루 송이에게 겨우 요거 달았냐고 물어요. 머루 송이는 뭐라고 답했을까요?

최선이었어요…

그 대답에 질문한 이는 비난의 시선을 거두고 사과합니다.

그랬구나…
몰랐어. 미안해!

그렇죠. 우리는 적은 머루 송이를 보고, 요만큼밖에 못 달았냐고 혀 차는 소리를 하는데 머루 나무 입장에서는 그 열다섯 알이 최선을 다한 거였을 겁니다. 그래서 인간의 관점으로 적다고 말해서 미안하다고 사과하는 거죠. 우리는 무심하게 흘려넘기지만 이철수는 사방 모든 것에서 스토리를 찾아냅니다.

이번에는 〈작은 선물〉이라는 작품을 볼까요? 작고 붉은 알 하나가 놓여 있고, 그 아래에 "꽃 보내고 보니 놓고 가신 작은 선물"이라고 쓰여 있습니다. 이 작은 붉은 알이 무엇인 것 같습니까? 꽃이 놓고 가신 선물이라는데 뭘까요? 바로 "향기로운 열매"랍니다. 탄성이 절로 나오죠? 이렇게 뜻밖의 시선에 놀라고 나면 그 다음부터는 저도 길가의 관목을 지나칠 때 작은 열매를 그냥 보아넘기지 않습니다. 아, 이 자리에 꽃이 있었겠구나 생각하게 됩니다. 이철수의 책은 이렇게 평소에 보지 못하던 걸 보게 만들어줍니다. 그래서 참 고맙습니다. 인간의 글 속에 자연을 해석하기 위한 노력을 담는 것이 쉽지는 않을 텐데 말입니다.

소설가 김훈에 따르면 글쓰기는 '자연 현상에 대한 인문적인 말 걸기'라고 합니다. 자연은 자연이고 인간의 글은 인문(人文)이잖아요. 그런데 자연을 해석하려고 인문이 노력한다는 겁니다. 쉽지 않죠? 조금 설명을 덧붙인다면, 예전에는 김소월의 「산유화」라는 시를 좋은 줄 모르고 들었습니다. "산에는 꽃 피네 꽃이 피네 갈 봄 여름 없이 꽃이 피네"라는 구절을 보고도 '그게 뭐야, 당연히 산에 꽃이 피지 뭐' 했어요. 그런데 『자전거 여행 2』에서 김훈이 이렇게 안내해줬습니다. "'산에는 꽃피네, 꽃이 피네'라고, 김소월이 그 단순성의 절창으로 노래할 때도, 그 노래는 말을 걸 수 없는 자연을 향해 기어이 말을 걸어야 하는 인간의 슬픔과 그리움의 노래로 나에게는 들린다"라고 말이죠. 멋진 걸 보고 "우와!"라는 표현밖에 하지 못하는 사람과 다르게 시인은, 소설가는 기어이 말을 걸고 싶은 인문적인 갈증이 있는 겁니다. 김훈의 이야기를 듣고 보니 이 시가 다시 보였습니다. 이철수의 말 걸기도 훨씬 잘 이해가 됐고요.

자, 다시 이철수로 돌아가볼까요? 삼층석탑이 그려진 판화〈감은사지에서 듣는다〉에는 이런 글이 쓰여 있습니다.

어찌 오셨는가?

방금들 많이 다녀가셨지…

흔하게 많이 오는

그 사람이신가?

탑이 하는 말이죠. 이 작품은 여덟 개의 무심한 선으로 삼층석탑을 표현했는데 감동적이에요. 우리는 모두 이 탑을 처음 보러 가지만 천 년 가까이 그 자리에 있던 감은사의 탑은 사람이 지겹지 않을까요? 천 년이 넘는 세월, 매일 비슷한 모습의 사람들이 찾아와 비슷한 짓을 하고 갔을 테니 말입니다. 아! 감탄하고 돌아서고, 또 다를 것 없는 인간들이 몰려와 한 바퀴 돌아보며 아! 하고 가고 말이죠. 이런 시선, 관점의 변화 같은 것이 책을 읽으면서 조금씩 훈련됩니다. 인간 중심의 시선을 밖으로, 주변으로 돌릴 수 있게 되는 것이죠.

이철수는 이런 말도 합니다.

깊은데

마음을 열고 들으면

개가 짖어도

법문

— 〈개소리〉

저는 이 한 줄에 크게 동감했습니다. 개가 짖는 소리에서 법문을 들을 정도면 얼마나 풍요로운 삶이겠습니까? 이런 삶이 있어야 하지 않겠습니까? 마음을 열고 들으면 개가 짖는 소리도 법문처럼 들릴 수 있지만, 마음을 닫고 들으면 어떤 좋은 얘기라도 개 짖는 소리로만 들리는 피폐한 삶을 살게 될 테니 말입니다.

다음은 〈길에서〉라는 작품 속에 담긴 글입니다.

성이 난 채 길을 가다가, 작은 풀잎들이 추위 속에서 기꺼이 바람 맞고 흔들리는 것을 보았습니다. 그만두고 마음 풀었습니다.

상상해보세요. 어느 추운 날, 어떤 이유로 잔뜩 화가 나서 걸어가는데 길가의 작은 풀들이 세찬 바람을 맞으면서 견디는 걸 본 겁니다. 그 연약한 풀들이 얼마나 힘들겠어요. 추위와 바람이 얼마나 야속하겠어요. 그런데 화 내지 않고 그냥 견디잖아요? 그 모습을 보고 자신을 돌아본 겁니다. '얼마나 대단한 일이라고 이렇게 화 내서 뭘 하겠어' 생각한 거죠. 저도 종종 인터뷰할 때 "힘들 때 어떻게 하냐"라는 질문에 그냥 "견딘다"라고 답합니다. 어쩌겠어요. 사람은 갈수록 이기적이 되어가지만 이런 글을 통해서 동식물에게 삶의 태도를 배우게 됩니다.

이와 유사하게 제가 좋아하는 또 다른 문장이 있습니다. 김훈의 『풍경과 상처』 속 "꽃잎 쏟아지는 벚나무 아래서 문명사는 엄숙할 리 없었다"라는 문장입니다. 우리는 우리의 문명사만 엄숙하다고 하잖아요. 그러나 경이로운 자연 앞에서 나 하나의 인간사가 전부가 아닙니다. 4월 말, 봄이 본격적으로 제 모습을 드러낼 때의 연둣빛을 상상해보세요. 깜깜하고 메마른 땅에 기적같이 올라오는, 모두 다 초록이지만 전부 초록은 아닌, 엄청난 연둣빛의 세상 말입니다. 그런 날 인간의 감정이 뭐 얼마나 대단하냐는 얘기입니다. 프레젠테이션에서 한두 마디 더하는 것이 뭐가 중요하냐는, 인간 중심으로만 세상을 보지 말라는 일침으로 들려서 이 구절을 읽을 때마다 숙연해지기까지 합니다. 이렇게 이철수의 판화집에서 만난 '울림'은 가지를 뻗어 다른 문장을 만날 때 똑같은 혹은 더 큰 감동을 줍니다.

무엇보다 이철수의 판화집은 광고 일을 하는 저에게 업무적으로도 도움이 참 많이 됐습니다. 마음을 먼저 빼앗은 것은 작품 속에 새겨진 글이었지만, 자세히 들여다보니 레이아웃도 안정감 있고 정돈되어 있었어요. 전체적으로 굉장히 훌륭했죠. 바디 카피와 이미지의 구성을 늘 고민해야 하는 제 입장에서 공부하기 좋은 견본이었습니다. 이런 레이아웃은 이철수의 판화뿐만 아니라 우리나라의 동양화에서도 찾아볼 수 있는데요. 작품마다 낙관의 위치가 모두 다른데, 각 작품과 꼭 맞는 자리에 낙관이 찍혀 있다는 것도 신기한 일입니다. 광고를 공부하는 학생이라면 동양화의 세밀한 구성을 눈여겨보는 것도 좋을 것 같습니다.

운문처럼 쓴 최인훈의 산문

이철수가 그림과 텍스트를 함께 두고 단 한 줄로 충격을 주었다면, 최인훈의 「광장」은 산문 곳곳에 운문처럼 배치한 문장들로 충격을 주었습니다. 이 책은 시처럼 쓴 소설이라는 생각이 들 정도였는데요. 산문은 운문에 비해 술술 읽히기 마련인데, 최인훈의 「광장」은 산문임에도 불구하고 곳곳에서 문장이 각인되는 소설이었습니다. 이런 구절이 있습니다.

늙은 군인이 훈장 자랑하듯

늙은 군인이 훈장 자랑하는 모습을 생각해보세요. 막걸릿잔을 앞에 놓고 무용담을 들려주는 모습이 연상되지 않나요? 전성기를 가졌던 사람의 모습이 이 한 구절에 다 담겨 있어요. 이 평범한 서술문에서 폭넓은 삶의 결을 느낄 수 있습니다.

다음 문장은 제가 우리 딸에게 자주 들려줬던 건데요.

삶은 실수할 적마다 패를 하나씩 빼앗기는 놀이다.

삶에서 실수는 필수불가결한 것입니다. 그러나 줄여야 하죠. 하나의 실수로 인해 하나의 가능성이 없어지기 때문입니다. 나폴레옹의 말대로 "지금 나의 불행은 언젠가 내가 잘못 보낸 시간의 결과"라는 의미입니다. 돌아보면 정말 그렇습니다. 내가 중·고등학교 때 했던 어떤 행동이 5년 후의 나와 연결되거든요. 인생에 정말 공짜란 없습니다. 그걸 최인훈의 한 마디를 통해 배웠어요.

보고 만질 수 없는 〈사랑〉을, 볼 수 있고 만질 수 있게 하고 싶은 외로움이, 사람의 몸을 만들어낸 것인지도 모른다.

이 구절을 읽는 순간 이것이 글의 힘이라는 걸 느꼈습니다. 사랑이 먼저라는 이야기입니다. '사랑'이 먼저 존재했는데 사랑은 보이지도 않고 만져지지도 않는 겁니다. 그런데 이것을 보고 싶고 만지고 싶어서 사람의 몸이 만들어졌다는 거죠. 정말 아름다운 시선 아닙니까? 지금 말씀드린 것들은 「광장」 속의 단 몇 구절일 뿐입니다. 이 책 속에는 더 대단하고 아름다운 문장들이 숨어 있습니다. 그것을 찾아내면서 행복하다고 느꼈습니다. 같은 사람으로서 어떻게 이런 생각을 할 수 있을까, 배가 아프기도 했고요.

사랑 이야기가 나와서 말인데, 어느 날 사랑에 관해 최인훈과 완벽히 반대 시선에 있는 김훈의 글을 읽었습니다. "인간은 기본적으로 입과 항문이다. 나머지는 다 부속기관이다"라는 문장입니다. 영적인 사랑이 있어서 몸이 만들어졌다는 최인훈의 이야기와 전혀 상반되지만 이것도 맞는 말입니다. 냉정하게 말하면 인간은 먹고사는 게 다죠. 숨 쉬어야 하니까 폐가 생겼고, 뭔가를 잡아먹어야 하니까 손과 발이 생긴 것이고, 동물에게 힘으로는 못 이기니까 머리가 커진 것이고, 종족 번식을 해야 하니까 섹시하게 보이려고 노력하게 된 거죠. 그런 시선으로 보면 입과 항문이야말로 생존의 근간이라는 이야기입니다. 이 한 마디는 아까 사랑을 이야기하던 인간을 완전히 동물의 수준으로 끌어내립니다. 그래서 최인훈의 문장을 읽고 김훈의 문장을 읽으면 엠파이어스테이트 빌딩 꼭대기에 있다가 갑자기 지하 20층까지 떨어지는 것 같아요. 현기증 나는 경험을 두 작가를 통해서 하게 되죠.

몸은 길을 안다.

이 짧은 문장 속에도 많은 이야기가 있습니다. 먹고 싶은 것을 먹는 것만큼의 다이어트가 없다고 하죠? 어려서 채소를 먹지 않다가 나이가 든 뒤에 나물을 좋아하게 되는 것은 몸이 요구하기 때문이랍니다. 그런 측면에서 몸은 길을 안다는 거예요. 일본 작가 마루야마 겐지도 비슷한 얘기를 했는데요. 영혼에 집중하는 건 육체와 헤어진 다음에도 할 수 있으니 살아 있는 동안에는 육체에 집중하겠다고요. 인간이 실존과 실제를 무시하고 영혼과 사상만 중시하는 것에 반대하는 의미에서 한 말인데 다시 한번 삶의 방식에 대해 생각해보게 됩니다.

앞의 문장들을 무심히 넘기면 아무것도 아닌 것 같은데 꼼꼼히 눌러 읽으면 새로운 시선을 느낄 수 있습니다. 저는 「광장」을 두 번 읽었지만 다시 읽으면 또 다른 보석을 찾아낼 것 같습니다.

저는 책 읽기에 있어 다독 콤플렉스를 버려야 한다고 생각합니다. 올해 몇 권 읽었는지 자랑하는 책 읽기에서 벗어났으면 합니다. 1년에 다섯 권을 읽어도 거기에 줄 친 부분이 얼마나 되는지가 중요한 것 같습니다. 줄 친 문장은 '울림'을 준 문장입니다. 그 울림이 있느냐 없느냐가 중요한 것이지 몇 권을 읽었는지 그 숫자는 의미 없다고 봅니다. 많이 읽고도 기억나는 문장이 한 줄도 없는 것과 한 권을 읽더라도 "몸은 길을 안다"와 같은 구절 하나를 건져 내는 것은 큰 차이가 있습니다.

이오덕이 엮은 창의성의 보고

『나도 쓸모 있을걸』은 평생을 아동문학가이자 교육자로 살았던 이오덕 선생이 아이들을 가르치면서 만난 아이들의 시를 모아 엮은 책입니다. 정말 재미있습니다. 이 책 속의 아이들이야말로 창의적인 일이나 새로운 발상이 필요한 사람에게 스승입니다. 한 번 보시겠습니까?

엄마, 엄마,
내가 파릴 잡을라 항깨
파리가 자꾸 빌고 있어.
— 경화 봉화 삼동국교 1년 이현우, 「파리」

이건 어른에게서는 나오지 않는 시선입니다. 어른들은 앉아 있는 파리를 발견하면 관찰하기보다 잡을 생각을 먼저 하니까요. 순진무구하고 신선한 시선만이 발견할 수 있는 순간이죠. 내가 무심히 지나친 것을 새롭게 봐줬다는 것이 감탄스러워요.

비가 내리는 들판에 할미꽃이 하나 서 있습니다. 우리는 아마 있는지도 모르거나 알아도 그냥 지나칠 거예요. 그런데 또 다른 아이는 이렇게 이야기합니다.

> 할미꽃이
> 비를 맞고 운다.
> 비가 얼마나 할미꽃을 때리는동
> 눈물을 막 흘린다.
> ― 안동 대곡분교 3년 이성윤, 「할미꽃」

할미꽃에 떨어지는 빗물을 눈물로 본 겁니다. 글이 아주 현장감 있어요. 줄기가 약해서 마구 흔들리며 비를 맞고 고개를 떨군 꽃을 보고 감정이입한 거예요. 이런 아이들이 창의적인 것이죠. 풀에 감정이입하는 능력이 있으니까요. 제가 갖고 싶고 또 가져야 하는 능력을 실제로 가진 아이들입니다. 이런 아이들이 카피라이터로 함께한다면 행복하게 일할 것 같습니다.

신은 장사다.

신은 사람을 든다.

　　― 성주 대서국교 4년 이흔덕, 「신」 중에서

다들 신발 신고 계시죠? 어떤 친구가 신발에 대해 쓴 시입니다. 우리는 이런 생각을 쉽게 못 해요. 우리의 관점에서 보니까요. 하지만 이 아이는 신발의 관점에서 본 거죠. 창의적인 생각이 '뒤집어 보기'라고 한다면 이 또한 아주 창의적인 발견입니다.

고기는 이상하다.

물속에서 숨을 쉰다.

　　― 안동 대성국교 2년 박주극, 「고기」 중에서

이 또한 다른 시선으로 세상을 본 겁니다. 어른들은 다 알죠. 물고기는 아가미가 있고, 그래서 물속에서 숨을 쉴 수 있다는 것을 이론적으로 알기 때문에 '지식'으로 세상을 봅니다. 하지만 아이들이 보기에는, 나는 물속에서 숨을 못 쉬겠는데 물고기는 숨을 쉬니까 이상한 거예요. 지식이 아니라 '감성'으로 본 겁니다.

또 어떤 친구는 완행버스를 이렇게 얘기합니다. 관점의 변화가 부러운 시 중 하나인데요. 이 아이의 안내를 받고 보니 완행버스가 예뻐 보이더군요.

가다가 손님 오면

고약한 직행은 그냥 가고요,

인정 많은

완행은 태워줘요.

달리기는 직행이 이기지만,

나는 인정 많은 완행이 더 좋아요.

　　　　　－ 의성 이두국교 5년 박희영, 「버스」 중에서

피카소가 이런 얘기를 했다고 합니다. 정교한 그림을 그리는
건 힘들지 않았지만 다시 어린아이가 되는 데는 40년이 걸렸다고
요. 우리는 보통 어린아이는 아무것도 모르고 초등학교, 중학교,
고등학교, 대학교로 넘어가면서 지식이 쌓인다고 생각합니다. 그
런데 사실 지식을 얻는 대신 가능성을 내주는 겁니다. 지식을 쌓으
면서 놓치는 많은 부분을 그 누구도 보고 있지 않는 것 같습니다.

　우리나라에 끊임없이 '신동'이 나오는 것도 바로 이 때문이
아닐까요? 일곱 살에 악기를 화려하게 연주하는 아이를 발견하면
천재라고 부르면서 바로 기술을 가르칩니다. 그런데 그 기술이 느
는 것은 스무 살, 서른 살이 되면 멈춥니다. 오스트리아에 있는 한
음악학교에서는 어린아이들에게 악기 연주를 시키는 대신 아이들
을 데리고 밖으로 나가 자연의 음을 들려준다고 합니다. 예를 들어

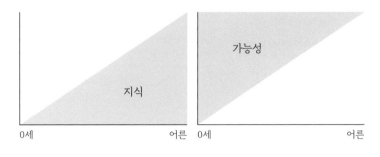

바닷가에 가서 큰 돌과 큰 돌이 부딪치는 소리, 큰 돌과 작은 돌이 부딪치는 소리, 파도 치는 소리를 들어보고 이야기 나누는 것이죠. 이처럼 음에 대한 새로운 생각이 중요한데 우리는 기술만 가르치고 있으니까 우리의 교육이 문제가 되는 게 아닌가 하는 생각도 듭니다. 돌아가서, 아이들 시 재미있죠? 몇 작품 더 읽어보겠습니다.

이슬은
반짝반짝 빛나는
보석 눈망울
가지고 있다.
그 눈만 팔면
부자가 되는데
마음 착해서
안 판다.
— 안동 대성국교 5년 손후남, 「이슬」

시골집 선반 위에

메주가 달렸다.

메주는 간장, 된장이 되려고

몸에 곰팡이가

피어도 가만히 있는데

(전 이 구절을 정말 좋아합니다.)

우리 사람들은

메주의 고마움도 모르고

못난 사람들만 보면

메주라고 한다.

　　─ 부산 감전국교 6년 이경애, 「메주」

껌은 빳빳하지요.

그러나 입 속에 넣으면

사르르 녹지요.

아무리 나쁜 사람도

껌과 같지요.

모두가 나쁜 사람이라고

팽개쳐 버려도

누군가 사랑하는 마음으로

감싸 주면

껌과 같이 사르르 녹겠지요.

딱딱한 마음이

껌과 같이 되겠지요.

　― 부산 감전국교 6년 김경숙, 「껌 같은 사람」

　제가 나중에 언급하게 될 톨스토이의 소설 『안나 카레니나』에는 악인과 선인이 따로 존재하지 않습니다. 사람은 그렇게 개념 정리될 수 있는 존재가 아니기 때문입니다. 진짜 껌 같은 거죠. 그러고 보니 이 아이는 『안나 카레니나』를 읽었을 수도 있겠네요. (웃음)

　톨스토이는 그의 다른 소설 『부활』에서 "인간은 흐르는 강물과 같다"라고 했습니다. 사람은 함부로 판단하면 안 됩니다. "아, 난 지지리 운도 없어. 내 주변엔 나쁜 놈들만 나타나"라고 말하는 사람이 있다면, 그 사람이 성격이 나쁜 사람입니다. "나는 인복이 많아, 내 주변 사람은 다 나에게 잘해줘"라고 말하는 사람은 본인이 성격 좋은 사람입니다. 여기에는 한 치의 오차도 없습니다. 왜냐하면 똑같은 박웅현이라도 저에게 강하고 못되게 구는 사람이 있으면 덩달아 세집니다. 하지만 저를 착하게 대하는 사람을 만나면 잘해주고 싶어요. 사람은 물입니다. 물은 조용한 데 이르면 조용히 흐르고, 돌을 만나면 피해서 돌아가고, 폭포를 만나면 떨어지죠. 규정된 성격이 없습니다. 그래서 톨스토이 소설에 악당이 없다는 건데 이 아이의 시가 딱 그 이야기입니다. 이렇게 보면 정말 사방 천지의 모든 것이 선생입니다. 강호의 고수도 셀 수 없이 많고요. 아이들까지 이런 시를 써서 가르쳐주지 않습니까? 그러니 우리는 눈만 가지고 있으면 됩니다.

내가 한숨을 쉬니 엄마가
아가 무슨 한숨을 자꾸 쉬노 하신다.
왜 아이들은 한숨을 못 쉴까?
한숨을 쉴 때마다 마음이 편해지는 것 같다.
우리들도 한숨을 쉴 수 있었으면……
— 안동 대성국교 6년 권순남,「한숨」

돌담은 뱀의 엄마도 된다.
돌담은 다람쥐의 엄마도 된다.
돌담은 쥐의 엄마도 된다.
사람이 잡으려고 하면
돌담인 엄마 품으로 쏙 들어가버린다.
— 안동 대성국교 6년 김명숙,「돌담」

『나도 쓸모 있을걸』은 이런 아이들의 시를 모아 놓은 책입니다. 이 책을 읽으면서 이오덕 선생은 참 행복했겠구나 싶었습니다. 이런 울림을 바로 곁에서 발견했으니까요.

삶의 풍요를 위한 훈련

이렇게 울림이 있는 것들과 함께하면 좋은 점은 무엇보다 삶이 풍요로워진다는 겁니다. 저는 인문학과 관련된 강의를 자주 해왔지만, 많은 경우 사람들이 저를 통해 듣고 싶어 했던 것은 '창의력'과 관련된 이야기였습니다. 창의력이 중요하다고 하는데 가르치는 학과가 따로 있는 것도 아니고, 마침 창의력이 광고의 수단이 되니까 광고를 만드는 박웅현이 발상하는 과정을 보여달라고 해서 이야기를 정리하기 시작했습니다. 어떻게 전달해야 할까 많이 고민해봤는데 창의력이라는 게 가르치기 참 어려운 것이더군요. 그런데도 그동안 사람들은 이걸 기어이 가르치려고 했구나, 그래서 '좋은 카피를 쓰는 20가지 방법' 같은 것들이 나왔구나 싶었죠.

하지만 창의성이라는 건 상품화하거나 규정하기 어렵습니다. 아이디어는 총체적으로 나오지 도식적으로 나오지 않습니다. 하지만 도식적이지 않으면 가르치기 어려우니까 설명할 수 없는 것을 굳이 설명하려고 노력하는 게 아닐까 싶습니다. 처음엔 저도 창의력을 이야기하기 위해 제가 만든 카피를 범주화해볼까도 했는데, 안 되겠더라고요. 광고 일은 소림 무술 영화 같은 겁니다. 이론을 읽고 느낀 걸 잘 정리하면서 배우지만 그것이 발상에 도움이 되지는 않습니다. 책상 앞에서 일목요연하게 정리하는 것도 좋지만 아이디어를 내는 건 현장입니다. 만약 여러분이 소림사에서 무술을 배우고 내려와 싸움을 하게 된다면 배운 대로 싸우게 될까요?

소림사에서 대련하는 장면을 떠올려 보세요. 소림사의 넓은 마당에서 상대와 마주보고 인사한 후 싸움을 시작하고, 싸울 때도 정해진 규율이 있어요. 그러나 소림사 밖에서 실제로 적을 만나 싸울 때는 그렇지 않습니다. 내가 밥을 먹고 있다고 해서 적이 "너 밥 다 먹으면 싸우자. 잠시 후에 저 앞으로 나와"라고 하지 않죠. 밥을 먹고 있는데 저쪽에서 표창이 날아오고 옆 자리에서 갑자기 발이 날아와요. 그럼 그걸 쳐내야 해요. 걸어가고 있는데 누군가가 공격해올 수도 있고, 적에게 몰려 절벽에서 뛰어내려야 할 수도 있고요. 순발력입니다. 일도 마찬가지입니다. 규칙은 없습니다. 상황이 모두 달라요. 제 경우라면 같은 광고주도 두 달 전과 지금이 다릅니다. 모든 게 유기적으로 움직이니까요. 소비자의 반응, 경쟁사의 반응에 따라 전부 달라집니다.

우리가 배우는 이론의 대부분은 소림사 앞마당과 같습니다. 그곳에서는 기본만 익히는 거예요. 생각의 기초 체력만 기르는 겁니다. 수많은 경우의 수를 전부 다 이론으로 정리해놓을 수는 없어요. 그 모든 것을 어떻게 설명하겠습니까? 다른 일도 그렇겠지만 광고는 특히 변수가 많은 일 중 하나입니다. 그래서 강의할 때 광고에 필요한 발상을 배울 수 있는 유일한 교실은 책이나 수업이 아니라 회의실이라고 이야기합니다. 결국 창의성과 아이디어의 바탕은 '일상'입니다. 일상을 어떻게 보느냐에 따라 삶이 달라지고 대처 능력이 향상됩니다.

요즘 책을 읽으면서, 참 많은 고수가 일상의 중요성에 대해 깨달았구나 싶습니다. 박재삼이, 존 러스킨이, 헬렌 켈러가 같은 생각을 했어요. 사과가 떨어져 있는 걸 본 최초의 사람이 뉴턴이 아니잖아요? 사과는 늘 떨어져 있지만 아무도 들여다보지 않은 겁니다. 상황에 대한 다른 시선, 절박함이 사과를 보고 이론을 정리하게 했죠. 답은 일상 속에 있습니다. 모든 것이 나에게 말을 걸고 있어요. 하지만 대부분 들을 마음이 없죠. 혹시 누군가가 들을 마음이 생겼다면 그 사람이 창의적인 사람입니다. 두 시간 강의에서, 한 권의 책으로 제가 가르칠 것은 아무것도 없습니다. 다만 여러분 안에 씨앗이 심겼으면 좋겠습니다. 그래서 각자 자신에게 울림을 줬던 것이 무엇인지 찾아보게 되면 좋겠습니다. 그것이 바로 창의성입니다.

그런데 말입니다. 왜 모두 창의적이 되어야 하는 거죠? 저는 광고 일을 해야 하니까 창의력이 필요합니다만, 세상에는 창의성과 관련 없어도 가치 있는 일이 많잖아요? 그런데 이게 왜 필요할까요? 왜 다들 굳이 배워야 할까요? 그 이유는 '직업'의 범주를 벗어나 '삶'의 맥락에서 볼 때, 누구든, 무슨 일을 하든 창의적이 되면 삶이 풍요로워지기 때문입니다.

'풍요'라는 이야기가 나왔으니 생각해볼까요? 풍요로운 삶이라고 하면 대부분 성공한 삶을 떠올려요. 성공한 삶이 대체 뭘까요? 일단 외제차, 좋은 집, 돈이 떠오를 수 있겠죠. 하지만 조금만 더 생각해보죠. 돈만 많은 사람과 정서적으로 풍요로운 사람의 표정을 떠올려보세요. 어떤 것이 진짜 풍요일까요? 햇살과 나뭇잎의 아름다움을 한 번도 보지 못해도 최고급 샴페인과 캐비어를 매일 먹을 수 있는 삶이 풍요로운 삶일까요? 그가 죽을 때 풍요로운 삶을 살았다고 만족할까요?

중국의 옛 시 중에 이런 시가 있습니다.

> 하루 종일 봄을 찾아다녔으나 보지 못했네
> 짚신이 닳도록 먼 산 구름 덮인 곳까지 헤맸네
> 지쳐 돌아오니 창 앞 매화 향기 미소가 가득
> 봄은 이미 그 가지에 매달려 있었네
> 盡日尋春 不見春 芒鞋遍踏 隴頭雲
> 歸來笑然 梅花臭 春在枝頭 已十分
> — 작자 미상

봄을 찾아 짚신이 닳도록 돌아다녔는데 정작 봄이 집 매화나무 가지에 달려 있다는 얘기입니다. 자, 여기에서 '봄'을 '행복'으로 바꿔서 읽어보세요. 모두 멀리 보고 행복을 찾는데 행복은 지금 바로 여기, 이 순간에 있습니다. 삶은 순간의 합이기 때문입니다.

우리는 삶을 레이스로 생각합니다. 초등학교 때는 명문 중학교에 가야 하죠. 명문 중학교에 가면 행복해질 거야, 그때까지만 희생하자고 생각해요. 하지만 명문 중학교에 가면 명문 고등학교에 가야 하고, 명문 고등학교에 가면 서울대를 가야 하고, 서울대에 가면 대기업에 가야 하고, 대기업에 들어가면 부장이 되어야 하고······ 그런 식으로 살다 보면 어느새 나이가 일흔이에요. 레이스가 된 삶은 피폐하기 이를 데 없습니다. 왜 이렇게 살아야 할까요? 저는 순간순간 행복을 찾아냈으면 좋겠습니다. 그런 행복은 삶을 풍요롭게 해줍니다. 다만 풍요롭기 위해서는 훈련이 되어 있어야 합니다. 같은 것을 보고 얼마만큼 감상할 수 있는가에 따라 풍요와 빈곤이 나뉘니까요. 삶의 풍요는 감상의 폭과 맞닿아 있다고 봅니다.

이철수의 한 문장을 읽고 나서는 나뭇가지의 작은 열매를 그냥 못 지나칩니다. 삶에 변화가 생기는 겁니다. 예전에는 1킬로미터를 걸어가면서 아무것도 안 보였는데, 지금은 햇살이 올라앉은 나뭇잎, 날아가는 새, 반짝이는 빗방울이 보입니다. 다 아름답습니다. 제가 죽을 때 떠오르는 장면은 프레젠테이션 석상에서 박수 받는 순간이 아닐 겁니다. 아마 어느 날의 햇살이 떠오를 것 같습니다. 어떤 나뭇잎이 떠오를 것 같고, 어떤 달빛이 떠오를 것 같아요. 혹은 어떤 대화, 표정, 목소리 그런 것이 많이 축적되어 있으면 풍요롭게 살다 가는 게 아닐까 생각합니다.

언제든 해외 여행을 떠날 수 있고, 매일 로열 캐리비언 크루즈를 탈 수 있고, 루브르 박물관에 가면 "야, 빨리 와, 찍어, 가자" 하는 사람. 10년 동안 돈을 모아 떠난 5박 6일간의 파리 여행 중 휘슬러의 〈화가의 어머니〉라는 그림 앞에서 소름이 돋아서 40분간 발을 떼지 못하는 사람. 이 두 사람 중 누가 더 인생을 풍요롭게 살까요?

다시 말씀드리지만 중요한 것은 휘슬러의 〈화가의 어머니〉를 보면서 소름이 돋으려면 훈련이 필요하다는 겁니다. 『나의 문화유산답사기』 시리즈를 써낸 유홍준은 "문화미와 예술미는 훈련한 만큼 보인다"라고 이야기했습니다. 저도 피카소의 작품을 처음 볼 때는 그의 작품이 왜 좋은지 몰랐습니다. 사람들이 좋다고 하니까 감동을 짜내며 좋은가 보다 했어요. 그런데 지금은 좋다는 걸 알겠고, 왜 좋은지 알겠습니다. 곰브리치의 『서양미술사』 같은 책들을 읽었기 때문입니다. 그런 책을 읽고 난 다음에 마주한 피카소의 그림은 정말 소름이 돋을 정도로 아름다웠어요. 이제는 앙리 루소의 어떤 그림을 보면 걸작이라는 생각이 들기도 합니다. 인생이 풍요로워지기 시작한 겁니다. 이철수가, 최인훈이, 유홍준이, 김훈이, 그 외의 많은 작가와 예술가가 나를, 내 인생을 풍요롭게 해주었고, 해주고 있습니다.

'시청'이냐 '견문'이냐

시이불견 청이불문(視而不見 聽而不聞). 제가 좋아하는 말입니다. 시청은 흘려보고 흘려듣는 것이고 견문은 깊이 보고 깊이 듣는 겁니다. 비발디의 〈사계〉를 들으면서 그저 지겹다고 하는 것은 시청하는 것이고, 〈사계〉의 한 대목에서 소름이 돋는 건 견문이 된 거죠. 〈모나리자〉 앞에서 "얼른 사진 찍고 가자"는 시청한 것이고,

제임스 애벗 맥닐 휘슬러, 〈화가의 어머니〉, 캔버스에 유채, 144.3×162.5cm, 1981, 오르세 미술관

휘슬러 〈화가의 어머니〉에 얼어붙은 건 견문을 한 겁니다. 어떻게 하면 흘려보지 않고 제대로 볼 수 있는가가 저에게는 풍요로운 삶이냐 아니냐를 나누는 기준이 됩니다.

존 러스킨은 "당신이 본 것을 말로 다 표현해보라"라고 했습니다. 나뭇잎을 봤다면 나뭇잎의 앞, 뒷면의 촉감과 색이 어떻게 다르고, 끝부분은 어떤 모양이고, 햇살이 떨어진 각도에 따라 나뭇잎의 색깔이 어떻게 다른지 볼 줄 알면 창의적인 삶을 살 수 있다고 했습니다. 헬렌 켈러는 "내가 대학교 총장이라면 '눈 사용법(How to use your eyes)'이라는 필수과목을 만들겠다"라고 말했다고 하죠. 보지 못하는 자신보다 볼 수 있는 우리가 더 보지 못한다는 겁니다. 전부 다 '시청'했을 뿐이라는 말이에요. 아름다운 영미 에세이 50선에 드는 헬렌 켈러의 에세이, 「삼 일만 볼 수 있다면」에 나오는 말입니다.

헬렌 켈러는 책 첫 부분에서 이런 이야기를 합니다. 숲을 다녀온 사람에게 당신은 뭘 봤냐고 묻자 그 사람이 답하길, "별것 없었어요(Nothing in particular)"라고 했답니다. 그런데 그녀는 어떻게 그럴 수 있냐는 거죠. 자기가 숲에서 느낀 바람, 나뭇잎, 자작나무와 떡갈나무 몸통을 만질 때의 전혀 다른 느낌, 졸졸졸 흐르는 물소리를 그 사람은 왜 못 보고 못 들었냐는 거예요. "별것 없었어요"라고 말한 사람처럼 인생이 특별할 게 없는 사람은 생의 마지막에 떠오를 장면이 없을 겁니다. 그렇지만 거미줄에 매달린 물방울의 아름다움을 본 사람은 죽을 때 떠오를 장면이 풍성하겠죠.

삶은 빈 줄의 목걸이 하나를 받아서 여기에 진주알을 하나씩 꿰는 과정이라는 말이 있습니다. 진주알은 바로 그런 순간인 겁니다. 딸아이가 중학교 3학년 때 있었던 일입니다. 그 당시 3주 정도 해외로 가족여행을 가고 싶었는데 고민이 있었어요. 3주면 아이가 수학 수업, 영어 수업을 몇 번이나 빠져야 하는지 잘 알고 있었거든요. 논의 끝에 가족이 내린 결론은 이거였습니다. 아마도 수학을 놓치고 영어를 손해볼 거다, 하지만 평생 아이가 가져갈 수 있는 순간, 우리가 살면서 문득 떠올릴 수 있는 순간, 마지막에 당신은 뭐가 생각나느냐는 질문을 받고 떠올릴 순간, 이런 것, 진주알 하나가 더 생길 수 있을 거라고요. 그런데 그 진주알은 내가 눈이 있고, 훈련이 되어 있어야 생길 수 있는 것이거든요.

그런 면에서 저는 행복합니다. 나이가 들수록 더, 그리고 다른 사람보다 조금 더 볼 수 있는 것 같습니다. 한가로운 일요일 오전 11시에 고양이가 내 무릎에 앉아 잠자고 있고, 제이슨 므라즈의 음악이 들리고, 책 한 권 읽는, 그런 순간이 잊히지 않을 겁니다. 그리고 이런 순간이 얼마나 각인되어 있느냐가 내 삶의 풍요를 결정할 겁니다. 말씀드렸듯이 이것은 약간의 훈련이 필요합니다. 그런데 다행히 기준을 잡아주는 훌륭한 사람이 많고, 그 사람들 대부분이 책을 씁니다. 그래서 그 책들을 읽으면서 훈련할 수 있습니다.

파리가 아름다운 이유는 파리가 아름다워서가 아니라 우리가 그곳에 있을 시간이 3일뿐이기 때문입니다. 3일 후에 떠난다는 걸 아니까 지금 보고 듣고 느끼는 모든 게 난리인 겁니다. 에펠탑 봐,

이게 퐁피두래, 여기가 샹젤리제 거리
야. 그런데 만약 그곳에서 30년을 산
다고 생각해보세요. 그러면 그 모든 게
감탄스러울까요? 대한민국, 서울, 우
리가 사는 이 공간도 들여다보면 좋은
게 꽤 많습니다. 물론 그런 것을 들여
다볼 수 있는 시선이 있느냐 없느냐에 따라 다르겠
지요. 그런 시선을 길렀으면 좋겠습니다. 여러 번 말했듯이 그 훈
련을 하는 데 가장 좋은 것이 책입니다.

기억하는 가장 좋은 방법은 감동받는 것이라고 합니다. 그래
서인지 지식이 많은 친구들보다, 감동을 잘 받는 친구들이 일을 더
잘합니다. 감동을 잘 받는다는 건 풍요로운 삶을 살고 있다는 증거
이기 때문입니다. 그 친구들은 나뭇잎 한 장에도 감탄하고 음악 한
곡을 들으면서도 무엇보다 그게 정말 좋다는 걸 알아요. 그런 친구
들이 일도 잘하고 인생을 풍요롭게 삽니다. 이런 친구들을 벤치마
킹해보자는 게 이 수업의 마지막 목표라고 보시면 될 것 같습니다.

자, 이 시간 이후에 이철수와 최인훈, 이오덕의 책이 좀 더 관
심 받았다는 얘기가 들려왔으면 합니다. (웃음) 오늘 제 장사가 잘
됐는지 모르겠습니다. 그리고 오늘보다는 다른 날 더 잘되기를 바
라면서 3주 후 다시 이 자리에서 만나겠습니다. 반가웠습니다.

기억이 남을 순간은
일요일 오후 거실에 있다.
잠자리에서 오늘의
풍요로웠던 순간은?

김훈의 힘,
들여다보기

이 장에서 소개하는 책들

• 김훈

- 『자전거 여행』, 이강빈 사진, 생각의나무, 2000.
- 『자전거 여행 2』, 이강빈 사진, 생각의나무, 2004.

  → 위의 두 책은 『자전거 여행』 1, 2권으로 재출간 (문학동네, 2014)

- 『너는 어느 쪽이냐고 묻는 말들에 대하여 ─ 김훈 世說』 (개정판), 생각의나무, 2003.
- 『바다의 기별』, 생각의나무, 2008.

  → 위의 두 책은 김훈의 또 다른 산문집 『밥벌이의 지겨움』 및 작가의 새 글과 함께
  엮어서 『라면을 끓이며』 (문학동네, 2015)라는 제목으로 출간

- 『개 ─ 내 가난한 발바닥의 기록』, 푸른숲, 2005.
- 「화장」, 『이상문학상 수상작품집』, 문학사상사, 2004.

지난번 강의 때 이야기한 책들은 찾아 읽어보셨나요? 저도 다시 찾아보니 절판된 책이 몇 권 있더군요. 좋은 책이 더 이상 발행되지 않는다는 건 슬픈 일입니다. 밀란 쿤데라의 『불멸』도 좋아하는 책 중 하나인데 우리나라에서 한동안 절판됐었어요. 지금은 다시 판매되고 있지만, 그 당시 이 책이 절판됐다는 소식을 듣고 무척 슬펐던 기억이 있습니다. 책이 사라진다는 건 그 책을 찾는 사람이 더 이상 없어서 출판사에서 발행하지 않는다는 뜻인데 안타까운 일입니다. 새삼 다시 생각하게 됩니다만, 이 강의가 많은 좋은 책을 우리 곁에 남길 수 있는 작은 계기가 되었으면 합니다.

오늘은 김훈에 대해 이야기하겠습니다. 김훈의 여러 작품 중에서도 『자전거 여행』을 중심으로 감동을 나누려고 합니다. 줄을 치고 또 쳐도 마음을 흔드는 새로운 문장이 넘쳐나는 게 김훈의 책입니다. 김훈은 한국일보 문화부 기자 시절부터 필명을 날릴 만큼 유명했는데요. 이후 마흔일곱에 등단해 2001년 『칼의 노래』로 동

인문학상을 타면서 대중에게 더 친근한 이름이 됐습니다. 『칼의 노래』는 故 노무현 전 대통령이 읽었다고 해서 많은 관심을 받으며 김훈의 대표작이 됐죠. 하지만 그전에 책 좀 읽는다는 사람들 사이에서 먼저 알려진 책은 『자전거 여행』이었습니다. 이 책은 김훈이 1999년부터 2년간 전국 산천을 '풍륜(風輪)'이라고 이름 붙인 자전거로 여행하며 쓴 여행 에세이입니다.

이 책의 초판 발행일이 2000년 8월 1일입니다. 제가 구입한 쇄가 3쇄로, 발행일이 8월 25일이더라고요. 25일 만에 3쇄를 찍었으니 우리나라에서 이 정도면 나오자마자 꽤 많이 팔린 셈입니다. 지금은 출판사가 바뀌었지만 20년이 지난 지금도 여전히 판매되고 있어요. 이렇게 좋은 책이 살아남아 있으면 절판될 때와 반대로 마음이 즐겁습니다.

한 문장씩 짚어가는 아름다움

시작하기 전에 김훈의 짧은 글 하나를 소개할까 합니다. 덕수궁에서 열린 북페스티벌에 초대된 적이 있습니다. 그때 시민들을 모시고 정관헌에서 30분가량 책 이야기를 할 기회가 있었는데요. 짧은 시간이고 열린 공간이라 깊은 얘기는 못 했지만 좋은 책들을 소개하면서 김훈의 글 한 편을 강독했습니다. 여러분에게도 꼭 들려드리고 싶은 글이었습니다.

슬픔도 시간 속에서 풍화되는 것이어서, 30년이 지난 무덤가에서는 사별과 부재의 슬픔이 슬프지 않고, 슬픔조차도 시간 속에서 바래지는 또 다른 슬픔이 진실로 슬펐고, 먼 슬픔이 다가와 가까운 슬픔의 자리를 차지했던 것인데, 이 풍화의 슬픔은 본래 그러한 것이어서 울 수 있는 슬픔이 아니다. 우리 남매들이 더 이상 울지 않는 세월에도, 새로 들어온 무덤에서는 사람들이 울었다. 이제는 울지 않는 자들과 새로 울기 시작한 자들 사이에서 봄마다 풀들은 푸르게 빛났다.

어떤가요? 읽는 순간 느껴지는 것이 있나요? 만약 젊은 독자라면 이게 무슨 얘기인지 어리둥절할지도 모르겠습니다. 말장난인가 싶고요. 제가 한번 한 문장씩 따라 들어가보겠습니다.

첫 문장의 "슬픔도 시간 속에 풍화되는 것이어서"라는 건 슬픔이라는 것도 풍화돼 없어진다는 겁니다. 그 절절하던 사랑도 시간이 흐르면서 잊히고 없어진다는 거죠. 슬픔도 이렇게 사라져버리는 것이라서 아버지가 돌아가신 지 30년이 지났더니 아버지와 사별했다는 슬픔, 이제 아버지가 안 계신다는 슬픔은 없어졌어요. 세월이 지나고 나니 더 이상 그 사실이 슬프지 않습니다. 하지만 30년 세월에 아버지가 돌아가셔서 슬프다는 감정이 풍화돼 없어졌다는 그 사실이 슬퍼요. 이건 또 다른 슬픔입니다. 아버지가 돌아가셨을 때의 슬픔조차 없어졌다는 이 슬픔은 먼 슬픔이죠. 반면 지금 내 앞에서 사랑하는 사람이 없어진 슬픔은 가까이 있는 슬픔이고요. 그래서 먼 슬픔이 들어와서 가까운 슬픔의 자리를 차지하죠. 풍화돼버린 오랜 슬픔 때문에 30년 전에는 울었는데 지금은 더 이상 눈물 흘리지 않습니다. 그러다 보니 아버지가 돌아가신 지 오래된 사람들은 울지 않고 무덤가를 방문하고, 얼마 전에 세상을 떠난 이를 찾아온 사람들은 울면서 무덤가를 방문해요. 어떤 인간들은 울면서 무덤가에 오고, 어떤 인간들은 울지 않으면서 오죠. 그런데 지난번에도 잠깐 말씀드렸듯이 인간사, 문명사가 어떻게 되건 자연사는 같거든요. 그래서 사람들이 울든 울지 않든 봄마다 풀들은 푸르게 빛나요. 이 얘기입니다.

지난 시간 강의를 시작하면서 다독 콤플렉스를 벗고 한 문장 한 문장 깊이 있게 읽어줘야 한다고 말씀드렸는데 이 글이 아주 좋은 예입니다. 단순하게 읽으면 휙 지나갈 짧은 글이지만, 이렇게 한 문장씩 짚으면서 읽으면 단어 하나 버릴 게 없습니다. 모국어의 아름다움을 느끼게 해주는 고마운 글이죠. 우리는 요즘 영어 단어를 쓰지 않고 5분을 말하기 어려운데요. 이처럼 좋은 글을 통해 모국어의 아름다움을 깨닫게 됩니다. 우리말의 아름다움이 점점 잊히고 있는 현실에서 김훈은 보배 같은 존재라고 생각합니다. 그렇다면 이제 다시 한번 김훈의 저 글을 읽어드리겠습니다. 아까 처음 들었을 때의 슬픔과 지금의 슬픔이 어떻게 다른지 느껴보시길 바랍니다.

슬픔도 시간 속에서 풍화되는 것이어서, 30년이 지난 무덤가에서는 사별과 부재의 슬픔이 슬프지 않고, 슬픔조차도 시간 속에서 바래지는 또 다른 슬픔이 진실로 슬펐고, 먼 슬픔이 다가와 가까운 슬픔의 자리를 차지했던 것인데, 이 풍화의 슬픔은 본래 그러한 것이어서 울 수 있는 슬픔이 아니다. 우리 남매들이 더 이상 울지 않는 세월에도 새로 들어온 무덤에서는 사람들이 울었다. 이제는 울지 않는 자들과 새로 울기 시작한 자들 사이에서 봄마다 풀들은 푸르게 빛났다.

좀 다르게 들리십니까? 이런 글을 신문 기사 읽듯이 읽으면 아무것도 잡을 수 없습니다. 지난 시간 말씀드렸듯이 파도타기입니다. 저는 『자전거 여행』도 이 호흡으로 읽었습니다. 아니 그렇게 천천히 읽을 수밖에 없었어요. 매 문장마다 빛나는 생각이 끊임없이 발견되는 글들이었으니까요. 이것이 오늘날 한국 문학 안에서 김훈을 우뚝 서게 만든 힘이 아니었을까 생각합니다.

앞의 글은 『바다의 기별』에 실린 글인데 어느 기자와 인터뷰할 때 부친의 묘소에 다녀온 얘기를 하면서 나온 것이라고 합니다. 김훈의 강연을 직접 듣거나, 동영상으로 보시면 아실 테지만 그의 특징은 구어가 곧 문어(文語)라는 겁니다. 말로 나오는 문장을 받아 적으면 한 편의 글이 될 정도입니다. 인터뷰 내용을 글로 옮길 수 있었던 것도 이런 습관 때문이겠지요.

또 하나 김훈의 특징은 사실적인 글쓰기를 한다는 겁니다. 우연한 기회에 김훈 선생을 만나게 됐을 때, 이분의 글쓰기가 탐사 취재에서 나왔구나 하는 생각이 들었습니다. 저는 신문방송학과를 졸업했는데 제가 한창 공부하던 80년대의 저널리즘은 정밀 탐사를 통해 사실적인 기사를 써야 한다는 담론이 있었습니다. 한 조각의 사실이라도 흘려듣고 써서는 안 된다는 겁니다. 당시 저널리스트로 활동했던 김훈 선생이 그것을 염두에 두고 글 작업을 했는지는 모르겠지만, 그분의 글을 보면 탐사 취재를 통해 나온 글이라는 걸 알 수 있습니다.

이상문학상 수상작인 단편 「화장」을 읽어 보면 주인공의 아내가 죽어가는 장면이 정밀하게 묘사되어 있습니다. 이 장면 묘사를 위해 종합병원 의사인 친구에게 부탁해 영안실에서 시신이 나가는 모습을 참관했다고 합니다. 그래서인지 그렇게 하지 않았다면 절대 할 수 없는 표현이 나옵니다. 잘 아시겠지만 직접 경험과 간접 경험은 절대 그 무게가 같지 않거든요.

혹시 김훈의 『개』라는 소설 아시나요? 그 소설을 읽어보면, 정말 개가 직접 쓴 것 같다는 느낌이 듭니다. 개가 글을 잘 쓰네 싶어요. (웃음) 김훈 선생에게도 이 이야기를 했더니 그가 웃으면서 답하기를, 진도의 진돗개 사육하는 곳에서 석 달을 머물렀다고 해요. 그러면서 사육 일기를 본 거죠. 이런 특징 때문인지 김훈의 글은 형용사나 부사가 거의 없습니다. 객관적인 사실만 불러내서 정서를 전달하는데, 생각보다 그 힘이 굉장히 큽니다.

『자전거 여행』 또한 탐사 취재에서 벗어나지 않습니다. 아주 객관적인 사실을 전달하는데도 감동이 있습니다. 한 구절 소개해보겠습니다.

　겨울에는 봄의 길들을 떠올릴 수 없었고, 봄에는 겨울의 길들
이 믿어지지 않는다.

　눈이 내리는 풍경 속에서 꽃이 필 거라는 상상은 되지 않죠.
겨울에 해수욕장에 가보세요. 그 바닷물에 사람이 감히 들어갈 수
없을 것 같아요. 그런데 또 여름이면 사람들이 그 물속에 들어가
요. 한겨울 사무실 창밖의 나뭇가지를 보면 봄이 영영 올 것 같지
않고, 겨울에 길을 걷다 보면 봄의 꽃과 여름의 신록은 기억나지
않습니다. 반대로 봄에 길을 가다 보면 겨울에 눈 오는 게 먼 꿈 얘
기 같고요. 같은 장소라는 게 믿어지지 않을 정도로 다릅니다. 이
글을 읽고 보니 정말 신기한 일이에요. 두 달 전만 해도 아무것도
없던 자리에 꽃이 피고, 꽃이 떨어지면 녹색이 올라오고, 그것이
노랗게 물들고 또 나뭇가지가 선명해진다는 게요. 김훈을 통하지
않았으면 못 봤을 것이고 무심히 지나가겠죠. 이런 몇 가지 구절
덕분에 세세히 보게 되는 거죠.

　더 나아가서 저는 이 구절을 읽고 제 일상과 계절의 변화를 대
비해봤습니다. 저는 주중과 주말의 생활이 완전히 다릅니다. 주중
에는 회의가 줄줄이 잡혀 있어서 문자 한 통 편히 주고받을 여유가
없습니다. 반면 주말에는 나무늘보처럼 집에서 잠만 자고 음악만
듣습니다. 회사 동료들이 보기에는 일만 하는 인간이고, 집사람이

보기에는 한심한 인간일 겁니다. 그래서일까요?『자전거 여행』의
이 구절을 읽고 어찌나 공감이 가던지요. 제 생활도 주중에는 주말
생활이 상상이 되지 않고, 주말에는 주중 생활이 믿어지지 않으니
까요. 아주 사실적인 것이지만 이런 것을 주목해내는 힘이 바로 김
훈입니다.

『자전거 여행』의 '발견'을 발견하다

『자전거 여행』 앞부분의 「꽃피는 해안선」에는 봄 여행을 하
며 마주친 꽃들을 묘사한 글이 나옵니다. 저 같은 사람은 꽃을 보
고 그냥 '아, 예쁘다' 하고 지나가는데, 김훈은 탐사 정신을 발휘해
물어보고 따져보고 알아보고 들여다봅니다. 들여다보기 선수답게
발견해내고 표현합니다. 먼저 동백꽃에 대한 구절입니다.

동백꽃은 해안선을 가득 메우고도 군집으로서의 현란한 힘을
이루지 않는다.

안개꽃을 포함해 많은 꽃이 군집으로서 아름다움을 과시합니
다. 그런데 동백꽃은 한 송이 한 송이 전부 개별자로 존재하죠. 생
각해보니 진짜 진달래나 개나리 같은 꽃은 개별자가 아니라 늘 단
체로 있어요. 하지만 동백꽃은 해안선을 가득 메우고 있으면서도

군집으로의 현란함을 이루지 않아요.

동백은 한 송이의 개별자로서 제각기 피어나고, 제각기 떨어
진다. 동백은 떨어져 죽을 때 주접스런 꼴을 보이지 않는다. 절
정에 도달한 그 꽃은, 마치 백제가 무너지듯이, 절정에서 문득
추락해버린다.

한꺼번에 툭 떨어진다는 겁니다. 이런 것이 바로 김훈이 가진
관찰의 힘인 것 같습니다. 시이불견 청이불문, 우리는 다 시청했던
겁니다. 김훈은 견문을 한 것이고요.
그리고 이제 벚꽃과 매화의 계절이 옵니다. 매화와 벚꽃은 같
은 종인데 매화를 한번 상상해보죠. 매화는 질 때 꽃잎이 한 장 한
장 떨어지는데요. 김훈은 매화를 보고 이렇게 이야기합니다.

매화는 질 때, 꽃송이가 떨어지지 않고 꽃잎 한 개 한 개가 낱
낱이 바람에 날려 산화(散華)한다. 매화는 바람에 불려가서 소멸
하는 시간의 모습으로 꽃보라가 되어 사라진다.

매화나 벚꽃 떨어질 때 보면 정말 꽃눈이 내리는 것 같습니다.
다 떨어지면 어쩌나 싶어서 가슴 아플 정도이지요. 그래서 김훈은
꽃잎이 가지에서 떨어져서 땅에 닿기 전, 바람에 흩날리는 잠시 동
안이 매화의 절정이라고 말합니다. 그리고 매화의 죽음을 '풍장(風

전기, 〈매화에 둘러싸인 초가집〉, 종이에 엷은 색, 32.4×36.1cm, 19세기 중엽, 국립중앙박물관

葬)'으로 표현합니다. 바람 속에서 죽어간다는 의미입니다.

이 글 속에서 김훈은 무엇을 보든 천천히 보아야 한다고 말합니다. 속도의 문제를 걸고넘어집니다. 우리는 정말 빠른 속도로 살고 있죠. 꽃 피고 지는 것 하나 제대로 보지 못하면서요. 어떤 미국인이 이런 얘기를 했답니다. "미국의 전 국토를 연결하는 고속도로 망이 생긴 덕분에 우리는 아무것도 보지 않고 대륙을 횡단할 수 있게 되었다." 대륙을 횡단할 수 있게 됐지만 시속 100킬로미터로 달리면 아무것도 볼 수 없습니다. 목적지까지 빠르게 갈 수는 있어도 그동안 관찰은 이루어지지 않습니다. 독서를 예로 들면, 책을 읽겠다는 목적이 있어서 읽기는 하지만 세밀하게 읽지 않는 것도 같은 맥락이라고 봅니다. 저도 별다르지 않은 현대인이다 보니 생활이 바쁘다는 핑계로 잘 관찰하지 못하지만 천천히 보고 싶다는 갈증은 늘 가지고 삽니다. 자동차가 달리는 속도가 아니라 걷는 속도로 봐야 보이는 것이 분명 존재합니다.

오래전 변산반도에 간 적이 있습니다. 제가 글을 쓰고 사진작가가 사진을 찍어서 전시하는 포토에세이 전을 여덟 번 했는데 그 일로 들렀던 거였어요. 변산반도에 있는 내소사, 개암사를 지나는 일정이었는데 둘 모두 차를 가지고 가지 않았습니다. 숙소에서 자고 나와 시외버스를 타고, 변산을 사이에 두고 양쪽에 위치한 내소사와 개암사를 가기로 했습니다. 사실 차를 타고 움직이면 10여 분이면 두 곳을 오갈 수 있는데 대중교통을 이용하려니 여간 복잡하지가 않더군요. 내소사와 개암사를 한 번에 잇는 버스 노선

이 없었거든요. 결국 아침 8시 30분에 숙소를 나서서 사찰에 10시에 도착했습니다. 한 시간 기다려서 9시 30분에 있는 첫차에 올라타 15분 달려와서 다시 사찰 입구로 가는 버스로 갈아타고 빙 돌아온 겁니다. 그렇게 도착해 버스에서 내려 걸으니 내소사 일주문까지 가는 데 한 시간 반이 걸릴 수밖에요. 일주문이 보이는 순간 "드디어 왔구나!" 하고 감탄했습니다.

그런데 그때 그런 생각이 들었습니다. '대중교통이 없었던 시대에 아들을 점지해주십사 기원하며 부처님을 향해 걸어가는 아낙의 마음이 이렇지 않았을까?' 동행했던 사진작가와도 그런 이야기를 나눴습니다. 도착하는 순간 사고(思顧)가 완전히 바뀌었을 것 같아요. 천천히 차곡차곡 길을 밟으면서 신성한 마음이 생기는 겁니다. 자동차로 10분 만에 도착하는 지금의 우리와 감정 상태가 전혀 다른 거죠.

여담 한마디 하겠습니다. 건축가 故 김수근이 지은 경동교회 아십니까? 서울 한복판, 시끄러운 일상으로 왁자한 장충동 거리에 자리잡고 있는 이 교회는 예배당 문을 일부러 돌려세워 지었다고 합니다. 사람들은 교회 부지에 들어서서 예배당 입구에 닿으려면 붉은색 돌담을 돌아가야 합니다. 그 길을 걸으며 일상으로부터 분리되어 차분하게 신성(神聖)을 맞이하게 되죠. 교회 안으로 들어오기 전에 심호흡 하며 바쁜 일상을 내려놓고 천천히 스스로 돌아볼 시간을 주는 지혜로운 건축물입니다. 지난 강의에 이어 속도에 대해 자꾸 이야기하는 것은 발견과 그로 인한 삶의 풍요 때문입니다.

저를 포함해 우리 모두 빨리 사는 것 좀 그만하고 더 행복해지자는 이야기입니다. 오래전 경동교회 이야기를 듣고 쓴 카피가 있는데 읽어드려볼게요.

지금 들리는 이 소음이었고
지금 보이는 이 복잡함이었다.
이곳에 교회를 지어달라는 의뢰를 받고
건축가 김수근이 고민에 빠진 이유는.
중구 장충동 3가 27번지.
그곳은 경건해야 할 교회가 들어서기에는
세속과 너무 가까운 곳이었다.

건축가는 세속과 경건 사이에 거리를 두고 싶었다.
건물의 입구를 돌려세운 것이다.
소음과 복잡함 속에 있던 사람들이
교회에 들어가기 위해서는
건축가가 만들어놓은
이 호젓한 길을 따라가야 한다.
10미터 남짓한 이 길을 걸으며
사람들은 자신도 모르게
세속의 먼지를 떨어낸다.
그래서 교회의 문을 여는 순간

마음속에는 경건함이 자리 잡게 된다.

디자인은 단순한 멋 부리기가 아니다.
디자인은 깊은 생각의 반영이고
공간에 대한 배려다.

경동교회는 계단의 단 높이가 낮습니다. 직접 가서 보시면 알겠지만 야트막한 층계를 따라 걸으면서 나도 모르게 걷는 속도가 느려지고, 천천히 걸어 올라가며 마음이 정리됩니다. 반대로 영주의 부석사는 단 높이가 높습니다. 무릎을 한껏 들어올려 굽히고 올라가야 합니다. 앞을 볼 여유가 없어요. 계단을 잘 봐야 걸을 수 있을 만큼 단차가 큽니다. 그렇게 아래를 보고 걸어 올라가다 보면 어느 순간 웅장한 대웅전이 나타납니다. 계단의 높이는 다르지만 한 곳은 속도를 늦추고 한 곳은 시선을 돌려놓는 것으로 오르는 사람에게 잠시 마음을 가다듬을 수 있는 기회를 준다는 공통점이 있습니다.

다른 얘기 하나만 더 하겠습니다. 혹시 미국의 '핑크 마티니'라는 밴드의 〈초원의 빛(Splendor in the grass)〉이라는 노래 아시나요? 오래전 후배들이 소개해준 많은 음악 중 듣고 또 들을 만큼 좋아했던 곡입니다. 제가 직접 번역한 가사를 보여드릴 텐데, 기회가 되신다면 꼭 음악을 찾아서 들어보시길 권합니다.

I can see you're thinking baby

I've been thinking too

About the way we used to be

And how to start a new

Maybe I'm a hopeless dreamer

Maybe I've got it wrong

But I'm going where the grass is green

If you like to come along

Back when I was starting out

I always wanted more

But every time I got it

I still felt just like before

Fortune is a fickle friend

I'm tired of chasing fate

And when I look into your eyes

I know you feel the same

All these years of living large

Are starting to do a sin

I won't say it wasn't fun

But now it has to end

Life is moving oh so fast

I think we should take it slow

Rest our heads upon the grass

And listen to it grow

Going where the hills are green

And the cars are few and far

Days are full of splendor

And at night you can see the stars

Life's been moving oh so fast

I think we should take it slow

Rest our heads upon the grass

And listen to it grow

네가 무슨 생각하는지 알겠어

나도 같은 생각이야

우리가 어떻게 살아왔는지

또 어떻게 새로 시작해야 할지

내가 헛된 꿈을 꾸는 건지도 모르지

혹은 내가 잘못 생각하고 있는지도 몰라

하지만 난 푸른 잔디가 자라는 곳으로 갈 거야

너도 같이 가지 않을래?

난 늘 더 많은 것을 원해왔어

그런데 뭘 가져도 늘 똑같더라고

돈은 변덕스럽기만 하고

명예를 쫓아다니는 것도 이제 지겨워

바로 그때 네 눈을 봤더니

너도 똑같은 생각을 하는 것 같더라

더 큰 것만 원하던 우리의 일상이

어느새 죄악이 되어가고 있었던 거야

물론 재미도 있었지 하지만

이제 그만해야 하지 않겠어?

세상이 너무 빨리 움직여

사는 속도를 좀 늦춰야 할 것 같아

우리 머리를 잔디 위에 쉬게 하면서

잔디가 자라는 소리를 들어보지 않을래?

푸른 언덕이 있고

차는 저 멀리 드문드문 보이는 곳

낮에는 찬란한 빛으로 넘쳐나고

밤에는 수많은 별을 볼 수 있는 곳

세상이 너무 빨리 움직여

사는 속도를 좀 늦춰야 할 것 같아

우리 머리를 잔디 위에 쉬게 하면서

잔디가 자라는 소리를 들어보지 않을래?

참 아름답지 않습니까? 음악을 들어보시면 알겠지만 중간에
차이콥스키의 〈피아노 협주곡 1번〉이 흐릅니다. 그 부분이 시작되

는 순간 소름이 쫙 돋습니다. "우리 머리를 잔디 위에서 쉬게 하면서 잔디가 자라는 소리를 들어보지 않을래?"라고 하면서 차이콥스키의 음악을 들려주는 거죠. 그 멜로디와 리듬이 잔디가 자라는 속도인 겁니다. 가끔 누군가 책을 왜 읽느냐고, 음악을 왜 듣느냐고 물을 때 이런 즐거움 때문이라고 대답합니다. 어떤 때는 책이, 음악이 삶의 위안이 됩니다. 그래서 힘들 때는 진통제를 먹듯이 음악을 듣습니다. 그만한 진통제가 없는 것 같아요. 이 〈초원의 빛〉을 듣고 삶의 속도라는 게 있구나 싶었고, '잔디가 자라는 속도'라는 말이 참 아름답다고 생각했습니다.

이런 식의 보고 듣기는 제가 하는 일에 영향을 줍니다. 마침 이 음악에 빠져 있을 때 짧은 원고 청탁이 들어왔는데요. 내 인생의 질문이 무엇인지를 주제로 원고지 2매 분량의 글을 써야 했어요. 저는 이 음악을 모티프로 청탁 받은 원고를 썼습니다. 잘 쓰고 못 쓰고를 떠나서 이 음악을 듣지 않았다면 쓸 수 없었던 글입니다.

「내 인생의 질문은 무엇인가」

잔디가 자라는 속도, 정 많은 나뭇가지가 가을 바람에 나뭇잎을 하나씩 하나씩 내려놓는 속도. 그 똑같은 나무가 다부진 가지마다 이미 또 다른 봄을 준비하고 있는 속도. 아침마다 수영장 앞에서 만나 서로 눈인사를 주고받는 하얀 강아지가 자라는 속도. 내 무릎 사이에서 잠자고 있는 고양이가 늙어가는 속도. 부지런한 담쟁이가 기어이 담을 넘어가는 속도. 바람이 부는 속도.

그 바람에 강물이 반응하는 속도. 별이 떠오르는 속도. 달이 차고 기우는 속도. 내 인생을 움직이는 질문. 내 인생을 움직이는 질문은 오직 하나. 어떻게 하면 그 속도에 내가 온전히 편입할 수 있을까. 어떻게 하면 자동차 달리는 속도가 아니라 잔디가 자라는 속도로 살 수 있을까. 어떻게 하면 내 숨 쉬는 속도가 바닷가 파도치는 속도와 한 호흡이 될 수 있을까. 내 인생은 그 질문에 대한 답을 찾는 과정이다.

김훈의 들여다보기에 대해 이야기하다 여기까지 왔는데요. 삶의 속도를 늦추는 것은 이렇듯 여러 가지로 의미 있는 일이라고 생각합니다.

동백과 매화를 지나 이제 산수유와 목련에 대한 이야기를 해보려고 합니다. 저는 도시에서 나고 자란 사람이라 꽃을 잘 모르지만 『자전거 여행』을 읽고 난 후 꽃을 주목하기 시작했습니다. 산수유도 사진을 보고서야 '아, 이 꽃이구나' 했지, 이름만 듣고는 바로 떠오르지 않았습니다. 산수유는 개나리나 진달래처럼 원색적이고 강렬한 색감이 아니라 흐릿하고 약한 느낌이라 머릿속에 깊이 각인되지 않은 것도 이유일 겁니다. 물론 김훈의 산수유에 대한 이야기를 듣기 전에는 이 정도의 생각조차 하지 못했습니다.

산수유는 다만 어른거리는 꽃의 그림자로서 피어난다. 그러나 이 그림자 속에는 빛이 가득하다. 빛은 이 그림자 속에 오글오글 모여서 들끓는다. 산수유는 존재로서의 중량감이 전혀 없다. 꽃송이는 보이지 않고, 꽃의 어렴풋한 기운만 파스텔처럼 산야에 번져 있다. 산수유가 언제 지는 것인지는 눈치채기 어렵다. 그 그림자 같은 꽃은 다른 모든 꽃들이 피어나기 전에, 노을이 스러지듯이 문득 종적을 감춘다. 그 꽃이 스러지는 모습은 나무가 지우개로 저 자신을 지우는 것과 같다. 그래서 산수유는 꽃이 아니라 나무가 꾸는 꿈처럼 보인다.

김훈을 읽기 전에는 산수유가 보이지 않았습니다. 지금은 산수유가 하나하나 보입니다. 그의 말처럼 이 꽃은 생길 듯 말 듯하면서 느닷없이 사라져버리죠. 빛깔 자체가 흐릿해서 그냥 지나칠 수 있지만 관심을 가지고 보면 산수유는 정말 빛이 그림자 속에 모여 들끓는 것 같아요. 게다가 "그 꽃이 스러지는 모습은 나무가 지우개로 저 자신을 지우는 것 같다. 그래서 산수유는 꽃이 아니라 나무가 꾸는 꿈처럼 보인다"라는 구절은 몹시 아름다워서 줄을 치고 그 위에 다시 줄을 쳤습니다. 이 구절을 읽고 어떻게 산수유를 기다리지 않을 수 있을까요? 예전에 오스카 와일드도 저와 같았다고 알랭 드 보통이 전해준 말이 있는데요. 휘슬러가 그린 멋진 안개 그림을 본 오스카 와일드가 이렇게 말했답니다. "휘슬러가 안개를 그리기 전에는 런던에는 안개가 없었다"라고요. 책이나 그림, 음악 등의 인문적인 요소들은 우리에게 새로운 촉수를 만들어줍니다.

다시 한번 말하지만 책을 왜 읽느냐, 읽고 나면 달라지기 때문입니다. 볼 수 있는 게 많아지고, 인생이 풍요로워집니다. 그전에는 산수유를 보고도 크게 주목하지 않았는데 이제는 나무가 꾸는 아련한 꿈을 볼 수 있게 됐습니다. 돌아오는 봄에는 산수유를 꼭 한 번 들여다보고 빛이 들끓는 모습을 발견해보세요. 그리고 동백, 진달래, 개나리 같은 꽃들과 비교하면서 상상해보시길 바랍니다.

이번엔 목련입니다.

목련은 등불 켜듯이 피어난다. (…) 목련꽃의 죽음은 느리고도 무겁다. 천천히 진행되는 말기 암 환자처럼, 그 꽃은 죽음이 요구하는 모든 고통을 다 바치고 나서야 비로소 떨어진다. 펄썩, 소리를 내면서 무겁게 떨어진다.

목련이 필 때를 상상해보세요. 목련은 정말 등불을 켜듯이 피어나고, 점점 잎에 상처가 나고 갈변하다가 어느 날 갑자기, 그야말로 죽음이 요구하는 모든 고통을 다 바치고 툭 떨어집니다.

이 같은 꽃 얘기들이 『자전거 여행』 첫 번째 글, 10페이지 정도에 담겨 있습니다. 이 책이 가지고 있는 밀도를 아시겠지요? 이 밀도 때문에 천천히 두 번 읽었는데 강의가 끝나면 다시 한번 읽어봐야 할 것 같습니다. 이전에 놓친 것을 또 잡아낼 수 있을 것 같아요. 여러분도 『자전거 여행』을 읽으면서 계절을 맞이해 보시길 바랍니다. 지금까지와는 다른 풍요로운 봄, 여름, 가을, 겨울을 맞을 수 있을 겁니다.

조금 다른 이야기를 하나 하자면 이렇게 자연에 대한 이야기 속에 신라의 여승, 설요의 시가 한 편 나오는데요. 설요는 젊은 나이에 환속을 했는데, 환속의 이유를 한 편의 시로 써 놓고 세상으로 나갔답니다.

> 꽃 피어 봄 마음 이리 설레니
> 아, 이 젊음을 어찌할거나

봄바람이 난 겁니다. 얼마나 솔직합니까? 스무 살도 안 된 나이에 속세를 떠나서 여승이 되겠다고 절에 들어갔지만, 굴러가는 낙엽만 봐도 웃음이 나는 나이에 이 꽃향기를 어쩔 거예요. 故 박완서의 자전적 소설인 『그 산이 정말 거기 있었을까』에 보면 이런 이야기가 있어요. 세상이 내 것 같던 여고 시절에 갑자기 전쟁이 나요. 폭탄이 떨어지고 피난을 가야 해요. 아, 내 젊음은 어쩌라고 말이죠. 잔뜩 우울해 있는데 목련이 흐드러지게 폈어요. 주인공이 그 목련을 보고 이런 말을 합니다. "얘가 미쳤나 봐." 이것과 똑같은 마음입니다. 설요도 마찬가지였던 거예요. 자기는 속세를 떠나서 불교에 귀의하겠다고 했는데 꽃들이 미친 듯이 앞다퉈 꽃망울을 터뜨리고 있어요. 그 앞에서 마음이 어땠겠어요. 그래서 결국 환속하게 되는 겁니다.

설요의 이 시를 놓고 김훈은 "이것은 대책이 없는 생의 충동이다. 그 충동은 위태롭고 무질서하다"라고 말하고, 한문학자 손종섭은 "아, 한 젊음을 늙히기에 저리도 힘듦이여!"라고 썼다고 해요. 대책 없는 거죠. 대책, 충동, 위태, 무질서라는 김훈의 단어 선택이 정확하죠? 스무 살 젊음이 꽃 피는 걸 보고 느끼는 건 대책 없어요. 어쩔 수 없는 충동이고, 위태로우면서 무질서하고 감당할 수 없는 것이에요. 손종섭은 늙고 나면 젊음이 사라질 것이니 늙힌다는 표현을 쓴 것이고요. 『자전거 여행』에는 그 외에도 무릎을 치게 하는 구절이 정말 많습니다.

- 삶 속에서는 언제나 밥과 사랑이 원한과 치욕보다 먼저다.
- 그만하면 견딜 만한 가난이다.
- 공깃돌만 한 콩털게와 바늘 끝만 한 작은 새우들도 가슴에 갑옷을 입고 있다. 그 애처로운 갑옷은 아무런 적의나 방어 의지도 없이, 다만 본능의 머나먼 흔적처럼 보인다.
- (소금의) 짠맛은 바다의 것이고, 향기는 햇볕의 것이다.
- 낙원은 일상 속에 있든지 아니면 없다.

『자전거 여행』의 일부를 소개했는데 이것만으로도 아직 안 읽어보신 분들은 읽어볼 마음이 들었으면 좋겠습니다. 이렇게 소개하면서 저도 다시 한번 읽어보고 싶다고 생각했습니다. 앞부분에서 김훈을 읽는 법에 대해서는 다 말씀드린 것 같습니다. 앞으로 김훈을 읽으실 때는 이렇게 읽어보시면 어떨까 싶습니다.

'미친 사람' 김훈

강의 때 김훈 이야기를 하면 빼놓지 않고 '미친 사람'이라는 수식을 합니다. 결례되는 표현이지만 미치지 않고서 어떻게 이런 것들을 발견해낼까 감탄하지 않을 수 없기 때문입니다. 특히 『자전거 여행』의 냉이된장국에서 발견한 삼각 치정관계에 대한 구절을 보면 이 사람은 정말 미쳤구나 싶어요. 봄에 냉이된장국을 먹으면서 이 구절을 한번 떠올려보시길 바랍니다.

된장과 인간은 치정관계에 있다. 냉이된장국을 먹을 때, 된장 국물과 냉이 건더기와 인간은 삼각 치정관계이다. 이 삼각은 어느 한쪽이 다른 두 쪽을 끌어안는 구도의 치정이다. 그러므로 이 치정은 평화롭다. (…) 냉이의 저항 흔적은, 냉이 속에 깊이 숨어 있던 봄의 흙냄새, 황토 속으로 스미는 햇볕의 냄새, 싹터오르는 풋것의 비린내를 된장 국물 속으로 모두 풀어 내놓는 평화를 이루고 있다.

냉이가 저항을 한다는 게 무슨 얘기냐 하면 사람 입으로부터 사랑받겠다고, 향이 센 냉이와 된장이 싸운다는 겁니다. 그래서 삼각 치정관계가 형성되는 것이고, 냉이는 된장국 속에 들어갔을 때 기어이 저항한다는 거죠. 냉이된장국을 먹어보면 국물에 냉이 향이 배어 나옵니다. 그리고 냉이 그 자체는 향이 없어지죠. 된장과 냉이 모두 향이 세서 둘이 싸우는데 결국 화해하게 되고 그 화해의 산물이 국물입니다. 우리가 냉이된장국을 떠먹을 때 국물에 둘의 향이 같이 배어 있잖아요. 이걸 늘 먹기만 했지 이렇게 세밀하게 들여다볼 생각은 하지 않았죠.

된장 입장에서 표현한 글도 기가 막힙니다.

> 된장은 냉이의 비밀을 국물 속으로 끌어내면서 냉이는 냉이로서 온전하게 남겨둔다.

냉이의 형태는 그대로 남겨두고 향은 빼서 자기가 받아들였다는 거죠. 또 이런 표현도 합니다. 계절이 바뀌는 풍경이 김훈의 눈에 걸려들었어요.

> 봄의 흙은 헐겁다. (…) 봄 서리는 초봄의 땅 위로 돋아나는 물의 싹이다. 봄 풀들의 싹이 땅 위로 돋아나기 전에, 흙 속에서는 물의 싹이 먼저 땅 위로 돋아난다. 물은 풀이 나아가는 흙 속의 길을 예비한다.

겨울이면 땅이 다 얼잖아요. 봄이 오면 따뜻해지면서 언 땅이 녹아 흙 속에 있던 물이 빠져나갈 거고요. 그러면 단단하게 얼어 있던 흙이 헐거워지겠죠. 빠져나온 물기가 헐거워진 흙 사이를 뚫고 땅 위로 올라오는데 그게 물의 싹이라는 이야기입니다. 그리고 이 물의 싹이 돋아난 길을 따라 봄풀의 싹이 올라올 거예요. 그래서 풀이 나아갈 길을 물이 예비한다는 것이고요. 이렇게 보면 봄을 맞는 흙 속에 얼마나 많은 이야기가 있는 건지요. 우리가 그냥 지나쳤던 모든 것들 속에 이야기가 있는 거예요. 들여다보면 발견하게 되는 거죠.

얼고 또 녹는 물의 싹들은 겨울 흙의 그 완강함을 흔들어서, 풀어진 흙 속에서는 솜사탕 속처럼 빛과 물기와 공기의 미로들이 퍼져나간다. 풀의 싹들이 흙덩이의 무게를 치받고 땅 위로 올라오는 것이 아니고, 흙덩이의 무게가 솟아오르는 풀싹을 짓누르고 있는 것이 아니다. 풀싹이 무슨 힘으로 흙덩이를 밀쳐낼 수 있겠는가. 이것은 물리 현상이 아니라 생명 현상이고, 역학이 아니라 리듬이다.

마지막 "이것은 물리 현상이 아니라 생명 현상이고 역학이 아니라 리듬이다"라는 구절은 정말 좋아하는 구절이에요. 봄에 싹이 올라오는 것은 그냥 보면 물리 현상이지만 생명 현상이고, 역학 같지만 삶의 자연스런 리듬이라는 이 말이 참 좋아요. 심지어 김훈은 '리듬'이란 말을 '음악'으로 발전시켜서 "봄에 땅이 부푸는 사태는 음악에 가깝다"라고 이야기합니다. 김훈의 이런 구절을 찾아낼 때마다 이렇게 볼 수 있는 눈이 정말 부럽습니다. 족탈불급, 따라가지 못하겠지만 부러운 건 부러운 것이죠.

김훈은 이렇게 봄의 부푸는 땅에 대해 이야기하고 나서, 봄의 이 들뜸이 싫은 주인공에 대한 이야기를 합니다. 누구냐, 바로 보리입니다.

겨울을 밭에서 지낸 보리는 이 초봄 흙들의 난만한 들뜸이 질색이다. 한창 자라날 무렵에 헐거워진 흙들이 뿌리를 꽉 껴안아주지 않기 때문이다. 그래서 흙을 이해하는 농부는 봄볕이 두터워지면 식구들을 모두 보리밭으로 데리고 나와서 흙을 밟아준다.

봄에 자라는 보리는 흙이 잘 붙들어줘야 하는데 봄이 되면 물의 싹 때문에 흙이 헐거워져 흩어져버리니까 자꾸 들뜬 땅이 미울 수밖에요. 그래서 인위적인 힘이 필요한데 이것이 예부터 봄이면 보리밟기를 했던 이유입니다.

이 모두가 자전거 하나 타고 다니면서 발견한 것입니다. 책에는 이렇게 보석 같은 문장이 더 많아요. 꼭 구입해서 꼭꼭 씹어 드시길 바랍니다.

분위기를 바꿔 미친 사람 김훈의 기가 막힌 구절들을 더 소개하도록 하죠. 요즘 저는 콩나물을 먹을 때마다 콩나물 속에 있는 물기가 축복이라는 생각이 듭니다. 씹으면 마치 미더덕을 꽉 깨문 것처럼 줄기 안에서 물이 쫙 퍼집니다. 그 순간의 행복을 알게 됐어요. 사실 전에는 이런 촉각을 가지고 있지 않는데 김훈의 글을 읽고 나서야 이런 걸 느끼면서 음식을 먹을 수 있게 됐습니다. 김치를 먹을 때, 채소를 씹을 때 그 안에 있는 물기를 즐기면서 씹을 수 있게 됐어요.

국 한 모금이 몸과 마음속에 새로운 천지를 열어주었다. 기쁨과 눈물이 없이는 넘길 수가 없는 국물이었다.

상상해보세요. 우리가 추운 곳에 있다가 집 안에 들어가서 따뜻한 국 한 모금 먹고 나면 아, 하면서 몸과 마음의 상태가 바로 바뀌잖아요? 그걸 묘사한 겁니다. 기적 같은, 코페르니쿠스적인 전환의 순간을 주목한 거죠. 새로운 천지를 열어주는 순간, 그래서 이 국물을 기쁨과 눈물 없이 먹을 수 없는 겁니다.

읽으면 읽을수록 신기하기만 합니다. 게다가 앞서 말씀드렸습니다만 김훈은 관찰한 바를 인문학적으로 연결하고 있어요. 우리가 미나리를 고추장에 찍어먹는 이유입니다.

미나리는 발랄하고 선명하다. (…) 그러므로 미나리는 된장의 비논리성과 친화하기 어렵고 오히려 고추장의 선명성과 잘 어울린다. 봄 미나리를 고추장에 찍어서 날로 먹으면서, 우리는 지나간 시간들과 전혀 다른, 날마다 우리를 새롭게 해주는 전혀 새로운 날들이 우리 앞에 예비되어 있음을 안다.

발랄, 선명, 비논리, 듣고 보면 미나리의 특성을 잘 집어내고 있어요. 그러면서도 자연의 특성을 인문적으로 풀어내고 있습니다. 그리고 이 미나리를 먹는 시기가 오면 봄이 왔음을 알게 됩니다. 이 채소를 먹으면서 새로운 시절이 앞으로 펼쳐질 거라는 걸 알고 새 계절이 오는 걸 기대하게 되죠. 미나리는 전령사이자 시간의 변곡점이 되는 겁니다. 김훈처럼 주변을 들여다본다면 사방 천지에 생각의 덩어리들이 깔려 있는 게 아닌가 싶습니다.

대나무의 삶은 두꺼워지는 삶이 아니라 단단해지는 삶이다. (…) 더 이상은 자라지 않고 두꺼워지지도 않고, 다만 단단해진다. 대나무는 그 인고의 세월을 기록하지 않고, 아무런 흔적을 남기지 않는다. 대나무는 나이테가 없다. 나이테가 있어야 할 자리가 비어 있다.

대나무가 속은 비어 있지만 단단하다는 건 누구나 아는 사실입니다. 하지만 이런 자연의 모습을 삶이라는 맥락 속으로 가져오고 있습니다. 우리에게 진짜 무엇이 중요한 건지, 정말 보고 싶은 게 무엇인지 깊이 생각해보게 하는 문장이죠.

상록수에 대해서는 이렇게 말합니다.

상록수의 숲은 짙고 깊게 푸르러서, 그 푸르름은 봄빛에 들뜨지 않는다. 상록수의 숲의 푸르름은 겨울을 어려워하지 않는 엄정함으로 봄빛에 호들갑을 떨지 않는다. 흰 눈에 덮인 겨울 산에서 상록수 숲의 푸르름은 우뚝하지만 온 산이 화사한 활엽수들의 신록으로 피어날 때, 연두의 바닷속에 섬처럼 들어앉은 상록수의 숲은 더욱 우뚝하다.

읽고 보면 숲이 다 달라요. 늘 푸른 상록수의 숲은 무겁고 듬직하게 눌려 있는 느낌이죠. 상록수는 경박스럽지 않고 단단해요. 경쾌한 나무들은 봄이 되면 연둣빛의 발랄함을 내뿜는데 상록수는 봄빛에 들뜨지 않고 눈이 와도 엄정하게 푸르른 빛을 지켜냅니다. 그래서 숲의 푸르름은 뚜렷하고요. 들뜸, 엄정함, 호들갑, 우뚝, 이런 단어들이 자연 현상과 얼마나 잘 어울리는지 또 감탄하게 됩니다.

마지막으로 자작나무 숲은 이렇게 표현합니다.

5월의 산에서 가장 자지러지게 기뻐하는 숲은 자작나무 숲이다. 하얀 나뭇가지에서 파스텔톤의 연두색 새잎들이 돋아날 때 온 산에 푸른 축복이 넘친다. 자작나무 숲은 생명의 기쁨을 주체하지 못하고 작은 바람에도 늘 흔들린다. 자작나무 숲이 흔들리는 모습은 잘 웃는 젊은 여자와도 같다. (…) 그래서 자작나무 숲은 멀리서 보면 빛들이 모여 사는 숲처럼 보인다.

바람 불 때 자작나무 숲을 자세히 보면 작은 나뭇잎들이 흔들

리면서 반짝거립니다. 그래서 마치 나뭇잎들이 조그만 거울을 가지고 있는 것 같습니다. 그 모습을 이렇게 표현한 겁니다. 그 덕에 저는 자작나무 숲을 다시 보게 됐습니다. 김훈처럼 할 수 없다면, 김훈을 통해 발견하고 들여다보는 것도 괜찮은 방법인 것 같습니다.

다음은 『너는 어느 쪽이냐고 묻는 말들에 대하여』에 나오는 구절입니다.

> 도다리는 백이숙제와 같다. 굶어 죽어도 더러운 먹이를 먹지 않는다.

이 짧은 한 문장은 많은 걸 담고 있습니다. 도다리를 이야기하고 있지만 광어를 떠올리게 하죠. 둘은 비슷하게 생겨서 겉모습만 대충 봐서는 분간이 잘 안 가는데요. 옛날에는 광어가 도다리보다 귀했지만 광어는 양식이 가능해진 반면 도다리는 양식이 어려웠기 때문에 둘의 위치가 바뀌었었죠. 제주도의 오분자기와 전복도 광어, 도다리와 비슷한 운명이라고 해요. 전복이 양식되면서 상대적으로 오분자기가 귀한 식재료가 됐다는 겁니다. 이러한 현상을 저 한 문장으로 표현해낸 겁니다. 그것도 도다리를 『사기』에 나오는 백이숙제(伯夷叔齊)에 비유하면서 말입니다. 인문과 자연 사이를 자유자재로 오가고 있어요.

『자전거 여행』에서 매화와 벚꽃 말씀드렸죠? 그걸 기억하면

서 봐주시길 바랍니다. 봄에 화사한 벚꽃이 피어서 정말 좋았는데
어느 날 이 꽃들이 작심하고 바람에 모든 꽃잎을 날려버리면 진짜
가슴이 무너집니다. 중국 시인 두보가 이 광경을 보고 "꽃 한 조각
떨어져도 봄빛이 줄거늘 수만 꽃잎 흩날리니 슬픔 어이 견디리"
라고 시를 썼답니다. 그런데 이 시를 두고 김훈이 평하기를, "대체
로 이러한 글은 사람의 솜씨라고 말하기 어렵지만, 산화(散花)하는
꽃과 시간을 견디지 못해하는 '슬픔'으로 보아 사람의 소행임은
틀림없다"라고 했습니다. 두보의 시도 좋지만 그 시에 대한 김훈
의 생각도 참 재미있다는 생각이 듭니다.

그리고 제가 강의할 때 앙드레 지드의 『지상의 양식』에 나오
는 "시인의 재능은 자두를 보고도 감동할 줄 아는 재능이다"라는
구절을 자주 인용하는데요. 김훈은 『너는 어느 쪽이냐고 묻는 말
들에 대하여』에서 자두와 수박에 대해 이렇게 이야기합니다.

자두의 생김새는 천하의 모든 과일들 중에서 으뜸으로 에로
틱하다. 자두는 요물단지로 생겼다. 자두는 식물임에도 불구하
고 동물적 에로스의 모습을 하고 있다. 수박의 향기는 근본적으
로 풀의 향기다. 풀의 향기가 수분에 풀려서 넓게 퍼진다. 자두
의 향기는 전혀 다르다. 자두의 향기는 육향(肉香)에 가깝다. 그
향기는 퍼지기보다는 찌른다. 자두를 손으로 만져보면, 그 감촉
은 덜 자란 동물의 살과 같다. 자두는 껍질을 깎을 필요도 없이
통째로 먹는다. 입을 크게 벌려서, 이걸 깨물어 먹으려면 늘 안

쓰러운 생각이 든다. 이 안쓰러움은 여름의 즐거움이다.

저는 이 글을 읽고 나서 자두를 보면 김훈의 이야기에 공감이 됩니다. 그렇다면 수박은 어떨까요?

수박은 천지개벽하듯이 갈라진다. 수박이 두 쪽으로 벌어지는 순간, '앗!' 소리를 지를 여유도 없이 초록은 빨강으로 바뀐다.

수박은 겉면이 녹색으로 되어 있고 생긴 것도 오묘합니다. 녹색에 뜬금없이 어울리지 않은 검은 줄이 가 있고, 겉이 녹색, 검은색이면 안쪽도 비슷한 색일 법한데, 쩍하고 갈라져 나타나는 색은 갑자기 빨간색이니 이건 또 무슨 일입니까. 그렇다고 빨간색이 끝도 아니죠. 밤하늘 우주에 별이 떠 있는 것처럼 까만색 씨앗이 점점이 박혀 있는데, 이건 도대체 어떤 세계이냐는 겁니다. 이 구절은 수박 하나도 허투루 보지 않는, 그야말로 김훈의 들여다보기 결정체라고 생각합니다. 김훈은 이어서 수박을 두고 "돈과 밥이 나오지 않았다 하더라도, 이것은 필시 흥부의 박"이라고도 이야기하는데요. 흥부의 박 속에 있는 돈과 밥은 아니지만 우리가 기대치 않았던 무언가가 나왔다는 말입니다.

이렇게 볼 수 있는 것은 정말 대단한 겁니다. 왜냐하면 그가 주목하는 것이 우리의 일상이기 때문입니다. 그리고 우리가 그처럼 보지 못하는 이유는 늘 보기 때문입니다. 저는 자주 "결핍이 결핍되어 있다"라는 말을 합니다. 만약 우리나라에 수박이라는 게 없었는데 어느 날 이 과일이 수입됐고, 우리는 생전 처음 수박이라는 걸 마주했다고 칩시다. 그럼 우리도 김훈이 수박을 보듯이 볼 겁니다. 동그란 녹색에 이 검은 줄은 뭐지? 안쪽의 빨간색은? 씨앗은? 달콤한 맛은? 이렇게 되는 거죠. 결핍의 결핍. 너무 익숙해서 볼 수 없는 겁니다. 니코스 카잔차키스도 그의 소설 속 주인공인 조르바를 통해 "그에게 두려웠던 것은 낯선 것이 아니라 익숙한 것이었다"라고 얘기하죠. 우리는 익숙한 것을 두려워할 필요가 있습니다. 우리 주변의 익숙한 것 속에 정말 좋은 것이 있고, 그것들이 우리에게 끊임없이 말을 거는데 듣지 못한다는 건 참 안타까운 일입니다.

수박에 대한 김훈의 이야기를 하나 더 전하면, 여름에 수박이 달려면 햇빛이 뜨거워야 한답니다. 우리가 짜증내는 더운 날씨가 맛있는 수박이라는 축복을 주는 거죠.

메마른 땅과 뜨거운 햇볕은 여름 과일들의 고난이 아니다. 어디로 피서를 가야 할 것인가를 생각하다가 온 여름이 다 지나갔다. 축복은 저 숨막히는 무더위 속에 있었던 것임을 여름의 끝물에 한 입의 과일을 깨물면서 문득 알게 된다. 이 많은 과일들을 지상에 차려놓고, 힘센 여름은 이제 물러가고 있다.

흘려보내는 게 없는 것 같아요. 무더위가 찾아오면 '더워, 언제 끝나' 하며 불평할 텐데 이 더위가 지금 무등산 수박의 단맛을 뽑아내겠구나, 그 축복이 나에게 돌아오겠구나 하는 연결고리를 안내해줬어요. 더운 것만 생각하면 짜증이 나지만 이 무더위가 수박의 단맛을 만든다고 하면 축복이에요. 하지만 이런 더위 때문에 여름이 무서울 정도로 힘이 센 것도 사실이고요. 지금 말씀드린 문장들이 에세이 『너는 어느 쪽이냐고 묻는 말들에 대하여』에 나오는 것들입니다.

『자전거 여행 2』에서 김훈이 김소월의 시를 두고 했던 이야기가 있습니다.

> 말을 걸 수 없는 자연을 향해 기어이 말을 걸어야 하는 인간의 슬픔과 그리움의 노래로 나에게는 들린다.

자연에 대한 인문학적 말 걸기, 어떤 의미인지 느껴지시나요? 이와 연관해서 『자전거 여행 2』 중 "항해술에서 가장 중요한 것은 선박의 위치 판단이다"라는 구절도 좋아하는 문장입니다. 이 구절은 제가 일하면서, 일상에서 판단이 필요한 상황에 많이 떠올리는 구절입니다. 저에게는 일종의 경종이 되는 문장이기도 합니다. 사람들은 눈에 보이는 걸 보지 않고 보고 싶은 것만 보는 경향이 있어요. 그래서 자기 자신에 대해 파악하기 전에 갈 곳만 보려고 하죠. 저 역시 혹시 그와 같은 이유로 실수하지 않을까 싶어 제 위치, 제 자신부터 먼저 분석하려고 합니다.

또 다른 하나는 나무에 대한 이야기로, 딸에게 이야기해주면서 아는 척했던 것 중 하나입니다.

식물학자들의 설명에 따르면 나무밑동에서 살아 있는 부분은 지름의 10분의 1정도에 해당하는 바깥쪽이고, 그 안쪽은 대부분 생명의 기능이 소멸한 상태라고 한다. 동심원의 중심부는 물기가 닿지 않아 무기물로 변해 있고, 이 중심부는 나무가 사는 일에 간여하지 않는다. 이 중심부는 무위와 적막의 나라인데 이 무위의 중심이 나무의 전 존재를 하늘을 향해 수직으로 버티어준다. 존재 전체가 수직으로 서지 못하면 나무는 죽는다. 무위는 존재의 뼈대이다. (…) 나무의 늙음은 낡음이나 쇠퇴가 아니라 완성이다.

세부적인 묘사가 작가의 지식의 깊이를 이야기해주고 있습니다. 구절을 살펴보면 지금 생명 활동에는 아무런 간여도 하고 있지 않지만, 중심부가 있지 않으면 나무가 서 있을 수가 없다는 이야기입니다. 예전에 어느 전시에서 "세월에 저항하면 주름이 생기고 세월을 받아들이면 연륜이 생긴다"라고 쓴 적이 있는데, 이것은 제가 썼던, 제가 느꼈던 것과도 일맥상통해서 다시 들여다보게 된 구절입니다. 이렇게 책 속에서 나의 생각과 같은 접점을 발견하는 기쁨도 독서의 기쁨 중 하나입니다.

사실적인 글쓰기의 힘

뉴스를 보면 많은 기자들이 의견을 사실인 것처럼 전달합니다. 가령 이런 거죠. "민족 최대의 명절 설, 헤어지기 싫은 어머님의 마음을 가득 안은 기차는 다시 서울로 향합니다." 이 문장은 100퍼센트 사실만 전하고 있지 않아요. 사실 그대로 전하자면 설 명절이 끝나서 사람들을 태운 기차가 다시 서울로 돌아온다는 것뿐입니다. 그런데 여기에 '헤어지기 싫은 어머님의 마음을 가득 안은'이라는 주관적인 감상을 덧붙이고 마치 사실인 것처럼 이야기하고 있습니다. 우리는 의견과 사실을 구별해내는 능력이 있어야 합니다.

『바다의 기별』에 이런 이야기가 나옵니다.

내가 쓴 장편소설 『칼의 노래』 첫 문장은 "버려진 섬마다 꽃이 피었다"입니다. (…) 나는 처음에 이것을 "꽃은 피었다"라고 썼습니다. 그리고 며칠 있다가 담배를 한 갑 피면서 고민고민 끝에 "꽃이 피었다"라고 고쳐놨어요. 그러면 "꽃은 피었다"와 "꽃이 피었다"는 어떻게 다른가. 이것은 하늘과 땅의 차이가 있습니다. "꽃이 피었다"는 꽃이 핀 물리적 사실을 객관적으로 진술한 언어입니다. "꽃은 피었다"는 꽃이 피었다는 객관적 사실에 그것을 들여다보는 자의 주관적 정서를 섞어 넣은 것이죠. "꽃이 피었다"는 사실의 세계를 진술한 언어이고 "꽃은 피었다"는 의견과 정서의 세계를 진술한 언어입니다. 이것을 구별하지 못하면 나의 문장과 서술은 몽매해집니다.

이것이 바로 김훈의 글쓰기입니다. 『자전거 여행』에서도 광주 민주화 운동과 관련된 일화를 이런 식으로 풀어낸 부분이 있는데요. 몇 번을 읽어도 목이 메고 눈물이 나는 부분입니다.

이추자 씨는 그때 임신 3개월인 신부였다. 집 안에서 총을 맞았다. 오른쪽 눈 밑을 총알이 뚫고 지나갔다. 병원에서 수술받던 도중에 폭도로 몰려 병원 지하실에 끌려가 군인들한테 매를 맞았다. 이추자 씨는 그때 아무런 정치의식이 없었고, 그 상황이 무엇을 의미하는지도 몰랐다고 한다. 다만 태아를 보호하기 위해 몸을 동그랗게 꼬부리고 매를 맞았다. 기형아를 낳으면 안 된다는 생각뿐이었다고 한다. 군인들이 임신한 배를 구둣발로 찼고, 이 씨는 여러 번 실신했다. 이 아이가 최효경이다. 광주여자대학교 무용과 2학년이다. (…) 이추자 씨는 보험회사 외판원이다. 성격이 수줍어서 별 실적은 없다. 최효경 양이 엄마보다 더 잘 번다. 최 양은 학교가 끝나면 고속도로 광주 톨게이트 매표원으로 일한다. 최 양은 한 달에 80만 원쯤 벌어서 남동생 용돈까지 준다. 이추자 씨는 효경이를 낳고 나서 얼굴에 기미가 심하게 끼었다. 임신 중에 여러 번 총상 수술을 했고 그때마다 항생제를 썼기 때문이라고 한다. 지금도 이 씨의 얼굴은 기미로 덮여 있다. 그래서 이 씨는 화장을 두껍게 한다. 5·18 피해자라고 해서 남한테 초라하게 보이고 싶지 않다고 이 씨는 말했다.

별다른 내용이 없는 객관적인 서술일 뿐인데 가슴을 울려요. 기억에 많이 남는 부분입니다.

한편으로 2004년 이상문학상을 수상한 「화장」이라는 소설은 객관적, 사실적 글쓰기를 최고로 보여준 작품이라고 생각합니다. 어느 문학 평론가는 "꽃밭 같은 문단에 맹수가 나타났다"라고 평했는데, 저는 「화장」을 읽고 이 소설은 완벽히 혼자 우뚝 솟은 문학작품이라고 생각했습니다. 「화장」은 소설에 대한 완전히 새로운 접근 방법을 보여주고 있는데, 그게 뭐냐 하면 객관적인 서술, 진실의 전달입니다. 작가나 인물의 의견이 없습니다.

「화장」의 주인공은 화장품 회사에서 광고를 담당하고 있고 임원으로 일하고 있는 중년 남성입니다. 그에게는 죽음을 앞둔 아내가 있는데요. 그는 아내의 고통을 객관적으로 서술합니다.

간병인이 아내를 목욕시킬 때 보니까, 성기 주변에도 살이 빠져서 치골이 가파르게 드러났고 대음순은 까맣게 타들어 가듯 말라붙어 있었다. 나와 아내가 그 메마른 곳으로부터 딸을 낳았다는 사실은 믿을 수 없었다.

잔인할 정도로 세밀한 사실 전달입니다. 그리고 그는 추은주라는 회사의 신입사원을 짝사랑하는데요. 그렇다고 그녀에게 마음을 표현하는 것은 아니고 그저 막연한 동경의 시선으로 그 여자를 바라봅니다. 불륜을 저지르겠다는 음험한 마음이 아니라 젊음에 대한 막연한 갈망이에요. 소설 속에는 주인공이 여자의 팔에 드러나는 정맥에 주목한 대목이 나오는데,『바다의 기별』에 실린 글에도 사랑했던 사람의 푸른 정맥에 대한 세밀한 묘사가 있습니다.

그 여름에 당신의 소매 없는 블라우스 아래로 당신의 흰 팔이 드러났고 푸른 정맥 한 줄기가 살갗 위를 흐르고 있었다. 당신의 정맥에서는 새벽안개의 냄새가 날 듯했고 정맥의 푸른색은 낯선 시간의 빛깔이었다. 당신의 정맥은 팔뚝을 따라 올라가서, 점점 희미해서 가물거리는 선 한 줄이 겨드랑이 밑으로 숨어들어갔다. 겨드랑이 밑에서부터 당신의 정맥은 몸속의 먼 곳을 향했고, 그 정맥의 저쪽은 깊어서 보이지 않았다.

감정을 정말 객관적으로 표현한 문장들이죠.『바다의 기별』에는「화장」을 비롯해 작가가 썼던 여러 글에 대한 재료를 모두 보여주는데,「화장」의 한 구절에 썼던 것을 언급합니다.

'소각 완료'라는 글자는 추호의 모호성이 없었다.

화장터에서 많은 사람이 슬픔으로 가슴이 무너지죠. 그런데

'소각 완료', 갑자기 죽음이 드러나버린 겁니다. 그 안에는 모호성이 없습니다. 감정적으로 보면 해석되지 않는 단어이지만 기계적인 의미로 보면 끝났다는 것을 가장 명징하게 알려줍니다. 현장에서 사람들은 그 단어를 보고 서운해하겠지만 기계적으로 보면 어쩌겠어요, 이미 끝난 것을. 인생은 기계적이고 냉정하게 종료되는 겁니다.

『칼의 노래』에도 "(보편적 죽음이) 개별적인 죽음을 설명하거나 위로할 수는 없을 것이었다."라는 구절이 있는데, 왜군은 군인으로 오지만 죽을 때는 개인으로 죽었다는 이야기입니다. 왜군이 올 때는 군인이라는 집단명사로 옵니다. 일본이라는 나라를 위해서, 국가의 명예를 위해서 오는데 죽을 때는 일본 군인으로 죽는 게 아니라 가족과 헤어져 외롭고 고통스러운 슬픈 개인으로 죽습니다. 죽음은 전부 개별적이라는 이야기입니다. 보편적 죽음이 개별적 죽음을 설명할 수 없습니다. 위로할 수도 없고요.

그래서 인간은 보편적 죽음 속에서, 그 보편성과는 사소한 관련도 없이 혼자서 죽는 것이다. 모든 죽음은 끝끝내 개별적이다. 다들 죽지만 다들 혼자서 저 자신의 죽음을 죽어야 하는 것이다.

위의 구절도 『바다의 기별』의 한 부분입니다. 「화장」에도 아무리 사랑해도 아픔은 전이되지 않는다는 이야기가 나옵니다. 아픔도 개별적이에요. 냉정하지만 사실입니다. 자식이 아프다고 해도, 아파하는 걸 보면서 마음이 아플 뿐이지 그 아픔을 진짜 느낄 수는 없어요. 인간은 철저히 개별적인 객체입니다. 평소에 너무 아프거나 추해서 의도적으로 보려 하지 않는 것을 김훈은 날것 그대로 보여줍니다. 그렇게 각성과 새로운 시선을 던져주죠.

나는 사실만을 가지런하게 챙기는 문장이 마음에 듭니다.

김훈은 같은 책에서 이렇게 말합니다. 그 가지런한 사실을 통해 감동을 전하는 김훈의 문장이 저는 마음에 듭니다. 여러분은 어떻습니까? 김훈이 발견해낸 것을 여러분도 발견하고 싶은 욕심이 들지 않나요? 제가 소개하는 김훈은 여기까지입니다. 모쪼록 김훈을 통해서 삶의 속도를 늦추고 새로운 것을 들여다보는 시간을 보내보시길 바랍니다.

알랭 드 보통의
통찰

이 장에서 소개하는 책들

· 알랭 드 보통

- 『불안』, 정영목 옮김, 이레, 2005.

- 『우리는 사랑일까』, 공경희 옮김, 은행나무, 2005.

- 『동물원에 가기』, 정영목 옮김, 이레, 2006.

  → 『슬픔이 주는 기쁨』, 정영목 옮김, 청미래, 2012. 개정판으로 재출간

- 『프루스트를 좋아하세요』, 지주형 옮김, 생각의나무, 2007.

  → 『프루스트가 우리의 삶을 바꾸는 방법들』, 박중서 옮김, 청미래, 2010. 개정판으로 재출간

- 『왜 나는 너를 사랑하는가』, 정영목 옮김, 청미래, 2007.

· 오스카 와일드, 『도리언 그레이의 초상』, 김진석 옮김, 웅진싱크빅, 2008.

저는 요즘 이 강의 덕분에 이미 읽었던 책들을 다시 읽고 있는데 모든 책이 여전히 좋습니다. 이전에 읽었을 때는 보지 못했던 새로운 것을 발견해 줄을 치기도 하고요. 새 책을 읽지 못하는 건 조금 아쉽지만 독서는 양보다 질이라고 생각합니다. 깊이 있는 책 읽기가 되고 있어 여러모로 즐거운 시간입니다.

이번 시간에는 알랭 드 보통에 대해 이야기할까 합니다. 그리고 이야기 끝에 알랭 드 보통을 통해 만나게 되는 오스카 와일드의 『도리언 그레이의 초상』도 짧게 소개하겠습니다. 알랭 드 보통은 우리에게 소설, 에세이, 평론 등 다양한 장르의 글을 통해 익숙한 이름입니다. 그중에서 그의 소설인 『왜 나는 너를 사랑하는가』와 『우리는 사랑일까』, 그리고 문학평론서 『프루스트를 좋아하세요』(개정판, 『프루스트가 우리의 삶을 바꾸는 방법들』)에 대해 다룰까 합니다.

저는 알랭 드 보통과 『왜 나는 너를 사랑하는가』로 처음 만났는데요. 이 책을 그가 스물일곱 살에 집필했다는 이야기를 듣고, 다시 한번 이 사람도 미쳤구나 생각했습니다. 도대체 어떤 교육을 받았길래 20대에 이런 글을 쓸 수 있을까, 미치지 않고서 이게 가능한 일일까 싶었어요. 이 책이 제게 강렬하게 다가왔던 것은 바로 '통찰' 때문이었습니다. 알랭 드 보통은 우리가 사랑할 때 하는 생각, 감정, 말, 행동을 낱낱이 분해해서 보여줍니다. 우리가 어떤 이유로 사랑하게 되는지, 사랑할 때 어떤 행동을 왜 하는지, 시간이 흐르면 상대에게 왜 지치는지 등에 대해 아주 세밀하게 분석하고 있는데, 대단한 통찰입니다.

사랑에 대한 적나라한 통찰

『왜 나는 너를 사랑하는가』는 제목에서 알 수 있듯이 이 소설은 남녀 간의 사랑 이야기입니다. 하지만 결코 따뜻한 이야기는 아닙니다. 뼈와 살을 추려내는 것처럼 철저하게 사랑을 해부하고 있어요. 여담인데, 전에 제가 살던 동네에 아귀찜 집이 있었는데 이름이 '아구찜 연구소'였습니다. 이름만 봐서 어떤 느낌이 드세요? 아귀찜을 잘 알고 있다는 느낌이 들지만 결코 맛있어 보이진 않는데요. 알랭 드 보통의 이 책도 마치 '사랑 연구소' 같은 느낌입니다. 산도르 마라이의 『열정』이나 안나 가발다의 『나는 그녀를 사랑했네』 같은 소설처럼 누군가를 사랑하고 싶은 마음이 들게 하거나 이야기에서 사랑이 느껴지진 않습니다.

안나 가발다의 『나는 그녀를 사랑했네』를 보면, 가정이 있는 남자와 불륜 관계인 여자는 남자의 이혼을 원하지만 그 남자는 용기를 내지 못합니다. 그리고 두 사람은 가끔 호텔방에서 만나는데 여자가 남자를 기다리면서 그와 함께 하고 싶은 걸 적습니다. 그 리스트는 책 두 페이지가 넘는 분량인데 들여다보면 정말 사소한 것들입니다. 늦잠 자기, 쇼핑하기, 함께 커피 마시기, 음악 듣기, 식사하기 등 아주 일상적인 일들이죠. 이런 건 사랑의 해부라기보다 우리가 살면서 느끼는 감정에 충실한 표현이고, 사랑을 주제로 한 소설 대부분은 이런 감정을 전해줍니다. 사랑이라는 감정에 감정이입하게 만들죠. 하지만 알랭 드 보통의 『왜 나는 너를 사랑하는가』는 그런 미덕이 전혀 없습니다. 감정이입보다 우리의 감정 상태를 적나라하게 보여줘요. 연구소에서 감정을 연구하듯 분해해서 보여주기 때문에 사랑에 빠지고 싶게 만들지 않아요. 그렇지만 아주 매력적입니다. 우리가 사랑에 빠지기까지, 빠진 후에 왜 그런 말이나 행동을 하는지 깊이 있게 해석했기 때문이죠.

자, 그럼 살펴보겠습니다. 여러분은 어떤 사람을 봤을 때 사랑에 빠지나요? 아마 본인이 보기에 매력적인 사람에게 빠지게 되겠죠? 그런데 내가 좋아하는 상대는 나를 좋아하지 않고, 관심 없는 상대가 나를 좋아하는 경우가 많습니다. 그 이유가 뭐냐 하면, 내가 좋아하지 않는 사람에게는 아주 쿨하고 태연할 수 있기 때문입니다. 아무런 감정이 없으니까요. 상대는 나의 그런 모습을 멋지게 보는 거죠. 반면 내가 좋아하는 사람 앞에서는 얼굴도 빨개지고 목소리도 떨리고 말도 더듬게 돼요. 실수하지 말아야지 다짐하지만 더 실수하게 되잖아요. 결국 애정이 없는 사람에게는 본의 아니게 나의 전 존재를 솔직하게 드러내게 되고, 좋아하는 사람에게는 자꾸 감추게 됩니다. 이를 두고 알랭 드 보통은 "가장 매력을 느끼지 못하는 사람을 가장 쉽게 유혹할 수 있다는 것은 사랑의 아이러니 가운데 하나"라고 말하죠. 내가 매력을 느끼는 사람을 유혹하는 건 정말 어려운 일입니다. 제대로 대화를 시작하기 전부터 말이 꼬이고 물을 쏟을 거예요. 사랑 게임에는 태연함이 요구되는데 이 게임에서 진지한 욕망이 장애가 되는 겁니다.

위의 이야기는 한 남자와 한 여자가 우연히 만나서 사랑하고 헤어지는, 사랑에 관한 역사서와 같은 이 책 앞부분에 나오는 내용입니다. 재미있죠? 이 책이 더 흥미로운 것은 사랑과 관련된 사람들의 감정을 이야기할 때 비트겐슈타인이나 오스카 와일드, 플라톤 등을 끌고 들어온다는 겁니다. 다양한 사람의 철학과 이론을 소설 속에 풀어내는데 이야기가 잘 맞물려 무릎을 치게 합니다.

다시 사랑 이야기로 들어가면, 알랭 드 보통은 우리는 사랑에 빠지는 순간 더 이상 '나는 누구인가'가 중요하지 않고 '나는 상대에게 누구인가'가 중요해진다고 합니다. 사랑하는 사람의 시선에서 내가 어떻게 보이느냐에 초점을 맞추게 된다는 겁니다. 사실 진정한 자아는 같이 있는 사람이 누구인가와 관계없이 안정된 동일성을 이룰 수 있어야 합니다. 지위나 직책이 높은 사람을 만나면 벌벌 떨고, 아랫사람을 만나면 오만해지는 자아는 진정한 자아가 아닙니다. 내 자아가 진정으로 서 있다면 내가 이 사람을 만나든 저 사람을 만나든, 사장을 만나든 직원을 만나든 다 '똑같은 나'로 있어야 합니다. 그런데 사랑에 있어서는 이게 잘 안 됩니다. 유독 사랑하는 사람 앞에서만큼은 내가 아닌 거죠. 내가 좋아하는 게 중요하지 않고 '저 사람이 나를 좋아해줄까?'가 중요해집니다. 관점이 모두 상대로 돌아서는 것이 사랑의 속성이니까요. 그 때문에 진정한 연인들의 생각은 두서가 없고, 말은 조리가 서지 않는다고 알랭 드 보통은 말합니다.

지난번에 말씀드렸던 김훈도 사랑에 대해서 이야기한 바 있는데요, '도달하지 못하는 것'이 사랑의 정의라고요. 우리는 사랑의 '공간'을 바라지만 아니라는 겁니다. 누군가를 사랑해서 내 사랑을 가지고 돌진하고, 사랑이 형성되면 행복한 공간이 만들어져야 하는데 그게 안 된다는 이야기입니다. 사랑이 형성되는 순간부터 싫은 점들이 보이기 시작하기 때문입니다. 안 보였던 흠이 보이기 시작하고 사랑은 결국 그렇게 소진되어가죠. 그래서 알랭 드 보통은 사랑이 '방향'일 뿐 공간이 아니라고 말합니다. 그러다 보니 연인들은 상대의 사랑을 받고 싶다는 갈망과 연인이 된 후에 찾아오는 짜증, 두 극단 사이를 왔다 갔다 할 수밖에 없다고요. 즉 사랑에는 중간이 없어요. 알랭 드 보통의 사랑에 대한 이런 정의를 뒷받침하는 문장이 이 책에도 나옵니다.

우리는 불충분한 자료에 기초하여 사랑에 빠지며, 우리의 무지를 욕망으로 보충한다.

사실 상대에 대한 전체적인 정보를 가지고 있으면 사랑에 빠지는 것이 불가능합니다. 보통 우리는 누군가를 만났을 때 상대의 어떤 한 면만을 봅니다. 말 한마디의 한 컷, 그 사람이 나에게 얘기했던 한순간만 보고 사랑에 빠지죠. 그리고 예쁘다, 멋지다, 매력적이고 좋다고 생각한 뒤에 나머지 부분은 다 상상으로 채우는데, 그 상상은 나의 욕망으로 채워집니다. 예를 들면 사랑에 빠질 나이에, 그럴 법한 상황에 누군가를 발견했는데 호감이 가면 상상하는 겁니다. 상대가 밥 먹을 때는 이렇게 먹고, 음악 취향은 어떨 것이라는 등 두세 가지만 확인한 후 상대에게 빠져들어요. 그리고 나머지는 다 나의 욕망으로 채운다는 말입니다. 그리고 현실에서 상대가 내 욕망으로 채워진 부분과 반대되는 행동을 하면 화를 내요. 내가 상상한 사람은 그러면 안 되거든요. 내 욕망에 반하기 때문이죠. 그래서 정작 사랑에 빠지고 연인이 되고 나면, 내가 알던 너는 이런 사람이 아닌데 왜 그러냐고 말하죠. 아뇨, 원래 그런 사람이었어요. (웃음) 모두 공감하시죠? 알랭 드 보통은 완전한 정보로는 빠질 수 없는, 불충분한 자료로만 빠질 수 있는 사랑을 이렇게 비유합니다.

우리가 첫눈에 사랑하게 된 사람들은 우리 머릿속에 작곡된

르네 마그리트, 〈연인들 II〉, 캔버스에 유채, 54×73.4cm, 1928, 뉴욕 현대미술관

심포니처럼 멋지다.

한번 생각해봅시다. 우리가 작곡가예요. 머릿속에 심포니를 그렸어요. '저 사람은 진짜 멋져, 그럴 거야'라고 생각하고 여자 혹은 남자, 상대에 대한 심포니 악보를 그리는 겁니다. 머릿속에 아름다운 곡이 만들어졌어요. 그런데 실제로 연주해보면 그 심포니의 화음이 아름다울까요? 글쎄요. 현실에 부딪히면 바이올린은 음을 틀리고 심벌즈는 제때 못 들어오는 불상사가 발생할 거예요.

우리가 첫눈에 사랑하게 된 사람들은 구두나 문학에 관한 취향의 충돌로부터 자유롭다. 음정이 틀린 바이올린이나 늦게 들어오는 플루트로부터 자유로운 것과 마찬가지이다.

이 책의 남자 주인공은 한 여자를 비행기에서 만납니다. 그리고 그 여자와 사랑에 빠지게 되면서 모든 것에 의미를 부여합니다. 이 여자가 어떻게 내 옆에 앉았을까 싶어요. 이건 신의 계시라고 여기는 거죠. 남자는 파리에서 영국으로 오는 비행기 중 에어프랑스가 아닌 브리티시항공을 타게 됐고, 컴퓨터가 요술을 부려 수많은 비행기 좌석 중 여자를 15A에, 나를 15B에 앉힌 것에 대한 확률을 계산합니다. 그러고 나서 이것은 운명이라고 믿는 거죠. 하지만 결국 그 여자와 헤어지는데 그 이별의 시발점이 구두 따위인 거예요. 완벽할 것 같은 여자가 어느 날 구두를 신고 나왔는데 '어떻게 저런 구두를 신고 나오지? 저 구두를 고른 안목으로 나를 선택했단 말이야?'가 되는 거죠.

사랑은 공간의 공유가 아니라 방향이라는 이야기가 있었잖아요? 둘이서 마주한 다음 욕망으로 서로 붙어 지내고, 거기에서 머무는 게 아니라 더 발전하고 찢어지기 시작해요. 둘이 만나서 영화도 보고 데이트도 하고 섹스도 하는데 시간이 지나면 그런 일들에 지치기도 하고 피곤해지기도 하죠. 그래서 그냥 쉬거나 자려고 하면 "내가 싫어진 거야?"라는 말이 나오고, 갈등이 생겨요. 상대가 더 이상 신비롭지 않은 때가 왔을 때 남자는 여자의 구두가 눈에 띈 겁니다. 그럼 "아니 너, 고작 그런 구두를 신는 정도의 여자였어?" 하게 되는 거고요. 이루어지지 않은 사랑은 이런 것에서 자유롭습니다. 하지만 막상 연애를 시작하면 완벽한 한 인간이 무너지죠. 불행히도 상대에 대해 모르는 면을 모조리 우리 마음대로 채웠으니까요. 그래서 헤어지는 겁니다.

또 한 가지, 어떤 남자가 어떤 여자를 사랑하게 됐다고 칩시다. 아주 예쁜 여자예요. 그런데 남자는 그 여자가 예쁘다는 이유로 그 여자를 사랑한다는 사실에 만족 못 합니다. 왜냐면 그건 다시 말해서, 여자를 예쁘다고 생각하는 누구라도 그 여자를 사랑할 수 있다는 말이니까요. 내가 저 여자를 사랑하는 이유가 여자가 불세출의 미인이라서? 그럼 내 사랑이 너무 평범해져요. 그래서 사랑에 빠지면 남자는 여자의 단점을 발견하려고 하고, 그런 단점에도 불구하고 그 여자를 사랑하는 사람이 바로 자신이라고 합리화하죠. 여자 입장에서 본인은 숨기고 싶은 점이 남자가 좋아하는 이유가 되고요. 가령 여자는 점이 있는 게 콤플렉스인데 남자는 그 점이 예쁘다고 하는 겁니다. 그 맥락에서 이 책의 주인공은 여자의 단점으로 치아를 찾아냅니다. 내가 사랑하는 여자는 예쁘지만 이가 삐뚤빼뚤해. 그럼에도 불구하고 나는 저 여자를 사랑해, 하며 안도하죠. 이런 사랑에 관한 해부, 통찰이 『왜 나는 너를 사랑하는가』에 담겨 있어요.

이 책과 나란히 읽으면 좋을 책으로 『우리는 사랑일까』도 추천하는데요. 이 소설은 『왜 나는 너를 사랑하는가』 이후에 나온 작품으로 이 책의 화자가 남자였던 반면, 『우리는 사랑일까』의 화자는 여자로, 반대 입장에서 사랑을 해부합니다. 다루는 이야기는 서로 비슷한데 여자분들이 많이 공감할 것 같아요. 이 책에서는 이런 이야기를 해요. 우리가 A라는 사람을 사랑하는 것은 그 사람을 사랑하는 것일 수도, '사랑'을 사랑하는 것일 수도 있는데 후자일 가능성이 높다고요. 냉정하게 말하면 '그 사람'이 아니라 사랑하기 위해서 '어떤' 사람이 필요한 것 아니냐는 겁니다.

상대의 짙은 눈빛이나 세련된 정신세계 때문이 아니라 저녁 내내 혼자 일기수첩이나 들여다보고 싶지 않아서 연애를 하려고 하는 것은 낭만적인 사랑 개념에 전혀 어울리지 않는 일이다.

연애를 시작하는 이유가 그 남자 혹은 그 여자에게 꽂혀서가 아니라 석 달째 주말에 아무것도 할 일 없어서 벽만 보고 있는 '나'가 사랑의 출발점일 수 있어요. 우리가 사랑에 빠지는 것은 상대가 운명적인 남자(여자)라서가 아니라 석 달 동안 데이트도 못 하고 주말이면 혼자 있어야 했던 외로움 때문이 아니냐는 겁니다. 그러니까 이 사람도 되고 저 사람도 될 수 있고요. 특정한 그 사람을 사랑하는 게 아니라 사랑을 사랑하는 거죠. 내가 사랑하는 건 그 상대가 아니라 나예요. 나 자신이 사랑의 이유가 되는 겁니다. 그 남자의 눈빛, 대화법, 지적인 모습이 아니고요. 결국 외로움에서 시작하는 것이고 우리 대부분이 이런 사랑을 한다는 이야기입니다.

이상과 현실 사이

『우리는 사랑일까』도 『왜 나는 너를 사랑하는가』와 마찬가지로 여러 지식인의 이야기를 함께 만날 수 있습니다. 책 내용 중에 고대 그리스의 철학자 플라톤은 예술을 잉여물이라고 생각했다는 얘기가 나옵니다.

플라톤은 예술이란 삶을 모방하고자 분투하지만, 결국 실패할 뿐이라고 믿었다. 그러므로 예술가들은 이상 사회에서는 잉여 인간이었다. 로댕이나 클림트가 아무리 뛰어나다 해도, 그들은 이미 존재하기에 재생산될 필요가 없는 것들을 모방할 뿐이니까. 실제로 침대가 옆에 있는데 침대를 스케치하는 게 무슨 소용 있을까?

여기서 플라톤의 이야기는 실제로 '침대'가 있는데 침대 '스케치(그림)'가 왜 필요하냐는 겁니다. 침대가 없으니까 침대를 그린다는 거예요. 실체가 있고 그걸 반영한 예술이 있는 거죠. 그래서 플라톤은 "예술보다는 삶이 먼저다"라고 얘기했어요. 반면 오스카 와일드는 정중하게 다른 의견을 주장했다고 말합니다.

예술이 생활을 모방하는 게 아니고, 생활이 예술을 모방한다.

이 말은 '우리는 사랑을 사랑한다'라는 얘기와 통합니다. 어떤 남자와 키스하고 싶을 때 우리가 꿈꾸는 키스는 영화 속 로버트 테일러와 비비안 리(영화 〈바람과 함께 사라지다〉의 남녀 주인공)의 키스이지 입에서 양파 냄새 나는 누군가와의 키스는 아니에요. 그런데 현실은 키스할 때 양파 냄새가 나요. 알랭 드 보통이 이 책에서 "3차원적인 애인에게 받는 키스는 영화에서 보는 키스보다 판에 박은 듯 형편없다"라고 말하는 것도 그런 이유죠. 영화 속 키스 장면을 떠올려보면 키스는 감미로울 것만 같은데 막상 실제로 키스해 보면 그렇지 않아요.

와일드의 '낭만적인 미학'은 토니 같은 남자들에게 그녀가 내리는 판결문과 같았다. 토니는 사무실 크리스마스 파티에서 앨리스에게 키스했는데, 토니의 입에서는 양파 수프 냄새가 폴폴 났고, 행동거지는 오랜만에 돌아온 주인을 맞아 촐랑대는 개와 비슷했다.

이 글 속의 앨리스라는 여자가 남자에게 기대했던 것과 현실은 달랐어요. 그녀는 입 냄새 없는 젠틀한 '정우성'을 기대한 건데, 남자의 입에서 양파 냄새가 난 거예요. 행동거지도 젠틀과는 거리가 멀고요. 결국 사람들은 현실에서 충족시키지 못한 걸 예술에서 얻으려고 한다는 겁니다. 예술이 생활을 모방해서 실제 침대가 있는데 그와 비슷한 침대를 그리고, 사과가 있는데 그와 비슷한 사과를 그리는 게 아니라, 그림 속 침대와 비슷한 침대를 구입하는 식으로 생활이 예술을 모방한다는 이야기입니다. 맞지 않습니까? '나도 영화에서 봤던 야경이 멋진 레스토랑에서 근사하게 데이트하면 좋겠어.' 이건 내가 봤던 어떤 이상을 내 삶 속으로 가지고 들어오려고 하는 겁니다. 그래서 오스카 와일드는 예술이 더 중요하다고 한 거죠.

한 가지 더, 플라톤과 오스카 와일드에 대비해서 "예술이 생활이고 생활이 예술이야"라고 한 사람, 앤디 워홀의 이야기도 덧붙이고 있습니다.

앨리스는 특히 앤디 워홀의 작품에 마음이 끌렸다. 생활을 끌

어울리는 예술의 힘을 잘 보여주는 작품이었다. 워홀은 소박한 수프 통조림을 가지고 기적 같은 솜씨를 보였다. 예술은 플라톤적으로 사물을 모방했을 뿐 아니라 와일드식으로 그것을 고양했다. (⋯) 액자는 이런 의미였다. '여기서 특별한 일이 벌어지고 있습니다.'

워홀이 얘기했던 건, "플라톤은 '생활이 우선이고 예술은 잉여물이다'라고 하고, 오스카 와일드는 '모든 생활은 예술을 닮고 싶어 한다, 그래서 예술이 더 지상에 있다'라고 했는데, 둘 다 아니다, 이 캠벨 수프가 내 식탁에 있으면 생활이고 액자 속에 있으면 예술이다"라는 겁니다. 그래서 워홀은 액자 속에 캠벨 수프를 집어넣고, 영화에서 보던 생활 속의 마릴린 먼로도 액자에 집어넣고 예술로 만들어요. 그렇게 생활과 예술을 보는 세 번째 관점을 워홀이 내놓았다는 얘기를 하고 있습니다. 그게 '바로 액자 속에서 특별한 것이 벌어지고 있다'라는 말입니다. 즉 같은 대상이라도 식탁 위에 있으면 생활이 되고 액자 속에 있으면 예술이 되는 것이니 결국 '액자'가 중요하다는 겁니다. 사람들은 액자 속에 들어 있는 것은 뭔가 의미가 있다고 보기 때문이죠. 사진도 책상 위에 있으면 그냥 지나치지만 액자 안에 있으면 다시 한번 시선이 가잖아요. 미술관에 누군가가 깡통을 걸어놓거나 변기를 걸어놓으면 사람들은 유심히 살피면서 생각합니다. 이렇게 액자라는 것은 다시 한번 들여다보게 하는 힘이 있습니다. 뭔가 특별한 일이 거기에서 일어나고 있다는 신호를 보내는 거예요. 그래서 알랭 드 보통은 앤디 워홀의 캠벨 수프는 문학적인 수프라고 정의하는데 이것의 속뜻을 아주 재미있게 풀이하고 있습니다.

시릴 코널리가 저널리즘은 한 번만 고민하는 것이요 문학은 다시 보는 것으로 정의한 데 따르면, 통조림은 저널리즘적(액체를 담은, 한번 쓰고 버릴 용기)이었다가, 워홀이 액자에 넣음으로써 문학 반열(벽에 진열하고 반복해서 관람하는 것)로 격상된 셈이었다.

사랑 이야기를 하는 책에서 워홀의 얘기를 왜 이렇게 길게 하느냐면, 우리는 워홀이 통조림에 했던 발견을 자신에게 해주는 사람을 사랑하게 되기 때문입니다. 아마 통조림은 워홀을 사랑하고 평생의 연인으로 삼을 겁니다. 눈물을 흘릴지도 몰라요. 자기를 그렇게 아름답게 봐준 사람이 처음이니까요. (웃음) 아무도 자기를 중요하게, 예쁘게 안 봐줬는데 워홀은 '너 대단히 예쁘다'라고 봐주고 끌고 와 액자 속에 넣고 걸어줬어요. 사랑의 감정이 싹트는 것이 다르지 않다는 얘기예요. 우리가 사랑에 빠지는 것은 상대가 다른 누구도 주목해주지 않았던 나의 어떤 부분을 주목해주거나 다른 누구도 알아주지 않았던 진가를 알아줬을 때 사랑에 빠진다는 거죠. 그걸 연결해서 알랭 드 보통은 워홀이 물감으로 한 일과 사랑의 유사점에 대해 또 하나의 이야기를 합니다.

워홀이 물감으로 한 일과, 오랫동안 있는 줄도 몰랐던, 코나 손의 점들을 애인이 칭찬해주는 일은 비슷하지 않을까? 애인이 "당신처럼 사랑스런 손목/사마귀/속눈썹/발톱을 가진 사람을 본 적이 없다는 거 알아?"라고 속삭이는 것과 예술가가 수프 통조림이나 세제 상자의 미적인 성질을 드러내는 것은 구조적으로 같은 과정이 아닐까?

대단한 통찰이죠? 우리가 사람에게 하는 것이나 예술가가 사물에 하는 것이 같은 과정이라는 메시지가 이 소설 속에 자연스럽게 녹아 있습니다.

또 공감할 만한 건 사랑이라는 게임에서 드러나는 '권력'에 대한 이야기입니다. 보통 권력이라는 건 '뭔가 할 수 있는 힘'입니다. 그런데 사랑이란 게임에서만큼은 '아무것도 안 할 수 있는 것', 그게 권력입니다. "다른 영역에서와는 달리 사랑에서는 상대에게 아무 의도도 없고, 바라는 것도 구하는 것도 없는 사람이 강자다"라는 이야기가 나오는데, 맞는 말이에요. 가령 사랑하는 연인이 있는데, 두 사람 중 상대와 함께 영화를 보고 싶거나 여행을 가고 싶거나 뭘 더 하고 싶은 쪽이 상대를 더 사랑한다는 겁니다. 사실 덜 사랑하는 쪽은 무엇을 하든 상관없어요. "당신 하고 싶은 거 해, 뭘 하든 상관없어"라고 적당히 무심한 듯 물러서서 아무 의견도 내지 않아요. 그래서 사랑에서의 권력은 무엇을 할 수 있는 능력이 아니라 아무것도 안 해도 되는 쪽에 있다는 뜻입니다.

이 얘기도 재미있어요. 어린 여성이 나이 든 남성에게 사랑에 빠지는 경우가 있죠? 그 이유를 이렇게 설명합니다.

어린 여자들은 그 남자의 어떤 면을 세월이 자연스럽게 가져다주는 게 아닌 그 남자만의 장점으로 받아들인다는 점이 마음에 들었다. 단지 지상에 10년 더 살았기 때문에 얻어진 서른한 살의 성숙함은, 어린 남자들의 서투름만 봐온 스물네 살에게는 깊은 인상을 주었다.

스무 살 여자가 또래 남자 친구들을 만나면 뻔하지 않을까요? 그 나이의 남자 대부분은 철이 없고 생각이 깊지 않을 거예요. 특히 그 또래는 여자가 남자보다 정신 연령이 높으니까 더 동생 같을 거예요. 그런데 어느 날 자기보다 열 살 많은 남자를 만났는데 그 사람이 내가 꿈꾸던 대로 행동하면 어떻겠어요? 고급 레스토랑에 데려가서 주문하는데 모르는 게 없고 자연스러워요. 매너도 좋고 지적이고 대화 수준도 높아 보이고요. 그러면 '세상에, 저런 남자가 다 있어? 이 남자가 내가 찾던 사람이야'라고 생각하겠지만 그건 착각이에요. 그것은 그 남자의 고유한 무엇이 아니라 여자보다 10년을 더 살았기 때문에 가질 수 있는 능력이고 매너인데 그걸 착각하고 '그 남자만의 장점'으로 받아들이는 거죠. 그러니까 지금 20, 30대 남자들도 10년이 지나면 그 나이 많은 남성과 같을 수 있다는 거예요. 하지만 거기까지 못 보는 거죠. 작가는 더 나아가서 나이나 인종에 대해서도 이렇게 말합니다.

> 나이나 인종의 차이가 우월한 지위를 만들어줄 수 있다. 독일
> 의 육체노동자가 타이로 가면, 역사적으로 독일 경제가 앞서 발
> 전한 점과 환율 덕분에 백만장자인 양 느끼고 행동하게 된다. 평
> 범한 영국인이 북아메리카의 작은 고장에 가면, 이국적인 발음
> 만으로도 매력적이고 세련된 본토인으로 환영받을 수 있다.

이 구절을 읽고 옛 경험이 하나 떠올랐는데요. 옛날에 독일 여
행을 갔을 때 택시를 타고 택시 기사와 이야기한 적이 있어요. 그
는 여덟 달을 일하고 넉 달을 쉰다고 하더라고요. 여덟 달 동안 열
심히 택시 운전을 해서 돈을 벌고 넉 달은 태국의 휴양지 파타야에
가서 쉬고 온대요. 그 얘기를 듣고 당시에는 '멋진 인생이군!'이라
고 생각했는데 이 글을 읽고 다시 그 이야기를 떠올려보니 왜 그런
지 이해가 가더라고요. 아마 그 사람이 독일에서 택시를 운전할 때
는 아무도 그를 주목하지 않을 겁니다. 그런데 동남아시아로 가면
관광객인 데다가 백인이라 대접을 받겠죠. 그 넉 달을 살기 위해
돈을 버는 거예요. 비슷한 이야기가 영화 〈러브 액추얼리〉에도 나
오지 않습니까? 영화 속에서 별 볼 일 없는 영국인 청년 콜린이 미
국에 가서 영국 발음을 한다는 것만으로 아름다운 여성들과 함께
어울리잖아요. 나이나 인종이 우월한 지위를 만들어줄 수 있다는
것은 바로 이런 얘기로 보여요.

앞에서 말씀드린 사랑을 하게 되면 나는 누구인가가 아니라 상대에게 나는 누구인가가 중요해진다는 이야기는 비트겐슈타인을 예로 들어 나오는데 그것 또한 고개가 끄덕여졌습니다. 내가 유머 감각이 있느냐 없느냐는 내가 판단을 못 하죠. 그건 듣는 사람이 판단하는 겁니다. 여기에서 내가 어떤 말을 했는데 아무도 안 웃었다면 여기에서 나는 유머 감각이 없는 사람이지만 똑같은 말을 다른 곳에서 했더니 사람들이 웃었다면 거기에서는 유머 감각이 있는 사람이 됩니다. 그래서 비트겐슈타인이 이런 얘기를 했다고 합니다.

비트겐슈타인의 주장을 빌리면, 타인들이 우리를 이해하는 폭이 우리 세계의 폭이 된다. 우리는 상대가 인식하는 범위 안에서 존재할 수밖에 없다―그들이 우리의 농담을 이해하면 우리는 재미난 사람이 되고, 그들의 지성에 의해 우리는 지성 있는 사람이 된다.

우리에 대한 판단은 바깥에서 온다는 이야기입니다. 내 생각에는 매우 지적인 얘기를 했는데 청중이 아무 반응도 하지 않으면 난 진짜 지적인 것은 아니라는 뜻이죠. 매우 공감하는 문장이었습니다.

이렇게 알랭 드 보통의 『왜 나는 너를 사랑하는가』와 『우리는 사랑일까』를 이야기해 보았는데요. 앞서 말했듯이 저는 이 두 권이 마치 사랑을 해부해놓은 사랑 연구소 같다는 생각이 들었는데 여러분은 어떠셨나요?

행복은 선택이다

알랭 드 보통의 다른 작품 중 『불안』이라는 책이 있습니다. 이 책은 사랑을 해부하듯 현대인의 불안을 해부해주는데요. 그가 불안을 분석하고 연구한 이야기를 쭉 읽고 나면 내가 하는 행동이 이해됩니다. 그래서 『불안』을 읽으면 덜 불안해져요. 사랑을 해부한 것을 보고 나면 내 감정의 파도에 지혜롭게 대처하듯이 불안도 그렇게 대처할 수 있게 해주죠.

요즘 시대에는 필요 이상의 것을 먹고 누리면서 아주 풍요롭게 살고 있어요. 인류의 어떤 시기와 비교하더라도 가장 풍요로운 때인 것 같아요. 그런데 우리가 과연 정말 풍요롭게 살고 있느냐고 묻는다면 그렇지 않다고 봐요. 그 이유는 우리가 생각하는 풍요는 상대적이기 때문이라는 거죠. 나는 이렇게 사는데 저쪽은 저렇게 사는구나 하는 상대적인 것이지 절대적인 게 아니에요. 그래서 그 내용을 보면,

실제적 궁핍은 급격하게 줄어들었지만, 역설적이게도 궁핍 감과 궁핍에 대한 공포는 사라지지 않았고 외려 늘어나기까지

했다.

알랭 드 보통은 바로 이것, 상대적 궁핍과 궁핍해질지도 모른다는 공포가 우리를 불안하게 만든다고 말합니다. 그리고 이러한 사실을 알고 나면 덜 불안해진다는 이야기도 덧붙입니다. 버트런드 러셀의 "거지가 질투하는 대상은 백만장자가 아니라 좀 더 형편이 나은 다른 거지다"라는 말도 같은 문맥이죠. 알랭 드 보통의 글을 읽다 보면 이런 것을 발견하는 재미가 쏠쏠합니다. 딱히 사랑, 불안 이런 이슈가 아니어도 지적인 대화가 꽤 많이 나와서 다른 책으로 들어가는 입구가 되어주기도 하고 그렇게 어렵지도 않아요.

첫 강의 때 말씀드렸던 것과 비슷한 이야기를 알랭 드 보통도 하고 있는데요. 그는 존 러스킨의 이야기를 가져와 말합니다. 러스킨이 쓴 『이 최후의 사람에게』에 따르면, "이 세상에서 부유한 사람은 상인이나 지주가 아니라, 밤에 별 밑에서 강렬한 경이감을 맛보거나 다른 사람의 고통을 해석하고 덜어줄 수 있는 사람"이랍니다. 진짜 부유한 사람은 돈이 많은 사람이 아니라 밤하늘 별 밑에서 경이로움에 소름이 돋는 사람이라는 의미잖아요? 이 문장에 담겨 있는 뜻이 이 강의가 존재하게 된 이유가 아닌가 합니다.

러스킨은 말한다. "삶, 즉 사랑의 힘, 기쁨의 힘, 감탄의 힘을 모두 포함하는 삶 외에 다른 부는 없다. 고귀하고 행복한 인간을 가장 많이 길러내는 나라가 가장 부유하다. 자신의 삶의 기능들을 최대한 완벽하게 다듬어 자신의 삶에, 나아가 자신의 소유를 통해서 다른 사람들의 삶에도 도움이 되는 영향력을 가장 광범위하게 발휘하는 그런 사람이 가장 부유하다. (…)"

풍요로움은 결국은 감수성과 감성에서 나온다는 이야기입니다. 이렇게 다시 책들을 읽으면서 최근에 제가 행불행에 대해 "행불행은 조건이 아니다. 선택이다" 이 한 문장으로 정리하게 됐는데요. 책을 읽고 난 후 받은 감동과 여러 가지 느낌을 정리해보니 행불행이 이렇게 정리되더군요. 나는 불행해, 나는 행복해, 우리는 이것을 운명이라고 생각하는 것 같은데 그렇지 않습니다. 그건 똑같은 현상을 눈앞에 두고 내가 행복을 선택할 것이냐 불행을 선택할 것이냐입니다. 돈이 많아야 하고, 어느 지역에 살아야 하고, 어디에 가야 하는, 그런 건 아니에요. 다 가졌다고 행복할까요? 우리는 보통 행불행을 조건이라고 착각하고 살지만 그것은 어디까지나 자세의 문제라고 생각합니다. 행복은 조건이 아니라 선택입니다. "난 행복을 선택하겠어" 하면 됩니다. 행복은 운명이 아니니까요. 삶을 대하는 자세가 만들어내는 것이지 어떤 조건이 만들어줄 수는 없는 것이죠. 존 러스킨의 말처럼 밤의 별 밑에서 강렬한 경이감을 맛보는 삶, 그것을 행복으로 보는 삶의 자세야말로 인생의 중요한 부분이 아닐까요? 결국 이렇게 정리할 수도 있겠네요.

행복은 추구의 대상이 아니라 발견의 대상이다.

행복을 추구하려고 하니까, 어떤 조건을 만족시키려고 하니까 결핍이 생기는 겁니다. 하지만 행복은 발견의 대상이에요. 주변에 널려 있는 행복을 발견하면 되는 겁니다.

프루스트와 삶의 변화

자, 이제 다시 알랭 드 보통으로 돌아가겠습니다. 제가 좋아하는 알랭 드 보통의 책으로는 『프루스트를 좋아하세요』도 있습니다. 이 책은 말 그대로 프루스트 입문서인데, 프루스트가 썼던 글을 통해서 현재의 삶을 사랑하는 법, 자신을 위한 독서법, 여유 있게 사는 법, 훌륭하게 고통을 견디는 법, 감정을 표현하는 법, 좋은 친구가 되는 법, 일상에 눈을 뜨는 법, 행복한 사랑을 하는 법, 책을 내려놓는 법을 알려줍니다. 이 중에 현재의 삶을 사랑하는 법에 대한 이야기를 잠깐 소개해볼까 합니다.

우리는 죽음이 임박했을 때 갑자기 삶에 대한 애착이 생깁니다. 이에 대해 알랭 드 보통은 프루스트의 이야기를 통해 우리의 삶의 진짜 문제는 삶 그 자체가 아니라고 말합니다.

죽음이 임박했을 때 갑자기 생기는 삶에 대한 애착은, 우리가 흥미를 잃은 것은 목적이 보이지 않는 삶 자체가 아니라 우리가 영위하는 삶의 일상적인 형태라는 것, 그리고 우리에게 불만이 생기는 것은 인간의 경험이 돌이킬 수 없도록 음울하기 때문이 아니라 삶을 살아가는 특정한 방식 때문이라는 것을 암시한다.

사람들이 "사는 거 정말 힘들어, 왜 이렇게 힘든지 모르겠어, 너무 고생이야"라고 종종 내뱉는 그 말이 진실이라면 죽음이 눈앞에 왔을 때 안도해야 합니다. 아, 이제 죽을 수 있구나,라고 해야 하는데 사실은 그렇지 않죠. 사는 게 너무 힘들다고 말하던 사람들이 시한부 선고를 받는 순간 삶에 대한 애착을 가져요. 삶이 그렇게 힘들다고 하면서도 실상 죽음을 반기지 않는다는 건 삶의 문제가 아니라 내 태도의 문제였다는 걸 증명해주는 겁니다. 조건은 바뀐 게 없으니까요. 시한부 선고를 받은 사람이 갑자기 백만장자가 됐거나, 골치 아픈 문제가 풀렸거나, 좋은 직업을 갖게 됐거나, 새로운 약속의 땅이 생긴 게 아닌데 말이죠.

만약 삶이 목적 없는 것이었다면 죽음에 이르러서 갑자기 더 좋아질 리 없어요. 그런데 왜 삶이 더 좋아지느냐 하면, 그건 삶의 조건은 동일한데도 내가 더 이상 살지 못한다는 사실 때문에 좋아진다는 이야기입니다. 그래서 우리가 죽겠다, 힘들다 하는 건 영위하고 있는 삶의 일상적인 형태에 흥미를 잃었다는 뜻입니다. 우리가 아침에 아이들 이부자리 개어주는 행복을 잊고 있다는 겁니다. 아침 먹고 출근하고 일하고, 점심 먹고 싸우기도 하고, 저녁에 누군가를 만나고 집에 가는, 이런 사소한 일상에 대해 '아우, 지겨워'라고 했는데 내가 내일 죽는다? 그럼 다 그리워지죠. 주어진 삶의 조건은 동일해요. 그러니까 결국 흥미를 잃은 것은 삶 자체가 아니라 우리가 삶을 영위하는 일상적인 태도라는 의미입니다.

알랭 드 보통에 의하면 마르셀 프루스트가 쓴 『잃어버린 시간을 찾아서』의 의미는 바로 이것, 우리가 시간을 잃어버리며 살고 있다는 데 있습니다. 불평불만을 늘어놓으면서 말이죠. 죽지 못해 산다면서 평생을 놓치고 있으니, 삶을 낭비하지 말고 삶에 대해 감사해하며 현재의 순간순간을 모두 사랑하라는 이 이야기를 알랭 드 보통은 프루스트를 통해 우리에게 전하고 있습니다.

이것이 우리 수업의 목적이기도 하고, 제가 책을 읽는 이유이기도 합니다. 「자신을 위한 독서법」(개정판의 「나를 위해서 읽는 방법」)에 대한 부분을 보면,

이렇게 미세하지만 중요한 움직임에 주의를 기울이는 책을 읽으면 이런 효과가 있다. 우리는 그 책을 내려놓고 자신의 삶을 계속하면서, 작가가 우리가 다니는 회사에 있었다면 정확히 반응했을 바로 그것들에 주목할 수 있게 된다. (…) 그것은 우리가 조용하다고 생각했던 방에 라디오를 들고 들어온 후에, 조용함이란 오직 특정한 주파수에만 존재하는 것이며, 사실은 처음부터 이 방에 우크라이나의 방송국이나 소형 콜택시 회사의 야간통신에서 나오는 소리의 물결들이 있었다는 것을 깨닫게 되

는 것과 같을 것이다. (…) 그 책은 그 자신만의 발달된 감수성으로 우리를 예민하게 하고 우리의 숨겨진 촉각을 자극하게 될 것이다.

이렇게 미세하지만 주요한 움직임을 주는 책을 읽으면, 아까 말씀드린 것처럼 일상적인 행태에 대해서 평소에는 무심히 지나치지만 사실은 중요한 것들을 알아차릴 수 있게 됩니다. 책을 내려놓고 자신의 삶을 계속하면서 작가가 내 일상에 있다면 정확히 반응했을 바로 그것들을 주목하게 된다는 겁니다. 쉽게 말해 마르셀 프루스트의 책을 읽고 그가 향 하나에 주목했다는 걸 알게 됐다면, 작가가 커피향에 주목하는 그 태도를 내가 내 일상에서 연습해볼 수 있다는 이야기이죠.

우리의 정신은 의식 위에 떠다니는 특정한 대상을 포착하게끔 회로에 설정된 레이더와 같아서, 책을 읽고 나면 그전에는 무심히 지나쳤던 것들이 레이더에 걸립니다. 회로가 재설정되는 거죠. 김훈을 만난 후 미나리와 콩나물을 씹으면서 물기에 주목하도록 레이더가 새롭게 조종되는 것처럼요. 뭔가 보고 들을 때 김훈이라면, 이철수라면 어땠을까 생각하면 전에는 잡히지 않았던 것들이 잡히게 되는 거죠. 그렇게 잡히는 게 많아지면 결국 삶이 풍요로워지는 것이고요. 이것이 행복의 포인트가 되는 겁니다.

책은 그 자신만의 발달한 감수성으로 우리를 예민하게 하고

존 싱어 사전트, 〈책 읽는 남자〉, 캔버스에 유채, 22.25×22.25cm, 1904~1908

우리의 숨겨진 촉각을 자극하게 될 것이다.

이게 책입니다. 평소에 못 봤던 것들을 보게 해주는 존재. 제가 앞에서 김훈을 이야기하면서 말씀드렸던 부분인데요, 제 눈에 안 보이던 계절의 변화, 꽃의 모양이 『자전거 여행』을 읽고 보이기 시작했지 않습니까? 최근에 제가 유홍준의 『나의 문화유산답사기 6』을 읽었는데, 이 책에는 경복궁이랑 부여 이야기가 많이 나와요. 그런데 읽으면서 이 사람도 정말 잘 들여다보는구나 싶었어요. 어디에 가서 무얼 보든지 거기에서 얘깃거리를 찾아내고 뭔가 의미 있고 풍요로운 생각을 하는구나 생각했어요. 집에서 식사를 하면서 집사람과 이런 얘기를 하다가 문득 '유홍준이 이 식탁을 봤다면 무슨 이야기를 또 해줬을 텐데' 싶더라고요. 이 나물은 무엇이고, 이 밥공기는 조선시대 디자인인데, 하면서 얘기해줄 것 같았어요. 그래서 또 한 번 '나의 안테나가 서 있느냐 아니냐의 차이구나'라고 느꼈죠. 김훈과 유홍준은 늘 안테나를 세우고 사는 사람들이고, 그 안테나를 세워서 써낸 것이 책입니다. 예전에 카프카가 한 말을 어디선가 보고 적어놨는데요.

우리가 읽는 책이 우리 머리를 주먹으로 한 대 쳐서 우리를 잠에서 깨우지 않는다면 도대체 왜 우리가 그 책을 읽는 거지? 책이란 무릇, 우리 안에 있는 꽁꽁 얼어버린 바다를 깨뜨려버리는 도끼가 아니면 안 되는 거야.

감수성이 다 얼어붙어 있을 때 책이 그것을 깨는 도끼가 되어야 한다는 건데, 제 경우로 말하자면 김훈의 책이 제 감수성을 깨는 도끼가 된 거죠. 도종환의 「담쟁이」라는 시도 도끼가 된 거고요. 이 시를 읽고 무심히 지나치던 담쟁이를 들여다보게 됐으니까요. 말 나온 김에 「담쟁이」를 읽어드릴게요.

저것은 벽
어쩔 수 없는 벽이라고 우리가 느낄 때
그때
담쟁이는 말없이 그 벽을 오른다
물 한 방울 없고 씨앗 한 톨 살아남을 수 없는
저것은 절망의 벽이라고 말할 때
담쟁이는 서두르지 않고 앞으로 나아간다
한 뼘이라도 꼭 여럿이 함께 손을 잡고 올라간다
푸르게 절망을 다 덮을 때까지
바로 그 절망을 잡고 놓지 않는다
저것은 넘을 수 없는 벽이라고 고개를 떨구고 있을 때
담쟁이 잎 하나는 담쟁이 잎 수천 개를 이끌고
결국 그 벽을 넘는다

그래서 책을 많이 읽고 인문적인 소양을 갖춘 사람들은 촉수가 민감해집니다.

자, 다시 프루스트로 돌아갈게요. 이 책에서 말하길 프루스트는 신문기사를 싫어했다고 합니다. 모든 문맥을 빼버리고 말하기 때문이었는데요.

"신문 읽기라고 불리는 가증스럽고 음란한 행위는 지난 24시간 동안 우주에서 일어난 모든 불행과 재앙들, 5만 명의 생명을 앗아간 전투, 살인, 파업, 파산, 화재, 독살, 자살, 이혼, 정치인들과 배우들의 잔인한 감정을, 그런 것들에 신경도 쓰지 않는 우리를 위해 특별히 흥분되고 긴장되는 아침의 오락거리로 변형시키며, 이것은 카페오레 몇 모금과 대단히 잘 어울리게 된다."

신문 지면에 빈틈없이 꽉 차 있지만 설명이 압축적일수록, 전쟁에서 죽은 몇 만 명의 죽음이 아무렇지도 않다는 겁니다. 중국에서는 기차가 탈선해서 사람이 죽고, 노르웨이에서 테러범이 무자비한 학살을 저지르고, 일본은 지진이라는 천재지변으로 많은 사람들이 사라졌는데, 솔직히 아주 냉정하게 이야기하자면 우리에게는 그냥 '오락'일 수 있어요. "아, 가슴 아파"라고 하지만 커피 한 잔 마시면서 듣는 걸로 넘기죠. 오늘 그런 일이 있었네, 안됐다 하고 지나치는 거예요. 프루스트가 싫다고 한 게 바로 이런 겁니다. 아무렇지 않은 게 아니라고 부정하겠지만 사실은 그런 거죠. 아무렇지도 않아요. 신문기사에서 위에서 말한 것 같은 기사를 보고 오늘 점심 뭐 먹을까? 하는 게 우리니까요.

그 반대의 이야기도 있는데요. 신경숙 작가의 『리진』이라는 소설입니다. 이 작품은 어느 일간지의 짧은 기사 한줄에서 시작되었다고 해요. 조선 주재 초대 프랑스 영사를 지낸 사람이 궁중무희와 함께 귀국해 살았는데 그 궁중무희가 자살을 했다는 내용의 기사로, 이 짧은 한 줄이 소설이 된 겁니다. 소설가의 감정이입이 이루어진 거죠. 영화 〈쥐라기 공원〉도 과학자들이 화석에서 공룡의 DNA를 찾아내서 공룡을 되살릴 수 있지 않을까, 하는 생각이 영화가 된 거예요. 이것은 앞에서 이야기한 것과 반대 과정이죠. 그러니까 우리가 중요성을 부여해야 하는 것은 중요하지 않다고 여기게 만들고 들여다보기를 할 수 없게 만드는 것이 신문이라는 설명입니다.

알랭 드 보통이 이에 대해 굉장히 시니컬하게 쓴 글이 아주 재미있습니다. 어떤 소설을 말하고 있는지 한번 생각해보세요.

- 베로나의 연인들의 비극적 결말. 연인이 죽었다고 오인한 후에 청년이 목숨을 끊음. 그의 운명을 확인한 후 처녀도 자살.
- 젊은 주부가 가정불화를 이유로 열차 밑으로 몸을 던져 사망.
- 젊은 주부가 가정불화를 이유로 프랑스의 지방 도시에서 비소를 음독하고 사망.

무엇에 대한 기사인지 아시겠어요? 첫 번째는 『로미오와 줄리

엣』이고 두 번째는 『안나 카레니나』입니다. 세 번째는 『보바리 부인』이고요. 정말 맞는 말이지 않습니까? 각 소설의 내용을 신문 기사화한다면 이렇게밖에 나오지 않을 겁니다. 그런데 그 속에 담겨있는 한 사람 한 사람의 드라마는 대단하죠. 그래서 신문을 읽으려면 하나부터 열까지 놓치지 않고 봐야 한다, 그 안에 무궁한 이야기가 들어있다는 뜻입니다. 그래서 알랭 드 보통은 프루스트가 "잠재적으로 모든 것이 예술의 풍부한 소재이며, 우리는 파스칼의 『팡세』에서만큼이나 비누 광고에서도 귀중한 발견을 할 수 있다" 라고 한 주장을 이 책을 통해 알려줍니다.

일맥상통한 이야기로 뭔가를 느리게, 천천히 할 때 생기는 이점은 그 도중에 세상이 재미있어진다는 겁니다. 제 짧은 경험을 한 가지 말씀드릴게요. 언젠가 제가 한강에 갔을 때였는데, 그때 한참 걷다가 다리가 아파서 잠시 벤치에 앉아 쉬었습니다. 그런데 하필 앉은 자리에서는 볼 만한 게 아무것도 없어서 주변을 두리번거리다가 벤치 근처에 피어 있던 코스모스를 보게 됐습니다. 별것 아닌 흔한 코스모스였는데 그 코스모스를 보다가 한 30~40분을 그대로 앉아 있었어요. 사실 처음에는 이거 뭐야, 별거 없잖아 하고 돌아서려고 했는데 가만히 들여다보니 코스모스 송이마다 색이 다르고, 그 옆에는 다른 여러 종류의 풀도 있어요. 잠시 후에는 벌이 보여요. 10분쯤 지나고 보니 두 마리, 세 마리, 열 마리가 넘는 벌이 있고, 그 옆에는 무당벌레가 있어요. 벌을 다시 찬찬히 들여다봤죠. 큰 몸통에 작은 날개가 파라락대며 엄청 빨리 움직이고 있더라고요? 그래서 우와, 날갯짓하는 것 좀 봐라 하며 다시 꽃을 자세히 봤더니 한 송이 꽃인데 꽃잎 색이 다른 것이 있어요. 야, 어떻게 이렇게 생겼지? 하는데 옆에서 벌들이 다리를 비비고 있고, 자세히 보니 벌의 다리가 고양이 앞발과 모양이 비슷해요. 그러고 나서 어라, 오전 11시인데 아직까지 이파리에 이슬이 맺혀 있네? 했고, 그 이슬 맺힌 곳으로 시선을 옮기니 거미줄이 두세 겹으로 쳐져 있는 게 보여서 거미를 찾아보니 작은 거미가 구석에 숨어 있더라고요. 마침 거미줄이 흔들려서 바람의 존재를 인식했고, 그 순간 바람이 살랑이는 게 참 좋다 싶었습니다. 이렇게 가만히 30~40분을 앉아 있었는데 얘깃거리가 생기더라고요.

코스모스가 그날만 피어 있었을까요? 벌이 그 순간에만 찾아왔던 걸까요? 아니죠. 어제도 그제도 마찬가지였을 거예요. 그런데 맨날 지나치기만 한 겁니다. 지나치지 말고 들여다봐야 하는데, 다 말을 거는데, 제가 보고 듣지 못했던 것이죠. 제 책 『인문학으로 광고하다』에 존 러스킨의 "말로 그림을 그려보라"라는 말을 인용했었는데요. 그런 것이죠. 말로 그림을 그리듯 자세히 볼 줄 알아야 합니다.

이 책에는 상투적인 표현의 문제점에 대한 이야기도 나옵니다. 가령 이런 것입니다. "장대같이 비가 온다" "우리가 만난 게 엊그제 같은데" "다사다난했던 한 해가 지나고" 같은 표현이요. 프루스트는 이런 상투적인 표현이 좋지 않은 영향을 끼친다고 했답니다. 그 이유는 정확하지 않은 표현이라서가 아니라 아무런 자극을 주지 않기 때문이래요. 이런 표현은 그냥 흘러가버린다는 거죠.

"더 잘 쓸 수 있을 텐데 왜 그렇게 쓸까요?"라고 프루스트는 의심스러워했다. 1871년에 대해 이야기할 때, 왜 '모든 연도 중에서도 가장 불쾌한 해'라고 덧붙일까요? 왜 파리에 무조건 '위대한 도시'라는 말이 붙고 들로네에게는 '거장 화가'라는 말이 붙을까요? 왜 감정은 불가피하게 '어슴푸레'하고, 착한 것은 '미소짓고', 사별은 '잔인한' 것이며, 왜 다 기억할 수도 없는 수많은 훌륭한 구절들이 사용된 것일까요?"

프루스트는 이런 수식이 우리 생각의 범위를 한정시키고 있다고 말합니다. 더 생각할 수 없게 만드는 표현이라는 거죠. 그래서 "언어를 보호하는 유일한 방법은 언어를 공격하는 것뿐"이라고 이야기합니다. 상투적으로 얘기하지 말고 다르게 얘기하게 해야 한다는 프루스트의 말을 듣고 생각해봤습니다. 그러고 보니 말이라는 것도 살아 있는 것이라서 세월이 흐르면 신선도가 떨어져요. 눈물 젖은 두만강, 목포의 눈물, 대단한 표현이지만 오래 지나니 맛이 나지 않는다는 걸 알게 됐어요. 조금 더 하자면 "한숨도 못 잤어" "비가 억수같이 와" "가슴이 찢어져" 같은 표현은 그냥 일상적으로 하고 듣는 말일 뿐 머릿속에 울림이 있는 말은 아니에요. 이 내용은 「감정을 표현하는 법」(개정판의 「감정을 표현하는 방법」)이라는 챕터에 나오는 글입니다. 즉 아무런 관심을 끌 수 없는 '비가 억수같이 와'보다는 그것을 공격할 수 있는 또 다른 표현을 생각해서 표현해야만 한다고 이야기하고 있죠. 그 외에 좋은 친구가 되는 법도 있고, 일상에 눈을 뜨는 법도 있는데 이것들 모두 다 통하는 내용입니다.

마지막으로 재미있는 구절 하나를 소개하자면, 약간의 대인 공포증이 있었던 프루스트가 다른 사람과 어울리는 방법에 대해 프루스트의 친구들이 쓴 글입니다. 프루스트가 사람들과 어울리기 위해 했던 방법 중 하나는 다음과 같습니다.

> 그는 대화의 소재를 다른 사람들의 생각 속에서 찾았다. (…) 그는 당신이 관심을 기울이게 하는 대신에 당신에게 관심을 기울였다.

이 부분은 제가 삶의 태도로 가져가고 싶은 부분이라서 늘 마음에 새기고 있는 것이기도 합니다. 딸이나 후배들과 함께할 때 될 수 있으면 상대가 주제를 정해서 이야기할 수 있게 합니다. 그래야 그 시간이 지루하지 않고 재미있을 수 있고 소통할 수 있게 되기 때문이죠.

이 외에 『동물원에 가기』(개정판, 『슬픔이 주는 기쁨』)라는 책도 좋은데요. 이 에세이는 김훈의 『바다의 기별』처럼 알랭 드 보통의 정수를 뽑아놓은 것이라서 밀도가 있습니다. 만약 알랭 드 보통을 쭉 여행하실 분이라면 이 책은 마지막에 읽어보시길 권합니다. 알랭 드 보통의 사랑 이야기를 주제로 했으니, 이 책 속 키스에 대한 이야기로 알랭 드 보통을 마무리하겠습니다.

키스는 모든 것을 바꾸어버린다. 두 살갗이 접촉하게 되면 우리는 돌아올 수 없는 길로 들어가, 암호화된 말의 교환은 끝이 나고 드디어 이면의 의미들을 인정하게 될 터였다.

그전까지 풀리지 않던 사랑의 암호들이었는데 키스라는 신체적 접촉 이후 모든 것이 명백해진다는 이야기입니다. 달달하게 풀어놓지 않았지만 깊은 통찰로 '사랑'이라는 추상적 개념을 제대로 들여다볼 수 있게 해준 알랭 드 보통 식의 사랑 이야기는 사랑뿐만 아니라 인간의 본성을 돌아볼 수 있게 하는 것 같습니다.

예술 지상주의자 오스카 와일드

마지막으로 알랭 드 보통을 통해 만났던 오스카 와일드의 『도리언 그레이의 초상』에 관해 짧게 얘기할까 합니다. 오스카 와일드는 알랭 드 보통이 밝혔듯이 예술 지상주의자이자 탐미주의자입니다. 책의 내용 또한 아름다운 청년 도리언 그레이가 늘어가는 게 아쉬워서 자기 대신 초상화가 늘어가게 하고 본인은 만년 청춘을 유지한다는 설정입니다. 종국에 주인공은 죽음을 맞이하지만 소설은 내내 예술에 대한 오스카 와일드의 인생관을 보여줍니다. 오스카 와일드에게 있어서 예술은 자연이나 인생보다 월등하고 미학은 윤리보다 우선입니다. 이는 삶이 예술에 남기는 파멸적인 결과에 대한 거부라고 볼 수 있습니다.

이 책에는 연극배우인 시빌이라는 여자가 나옵니다. 주인공 도리언 그레이는 무대 위 그녀의 모습에 반해 사랑을 고백하는데요. 시간이 지나면 오히려 시빌이 그에게 푹 빠지죠. 드디어 무대 위가 아닌 현실 속에서 사랑받게 된 시빌은 더 이상 무대에 오르지 않습니다. 도리언 그레이와 사랑에 빠졌을 때 그녀는 이렇게 말합니다.

> 오늘 밤 난 난생처음으로 내가 항상 연기해온 공허한 연극이 알맹이가 없고 엉터리인데다, 어리석다는 것을 알게 되었어요. 오늘 밤 난 처음으로 로미오가 추하고 늙은데다, 화장을 한 것을 의식했어요. 과수원을 비추는 달빛은 속임수이고, 무대 배경은 저속하고, 내가 말하는 대사는 비현실적이고 내 말이 아닌데다 내가 하고 싶어 하는 말도 아니라는 점을 깨달았어요. 당신은 내게 더 높은 어떤 것을 가져다주었어요. 모든 예술은 단지 반영에 지나지 않는다는 것을. (…) 난 그림자에는 넌더리가 나요.

이것은 시빌이라는 인물을 통해서 보여주는 플라톤의 관점입니다. 모든 예술은 현실의 반영이고 진짜 사랑이 있으면 이것은 의미가 없다는 거죠. 하지만 시빌은 도리언 그레이에게 버림받습니다. 왜냐하면 시빌이 연극을 그만뒀기 때문입니다. 시빌이 도리언 그레이에게 자신이 사랑에 빠진 연기를 하는 건 신성모독이라고 말했을 때 그는 아주 잔인하게 말해요. 연극할 때의 너(시빌)는 상상력을 자극했지만 무대에서 내려온 뒤에는 자기의 호기심조차 자극하지 않는다고요. 오히려 자신의 사랑을 망쳐버렸다고 하죠. 시빌에게 예술이 없으면 아무런 존재 가치가 없다고 말한 거예요. 결국 시빌은 자살합니다.

이것은 오스카 와일드가 자신의 생각을 주인공의 입을 통해 말하고 있다고 볼 수 있습니다. 소설의 구성도 딱 그렇습니다. 아름다운 것은 변하지 말아야 하니까 액자 속의 그림이 된다는 이야기인데, 오스카 와일드와 참 어울리죠. 그런데 도리언 그레이는 죽은 시빌을 다시 사랑하게 됩니다. 시빌이 자살을 선택함으로써 극적으로 생을 마감했고, 그럼으로써 현실에서 다시 예술의 영역으로 돌아간 셈이기 때문입니다.

오스카 와일드는 예술에는 영혼이 있지만 영혼에는 생각이 없다고 말해왔는데 『도리언 그레이의 초상』은 그런 자신의 생각을 고스란히 담은 책이라고 할 수 있습니다. 이 책은 우선 스토리만으로도 참 재미있습니다. 그리고 조금 알고 읽으면 구석구석 세밀하게 들어간 장치들과 여러 가지 구도가 아주 매력적인 글입니다.

제가 책을 읽으면서 계속해서 목표로 삼는 건 온몸이 촉수인 사람이 되는 겁니다. 알랭 드 보통의 책이나 오스카 와일드의 책을 읽고 나면 촉수가 더 예민해지는 것 같아요. 혹은 없던 촉수가 생겨나는 느낌이기도 하고요. 흐름을 하나도 놓치고 싶지 않습니다. 그래서 내 인생을 온전하게 살고 싶어요. 오늘의 날씨, 해가 뜨고 비가 오고 바람이 부는 것 하나 흘려보내지 않고, 사람과의 만남도 그냥 지나치지 않았으면 해요. 오스카 와일드가 『도리언 그레이의 초상』에서 인생이라는 포도를 단물만 빨아먹고 버리는 사람이 아니라 씨까지 다 씹어먹는 사람이고 싶다고 했는데 저도 그렇습니다. 끝까지 다 꼭꼭 씹어먹고 싶어요. 여러분도 알랭 드 보통과 오스카 와일드, 그리고 또 다른 책을 통해 온몸 가득 촉수를 만들어 인생을 남김 없이 꼭꼭 씹어 즐기시길 바랍니다.

우리가 읽는 책이 우리 머리를 주먹으로 한 대 쳐서 우리를 잠에서 깨우지 않는다면, 도대체 왜 우리가 그 책을 읽는 거지? 책이란 무릇, 우리 안에 있는 꽁꽁 얼어버린 바다를 깨트려 버리는 도끼가 아니면 안 되는 거야. (1904년 1월, 카프카)

햇살의 철학,
지중해의 문학

이 장에서 소개하는 책들

· 김화영

-『행복의 충격 — 지중해, 내 푸른 영혼』, 책세상, 1989.

-『바람을 담는 집』, 문학동네, 1996.

-『시간의 파도로 지은 城 — 김화영 예술기행』, 문학동네, 2002.

· 니코스 카잔차키스

-『그리스人 조르바』(2판), 이윤기 옮김, 고려원, 1993.

　→『그리스인 조르바』는 여러 출판사의 판본이 존재한다. 故 이윤기 번역가의 번역

　본은 열린책들에서 개정판으로 재출간하였다.

-『천상의 두 나라』, 정영문 옮김, 예담, 2002.

　→『일본 중국 기행』, 이종인 옮김, 열린책들, 2008. 개정판으로 재출간

· 로버트 카플란,『지중해 오디세이』, 이상옥 옮김, 민음사, 2007.

· 알베르 카뮈,『이방인』(개정1판), 김화영 옮김, 책세상, 1999.

· 앙드레 지드,『지상의 양식』, 김화영 옮김, 민음사, 2007.

· 장 그르니에,『섬』, 김화영 옮김, 민음사, 1997.

· R.M. 릴케,『말테의 手記』(중판), 박환덕 옮김, 문예출판사, 1984.

화단에서는 군데군데 꽃이 눈을 떠, 깜짝 놀란 소리로 '빨강!'
하고 외쳤다.

라이너 마리아 릴케의 대표작이자 일기체로 쓴, 유일한 장편
소설 『말테의 수기』의 한 구절입니다. 오래전 첫 장을 넘기고 아직
다 읽지 못했지만 그중 옮겨놓은 문장입니다. 봄이면 늘 떠오르는
구절이지요. 개나리가 "노랑!" 진달래가 "분홍!" 벚꽃이 "하양!"
하는 소리를 들어야 하는 이 계절에 강의라니, 꽃들이 흐드러진
이 비상사태에 예의가 아닌 것은 알지만 또 한편으로 오늘의 주제
와 꼭 맞는 날씨인 것 같습니다. 이번 시간에는 지중해 문학에 관
한 이야기를 하려고 합니다. 프랑스인으로 알제리의 알제가 고향
인 알베르 카뮈와 그의 스승 장 그르니에, 그들을 가장 잘 이해하
고 있는 김화영, 그리스인 니코스 카잔차키스까지 단어마다 문장
마다 지중해의 찬란한 햇살을 부숴 넣은 작가들과 작품들을 만나

보겠습니다. 그에 앞서 우선 지중해에 대한 설명이 필요할 듯싶습니다. 그 이야기를 시작하기 위해서 후배인 김민철 작가와의 일화를 먼저 들려드릴까 합니다.

어느 봄, 회사 후배였던 김민철이 몇 주 뒤의 월요일 휴가를 신청했습니다. 왜 금요일이 아닌 월요일에 휴가를 내느냐고 물었더니 남편과 꽃을 보러 간다고 하더군요. 그런데 그 전주 금요일에 갑자기 광고주가 와서 김민철이 휴가를 낸 월요일에 중요한 프레젠테이션을 해달라고 했어요. 민철은 꽃을 보러 가는 건 꼭 가야 하는 일은 아니니 휴가를 취소하겠다고 했죠. 그런데 제가 가라고 했습니다. 꽃에 대한 예의를 지키라고요. 그리고 "꽃 피어올라오니 기쁨이고, 곧 꽃 지리니 슬픔이다. 봄은 우리 인생을 닮았다"라고 짧은 글을 써줬습니다. 우리 팀에는 두 가지 원칙이 있는데 첫째는 '모든 사생활은 모든 공무에 우선한다'이고 둘째는 '모든 술자리는 모든 회의에 우선한다'입니다. 꽃, 보러 가야죠. 나라에서 비상사태를 선포해야 할 정도로 꽃이 흐드러진 날에는 꽃을 보러 가는 게 맞아요. 이 얘기를 하는 이유는 이런 마음이, 이런 태도가 바로 '지중해'이기 때문입니다.

스페인, 프랑스, 이탈리아, 터키, 그리스, 리비아, 알제리, 아프리카 북쪽 그리고 유럽의 남쪽, 이 지역들이 바로 지중해입니다. 지중해는 햇살을 빼고는 이야기가 되지 않습니다. 남프랑스는 특히 햇살이 8할, 아니 전부라고 해도 좋아요. 습도도 높지 않고 찬란한 햇살 속에서 모두들 행복한 곳이죠. 저널리스트인 로버트 카플란의 책 『지중해 오디세이』에도 비슷한 이야기가 나옵니다.

> 그리스는 잔혹할 만큼 적나라한 빛을 과시하는 나라인데, 지금은 고인이 된 옥스퍼드의 고전학자 모리스 바우라가 지적한 대로, 그런 빛은 화가보다 조각가에게 더 많은 영감을 준다. (…) 사물의 색채는 그 생생한 윤곽만큼 명백하지 않다.

그리스 햇살은 조각을 발전시키는 햇살이랍니다. 매일 아주 정확히 떨어지는 햇살에 모든 그림자의 각이 서고 사물의 입체감이 살기 때문에 조각이 발전했다는 뜻입니다. 같은 예로 앙코르와트 같은 동남아시아의 문화유적에 복잡한 패턴이 연결되는 것은 그 지역이 정글이기 때문이라고 합니다.

> "뒤엉킨 식물로 꽉 들어찬 땅에서는 확 트인 풍경을 찾아볼 수 없다는 사실이 중남미 마야인이나 동남아 크메르인들의 조각품이 띤 복잡한 성격을 설명할 수 있다. 그들의 조각품은 곧 우거진 삼림과 정글을 반영한다. 이와는 반대로 그리스에서는 확 트인 공간이" 낱낱의 물체와 대비되며, 따라서 집단보다는 개체가 더 강조된다고 말한다. 고대 그리스 사상, 더 나아가서는 서양 문명의 성격을 나타내는 그런 특징도 어느 정도는 풍경의 영향이라 할 수 있다.

동남아시아의 예술 작품은 그곳 사람들 머릿속에 얽히고설킨 정글의 나무와 풀이 새겨져 있는 것인 반면, 화사한 색감의 그림들을 자동으로 떠올리게 되는 남프랑스는 햇살이 예술을 만들었다는 의미입니다.

지중해는 이렇게 견딜 수 없는 햇살과 함께하는 곳입니다. 화창한 날씨가 연속되는 곳이에요. 흔히 지중해성 기후라고 하는 이곳의 날씨는 내리쬐는 햇살 덕에 기온은 높지만 습도가 낮아 쾌적합니다. 저는 칸 국제광고제 때문에 남프랑스의 도시인 칸을 방문하곤 했었는데, 그곳은 실제로 햇볕은 뜨겁지만 그늘로 들어가면 아주 서늘했습니다. 더운 날씨지만 전혀 짜증스럽지 않았어요. 이런 날씨는 이곳 사람들의 사고를 형성하는 데 아주 큰 역할을 합니다. 이런 환경에서 살다 보니 이 사람들은 아등바등할 일이 없습니다. 먹고살기 위해 생을 바칠 필요가 없는 사람들이 바로 지중해 사람들입니다. 숲에 조금만 들어가면 먹을 만한 게 있고, 삶이 고통스럽지 않고 하루하루가 행복해요. 그래서 그들은 삶이 없어진다는 것이 누구보다 슬픈 사람들입니다. 이 찬란한 축복의 나날이 사라지는 거니까요. 그래서 그들은 순간을 즐기며 삽니다. 오늘 하루의 햇살을 소중하게 여기면서요.

한편으로 남프랑스를 배경으로 하는 좋은 그림이 많은 건 좋은 햇빛을 모르는 척하지 못하고 이젤을 들고 나오는 사람이 많아서가 아니었을까 생각합니다. 이 지중해란 곳의 특성, 그곳에 살고 있는 사람들의 성향을 전제하고 오늘 이야기를 들으신다면 이해

가 더 빠르지 않을까 합니다.

지중해로 떠나는 문, 김화영

자, 그럼 김화영부터 시작해볼까요? 김화영 선생은 고려대학교 불문과 명예교수입니다. 대한민국에서 프랑스어로 된 글을 가장 아름답게 번역하기로 유명합니다. 알베르 카뮈에 대한 논문으로 박사학위를 받았는데, 저도 읽어보진 못했지만 그의 논문은 지금도 전 세계의 알베르 카뮈 연구자들이 거론하는 몇 안 되는 논문 중 하나라고 합니다. 1970년대 서울대 불문학과를 졸업하고 프랑스로 유학을 떠난 김화영에게 지중해성 기후와 지중해성 사고를 가진 사람들의 모습은 강렬하게 다가왔습니다. 춥고 가난한데다가 유신독재 상황을 맞은 나라에서 온 청년에게 겨울은 온화하기만 하고 햇살은 찬란하기만 한 곳, 그리고 그곳 사람들의 행복한 모습은 그야말로 충격이었을 겁니다. 김화영은 『행복의 충격』이라는 책에서 이에 대해 기록하고 있는데요. 그 기록 속에는 우리에게 익숙한 화가, 반 고흐의 이야기도 들어 있습니다.

네덜란드 출신인 고흐는 철저하게 실패한 사람입니다. 부질없는 사후의 성공을 제외하고 보면 살면서 아무것도 이루지 못한 대표적인 인물이죠. 그는 목사가 되고 싶었지만 되지 못했고, 자기 그림을 팔아 1백 프랑을 벌어보겠다는 꿈도 이루지 못한 채 삶을 마감하는데요. 그런 그가 파리를 떠나 남프랑스의 작은 도시인 아를에 가서 그린 작품이 〈아를의 고흐의 방〉 〈해바라기〉 〈노란 방〉 〈별이 빛나는 밤〉 등 수많은 명작들입니다. 김화영은 그 같은 작품들 모두 고흐가 받았던 행복의 충격을 그려낸 것이 아닐까 하고 말합니다. 그리고 자신도 고흐와 똑같은 충격을 받았다고 이야기하죠.

『행복의 충격』은 참 아름다운 문장으로 채워져 있습니다. 이 책에 대해 자세히 말씀드리고 싶습니다만 강의를 하다 보니 제 안에서 느낀 것을 바깥으로 전달하는 게 참 어려운 일이라는 생각이 들었습니다. 이 책은 줄을 치고 옮긴 구절만 A4 용지로 25장 정도 됩니다. 별 고민 없이 그 구절들을 중심으로 죽 읽어 내려갈 수도 있겠지만, 적어도 광고하는 사람이자 설득하는 사람으로서 좀 더 읽고 고민해야 전할 수 있겠다는 생각이 들었습니다. 그래서 이 시간에는 김화영의 다른 책, 『시간의 파도로 지은 성(城)』을 소개할까 합니다. 이 책은 거의 기행문입니다. 아프리카와 인도 등의 여행 기록도 함께 있어 지중해만을 다룬 것은 아니지만 김화영이 지중해성 철학을 가진 분이어서 이 한 권에 지중해의 느낌이 그대로 묻어납니다. 그 전에 『지상의 양식』의 한 문장을 말씀드릴게요.

알제는 해가 비칠 때면 사랑에 떨고 밤이면 사랑에 혼절한다.

앙드레 지드가 표현한 지중해의 한 도시, 알제입니다. 이 문장

속에는 슬픔도 없고 이별도 없어요. 지속적으로 행복한 상태인 것이죠. 이별과 슬픔이 들어갈 자리가 없습니다. 이런 문장이 혹한의 시베리아에서 나올 수 있을까요? 해가 비칠 때면 사랑에 떨고 밤이면 사랑에 혼절하는 곳, 지중해이기 때문에 가능했을 거예요. 이런 지중해를 바탕으로 한 김화영의 아름다운 문장들을 한번 들여다볼까요?

> 우리들 가장 아름다운 날들의 덧없는 기쁨을 맛보게 해다오……

책에 실린 알퐁스 드 라마르틴의 시, 「호수」의 한 구절입니다. 지중해는 모든 날이 아름다워요. 해가 뜨면 망망대해, 다시 해가 뜨면 파도, 정말 좋아요. 그리고 그게 사라질 걸 알아요. 우리들의 가장 아름다운 날이 펼쳐지는데 이 기쁨은 덧없죠. 내가 늙어가고 쓰러지니까요. 감당하지 못할 정도로 쏟아졌다가 이내 사라져버리는 저 햇살과 같은, 없어질 걸 이미 아는 삶의 기쁨이 '덧없다'는 것이죠.

> 언제나 승리하는 말 없는 자연의 돌들 속으로 돌아갈 것이다.

만약 내가 성공했네, 위대하네 하더라도 불과 50년 후면 없어질 거예요. 흙 속으로 돌아갈 겁니다. 모든 생명은 죽음을 씨앗으로 가지고 있죠. 하지만 돌은 죽지 않잖아요? 고려 시대 문인이었던 야은이 "산천은 의구한데 인걸은 간데없다"라고 했는데, 그 말대로 살아 있는 생명에 말 없는 돌이 승리하는 겁니다. 그래서 허망한 거고요. 결국 인간이 아무리 잘난 체 해본들 돌을 이길 수는 없어요. 유한한 생명을 가진 인간이 자연을 이길 방법은 없다는 것이 사실이지만 그럼에도 지금의 삶은 부정할 수 없는 축복이에요. 지중해성 철학의 아주 중요한 부분이죠.

누가 그랬던가 '영원한 사랑'이라고? 영원한 것은 오직 돌과 청동과 푸른 하늘뿐이다.
저 이끼 낀 돌 속에 사랑의 혼이 서려 있을까? 그렇지 않다. 흘러가버리는 것, 먼지가 되어버리는 살, 무너져버리는 사랑의 철저한 무(無) — 해묵은 돌들이 증언하는 것은 그런 것뿐이다. 모두가 무너지고 오직 화려한 대문만 남은 이 사랑의 성은, 그리하여 마땅히 하나의 폐허인 것이다. 폐허 위에 내리는 햇볕은 그래서 더욱 따뜻하다.

사랑의 역사란 고작 100년이면 지워 없어질 것이란 걸 김화영은 어느 성(城)에서 다시 한번 느낍니다. 남산타워에 올라가서 아무리 자물쇠를 채우고 바위에 이름을 새겨도 다 소용없는 일이에요. 영원한 것은 없어요. 어느 연인은 이끼 낀 돌에 손을 얹고 사랑을 다짐했을 거예요. 그 돌 속에 그들의 사랑의 혼이 있을까요? 없겠죠. 그래도 변하지 않는 따뜻한 햇살은 계속 돌 위로 내려요. 누군가는 그 돌 위에 영원한 사랑을 맹세했겠지만 돌들은 다 없어질 살과 감정을 증언할 뿐이에요. 그럼에도 우리는, 그 모든 게 덧없는 기쁨이라는 걸 알면서도 결국 그 기쁨에 젖어듭니다. 사랑의 햇살과 오늘 아침 눈을 사로잡은 꽃 한 송이와 시끄럽게 지저귀는 새의 축복을 알고, 그것이 영원하지 않을 거라는 것 또한 알지만 비관하지 않을 수 있어요. '순간을 지배하는 기쁨'의 지배를 받기 때문이죠. 그래서 내가 없어진다는 사실을 이내 잊어버리고 영원을 믿는 겁니다. 마치 상대가 언제나 멋지지는 않을 거라는 것을 알지만 사랑에 빠지는 순간만큼은 영원한 사랑을 믿는 것처럼 말입니다.

무슨 까닭에서인지도 알 수 없는 어떤 감미로운 기쁨이 분리되어 나와서 나를 엄습했다. 그것은 마치 사랑이 그렇게 하듯, 인생의 우여곡절들을 무의미하게 만들고 삶의 재난들을 무해하게 하고 그 덧없음을 착각인 것처럼 만들어주면서 내 속을 귀중한 실체로 가득 채워주었다.

이 책에 인용된 프루스트의 『잃어버린 시간을 찾아서』의 한 대목입니다. 우리는 모두 다 죽는다는 것을 압니다. 그렇다고 죽음을 예비하면서 살지는 않아요. 지중해 햇빛을 보고 있자면 더 그래요. 아름다운 여인, 우여곡절 없이 이뤄지는 사랑, 재난 없는 삶 다 좋아요. 현재가 기뻐요. 그러다 문득 이게 다 없어질 거라고 생각하면 슬퍼지죠. 그런데 또다시 무슨 까닭인지 모를 감미로운 기쁨이 나를 그 슬픔으로부터 분리시켜요. 부조리한 순간입니다. 축복을 즐겨야 하는데 고통의 가장 근본적인 원인인 죽음이 떠오르고 그러면서도 삶의 희열을 느끼는. 그러니까 방법은 하나, 순간순간을 온전히 씹어먹는 것뿐이에요. 지중해에서는 말이죠. 그렇기 때문에 영원한 것은 없고 우리는 결국 죽을 것이니 계속 슬퍼하는 비극을 만들지 말라는 것입니다. '시즈 더 모먼트(Seize the moment)', 순간을 온전히 살라는 메시지를 김화영은 이렇게 『시간의 파도로 지은 성(城)』을 통해 전하고 있습니다.

한편 그는 인간에 대해 "땅 위의 덧없는 길손들인 인간"이라고 말합니다. 우리는 보통 우리가 이 삶의, 세계의 주인이라고 굳게 믿고 있습니다. 인도의 작가 아룬다티 로이의 『작은 것들의 신』에는 지구 역사에 인류가 차지하는 시간을 계산한 부분이 나오는데, 46억 년 된 지구를 마흔여섯 살 된 여자로 상상해볼 때 최초의 단세포 생물이 나타난 것은 그녀가 열한 살 때였고 공룡이 지구를 배회한 것은 그녀가 마흔다섯 살이 넘었을 때, 그러니까 불과 여덟 달 전이라고 해요. 즉 인간의 문명은 지구라는 여자의 삶으로 본다면 불과 두 시간 전에 시작됐다는 겁니다. 정말 순간을 살고 있는 덧없는 길손입니다. 그럼에도 그걸 모른 채 인간은 하루 24시간 바쁘게 살아갑니다.

호아킨 소로야, 〈해변을 따라 달리기〉, 캔버스에 유채, 90×166.5cm, 1908

총망중의 도시 속으로도 문득 봄은 오고, 빈틈없는 시간표 사이로도 문득 구멍이 뚫리면 때로 창문이 보인다. 꿈의 창문이 열린다.

저도 월요일부터 금요일까지 아주 바쁘게 삽니다. 일하고 싸우고 설득하고 일하고 사람들을 만나고 집에 가고, 그렇게 살다가 어느 순간 문득 잠깐 창 너머로 들어오는 햇살에 마음을 빼앗길 때가 있습니다. 바쁜 중에 차를 타고 이동하면서 창밖 올림픽대로 위의 겨울 나뭇가지에 감탄하죠. 나무 너머 강이 걸어오는 말을 듣기도 합니다. 아주 잠깐이지만 꿈의 창문을 여는 겁니다. 여의도에서 전쟁 한판 벌이고 오는 길에 잠시 수묵화가 펼쳐지고 계절을 느낍니다. 많은 사람이 꿈의 창문을 열지 못하고 찬란한 순간들을 놓치고 살고 있습니다.

우리는 곧 사라져갈 것이라는 걸 까맣게 잊은 채 해가 설핏 해질 무렵 돌연 우리의 뼛속으로 서서히 스며드는 저 기이한 슬픔……

지중해에 산다고 칩시다. 햇살 가득한 하루가 축복이었어요. 그런데 해가 지면 불현듯 슬픔이 찾아옵니다. 죽음에 대한 예고처럼요. 해가 지는 것처럼 언젠가 죽음이 온다는 기이한 슬픔이 밀려들어요. 지중해에 살지 않는 우리도 감미로운 기쁨과 정반대의 순간들을 만나죠. 특히 일요일 오후 언뜻 해가 질 무렵의 먹먹함과 허무를 사람들 대부분이 경험합니다. 감미로운 기쁨이 있는 것처럼 뜻 모를 슬픔이 문득 찾아오는 것. 이렇게 삶은 열린 창문 사이로 밀려드는 햇살처럼 순간의 기쁨, 그리고 그 나머지의 슬픔으로 이루어진 것 같습니다. 이것은 어쩌면 유한한 생명이 부여된 인간의 숙명일 수도 있겠네요.

이 책은 지중해뿐 아니라 세계 각국을 여행하고 쓴 기행문인데 그중에 인도에 대한 이야기도 있습니다. 책 속에서 저자는 인도를 "무능이 죄가 되지 않고, 인생을 한 번쯤 되물릴 수 있는 그곳"이라고 표현한 황지우 시인의 말을 인용합니다. 인도에 대한 개념 정리 중 가장 공감 가는 이야기였습니다. 인도는 가 보면 아시겠지만 현세가 중요치 않은 곳입니다.

제 경험을 하나 말씀드려 볼게요. 어느 해 인도의 뭄바이에 갔을 때 가이드가 구걸하는 아이들이 몰려들 테니 절대 창문을 열지 말라고 하더군요. 아니나 다를까, 차가 신호 대기로 멈춰 서자, 아이들이 몰려왔습니다. 아리안 아이들의 아름다운 눈을 마주치지 못하고 저는 그저 고개만 푹 숙이고 있었고, 잠시 후 차는 출발했죠. 그제야 고개를 돌려 아이들을 쳐다보는데, 참 이상해요. 그 아이들에게서 아쉬운 눈빛을 찾을 수 없었습니다. 오히려 저를 측은하게 보고 있는 듯한 기분이 들었어요. 저게 뭘까, 저 아이들의 표정은 무얼 얘기하는 것일까 싶었죠. 돌아와서 책을 읽으며 곰곰이 생각해보니, 아이들은 저에게 기회를 준 것이었어요. 다른 생에서 잘 살 수 있는 적선의 기회를 말이죠. 그런데 제가 그걸 안 받은 겁니다. 그러니 아이들 입장에서는 제가 불쌍한 거죠. 이 생은 아무것도 아닌데, 쯧쯧. 다음 생에 어쩌려고. 적선했으면 네가 이득일텐데, 하는 거겠죠. 그들에게 인생은 한 번쯤 되돌릴 수 있고, 이번생보다는 다음 생이 목표니까요. 이렇게 그 아이들의 시선을 이해하게 된 데는 김화영의 문장들이 많은 도움이 됐습니다.

> 인도를 다녀와서야 비로소 나는 '꿈'이라는 말의 참다운 규모를 이해하게 된 것 같다. (…) 요즘 나는 꿈이 인도의 은유라는 생각을 많이 한다.

꿈이 인도의 은유라는 말에 정말 공감했어요. 그리고 글은 이렇게 이어집니다.

> 그 엄청나고 태연한 가난. (…) 호사와 굶주림의 공존을 그들은 떳떳이 전시하는 듯하다.

'이 엄청나고 태연한'이라는 표현의 선택 역시 공감이 됐습니다. 그곳은 정말 가난이 태연해요. 인도는 동물들도 사람과 어울려서 살아가는데, 길거리의 쓰레기를 개도 파헤치고, 소도 파헤치고, 원숭이도 파헤치고, 어린아이도 파헤치고 있어요. 쓰레기 더미가뷔페예요. 하지만 그 사람들은 그것이 아무렇지도 않아 보여요. 저는 그런 모습을 보는 것도 감당이 안 되는데 그 사람들은 정말 태연했어요.

인도에서 특급 호텔이라는 호텔에 묵었는데, 서비스도 좋고 시설도 최고예요. 그런데 밤 비행기를 타고 도착해 바로 자고 일어나 아침 공기를 쐬려고 창문을 열었는데 대단한 냄새가 나는 거예요. 무슨 냄새인가 했더니 호텔 담 바깥은 그냥 다 똥밭이더라고요. 사람 머리가 보였다 사라지고 보였다 사라져요. 동물들도 그곳에서 볼일을 보고요. 그냥 '존재'하는 가난이었어요. 사회적인 정의, 부의 분배, 이런 따분한 이론이 필요 없는, 호사와 굶주림이 떳떳하게 공존하는 곳, 이번 생이 전부가 아닌 곳이 바로 인도였습니다.

잠든 인도의 한 옆구리로 나는 슬며시 발을 들이민다.

통찰력 있게 인도를 바라보고 난 후의 느낌을 이렇게 겸손하게 표현한 김화영입니다.

김화영은 지금 우리가 살고 있는 삶이 영원할 것 같지만 그렇지 않다는 것을 여행하면서 배운다고 합니다. 여행에서 잠깐의 순간들, 헤어지면 영원히 못 볼 사람들과의 악수, 그 도시를 떠나면 다시는 못 만날 풍경, 장담컨대 다시는 볼 수 없는 바닷물빛, 여행지를 다녀올 때의 싸한 느낌이 우리 삶의 마지막을 연상하게 한다는 겁니다. 그래서 이렇게 이야기합니다.

여행지에서 그렇게 만났다가 그렇게 떠나보낸 사람들은 우리에게 말해준다. 우리 일생이 한갓 여행에 불과하다는 것을. 여행길에서 우리는 이별 연습을 한다. 삶은 이별의 연습이다. 세상에서 마지막 보게 될 얼굴, 다시는 만날 수 없는 한 떨기 빛. 여행은 우리의 삶이 그리움인 것을 가르쳐준다.

여행 다니면서 사람들과 헤어질 때 드는 아스라한 느낌이 바로 이것인 것 같습니다. 다시는 오지 않을 도시, 내가 잠시 며칠 기거했던 민박집 주인에게 "안녕히 계세요"라고 인사할 때의 기분 말입니다. 다시 못 볼 걸 알면서 헤어지는, 죽음의 예행연습 같은 것. 삶은 이별 연습이에요.

그러고 보면 우리가 죽을 때 똑같을 것 같지 않으십니까? 아, 저 햇살을 이제는 못 보는구나, 끝이구나, 할 거예요. 그러니까 어떻게 보면 여행이 우리 삶을 예행연습 시켜준다는 겁니다. 『시간의 파도로 지은 성』에는 이렇게 지중해적 사고에 기인한 김화영의 여행에 대한 시선과, 그 시선에 걸맞은 아름다운 문장이 가득합니다.

『시간의 파도로 지은 성(城)』과 『행복의 충격』 외에 산문집 『바람을 담는 집』도 참 좋은데요. 이 책의 「엑상 프로방스와 폴 세잔의 아틀리에」에 언급됐던 한 구절은 제가 만든 광고로 이어졌습니다.

나는 한 알의 사과를 가지고 파리를 놀라게 하리라.
— 폴 세잔

2007년 한 정유회사의 광고에 썼던 구절입니다. 이 한 문장이 모티프가 되어 하나의 광고가 만들어진 셈이죠. 저는 세잔이 저런 말을 했는지 몰랐는데 김화영을 통해 알게 됐습니다. 이 광고는 사람들이 광고 아이디어에 대해 물을 때 종종 보여줍니다. 아이디어는 멀리서 찾는 게 아니라 내가 읽은 책들, 보았던 영화들, 들었던 음악들, 매일 마주치는 일상의 풍경에서 나온다는 것을 간단하게 증명해주는 광고이기 때문입니다.

말이 나온 김에 폴 세잔에 대해 잠시 이야기하고 넘어갈까요? 폴 세잔도 남프랑스인 엑상프로방스 출신, 즉 지중해 사람이거든요. 세잔은 엑상프로방스의 유복한 집안에서 태어났습니다. 인상파의 선두주자였던 그는 모네나 드가와 같은 동시대 예술가들이 파리에서 그림을 그릴 때 엑상프로방스로 다시 내려갈 결심을 합니다. 아마 제 생각으로는 축축한 파리가 답답했던 것 같아요. 그런데 그 19세기 말 파리에서 엑상프로방스까지 가는 길이 얼마나 멀었을까요? 지금 TGV로도 세 시간이 걸리는 거리인데 말입니다. 그 시대에는 마차로 아무리 서둘러 간다고 해도 한 사나흘은 족히 걸렸을 겁니다.

그런데 예술의 도시에서 시골로 내려가면서 세잔은 불안하지 않았을까요? 새로운 사조에 대한 자극은 모두 몽마르트르에서 이뤄지고 있는데 말입니다. 저라면 못 갈 것 같습니다. 그런데 세잔은 시골로 가면서 확신합니다. 나는 정물에만 집중을 하겠다, 너희가 파리에서 어떤 자극을 주고받을지 모르지만 나는 그곳에서 정물에 집중해서 그림의 새로운 지평을 열어 보이겠다, 한 거죠. 그는 이 말을 저처럼 사변적으로 한 게 아니라 한마디로 정리합니다. "나는 한 알의 사과를 가지고 파리를 놀라게 할 것이다"라고요. 그림만 잘 그리는 게 아니라 말도 참 잘했네요. 결국 세잔은 그곳에서 자신만의 독자적인 화풍을 발전시켜 20세기 회화의 참다운 발견자로 칭송받으며 '근대회화의 아버지'로 불리게 됩니다.

어쩌면 세잔의 성공에는 일정 부분 지중해의 영향이 있지 않았을까 생각합니다. 김화영의 표현을 빌리자면 지중해는 "푸른 나뭇잎 사이로 햇빛이 황금빛 방울처럼 딸랑딸랑 울리던 곳"이라고 말할 수 있는 곳이죠. 이 문장에는 현장감이 느껴져요. 많은 사람이 같은 걸 느끼지 않았을까 싶은데 저는 실제로 경험해서 더 다가왔습니다.

엑상프로방스에는 '세잔 루트'가 있습니다. 세잔이 이젤을 놓고 그림 그렸던 장소들을 따라가는 길입니다. 세잔 루트를 따라가다 보면 국도에 우리나라 가로수보다 몇 배나 키 큰 나무가 도열해 있고 그 한편에 작은 식당과 주차장이 있어요. 차를 주차해두고 식당에 가기 위해서 밖으로 나와 그 나무 곁을 지나가면 나뭇잎 사이로 부서진 햇살이 나를 비추면서 방울처럼 울립니다. 판화가 이철수가 청각을 시각화했다고 말씀드렸었죠? 이번에는 반대로 시각을 청각화해 생각하면 내리쬐는 햇살이 정말 딸랑딸랑 울리는 것 같아요. 물론 우리도 지중해는 아니지만 대한민국 서울에서도 그런 장면과 조우했던 경험이 있을 겁니다. 생각해보세요. 햇빛 쏟아

폴 세잔, 〈생트 빅투아르 산〉, 캔버스에 유채, 28.7×36.1cm, 1885~1895

지는 날, 바람에 흔들리는 나뭇잎을 본 기억, 모두 있지 않나요? 저는 그 느낌을 어떻게 표현해야 할지 몰랐는데 김화영이 이렇게 표현해낸 겁니다. 기어코 말이죠. 이 문장을 읽으니까 세잔 루트에서의 기억이 딱 떠오르더라고요. 이것이 김화영 글의 힘입니다.

저는 매년 6월 칸 국제광고제에 참석하고 나서, 자주 니스나 엑상프로방스를 들렀다 왔습니다. 폴 세잔이 생트 빅투아르 산을 그린 그곳은 세잔 외에도 에밀 졸라의 고향이면서 알베르 카뮈를 가장 활발하게 연구하고 있는 도시입니다. 그곳에 갈 때마다 느끼는 것이 엑상프로방스의 사람들은 파리를 동경하지 않는다는 겁니다. 곁가지로 말씀드리면 우리의 비극은 우리 모두가 서울을 동경하는 데서 오는 것 같습니다. 유럽이나 미국, 가까운 일본만 해도 각 도시마다 자기 지역에 대한 자부심이 있습니다. 다른 도시를 바라보지 않아요. 필라델피아, 오사카, 올버니, 아를, 전부 자기가 중심에 있고 그 자리에서 행복하죠. 그런데 대한민국은 유독 모두가 서울을 바라봅니다. 서울이 아니면 중심에 있지 않은 것이고 불행하다고 생각하는 것 같아요. 수원이면 수원으로서 온전히 행복하고 진천이면 진천으로서 행복하다면, 거기에서 자기 삶을 충분히 이룰 수 있다면 우리의 인생은 행복할 텐데요.

우리나라 사람 대부분이 서울을 향해 사는 것과는 다르게, 엑상프로방스 사람들은 오히려 파리에 사는 사람들을 동정합니다. 자연의 축복을 느끼지 못하고 바쁘게만 사는 안쓰러운 사람들, 그게 파리지앵을 보는 그들의 시선입니다. 전형적인 지중해적 사고

방식이죠. 현재에 집중할 수 있는 땅에 살고 있는, 현재가 행복한 사람들이기 때문입니다.

저는 바로 이런 기후와 환경이 실존주의 철학의 모태가 되었다고 생각합니다. 철학에 대해 잘 모르지만, 문학을 통해서 아마도 그 뿌리가 여기에서 나오지 않았나 짐작해봅니다. 그래서 저는 지중해 사람들의 삶의 방식을 '지중해성 철학'이라고 정의하고, 제가 가지고 있는 철학이 바로 지중해성 철학이라고 생각합니다. 어릴 때부터 큰 영향을 받았던 것은 아니지만, 또 그것이 어떤 영향을 미치는지도 모르고 살았지만, 저의 사고 패턴을 보면 다분히 지중해성 기질이 있다는 것을 알 수 있기 때문입니다.

이를 테면 어느 단체에서 제게 강의를 의뢰하면서 강의 제목을 정해서 알려달라고 하길래, '개처럼 살자'라고 보내줬습니다. "개는 밥 먹을 때 어제의 공놀이를 후회하지 않고, 잠을 잘 때 내일의 꼬리치기를 미리 걱정하지 않는다"가 제목에 대한 설명이었어요. 개야말로 지금 순간을 살고 있고, 개처럼 살면 현재를 온전히 살 수 있을 것 같다는 생각이었습니다. 이게 제가 정의하는 지중해성 철학입니다. '현재에 집중하자, 순간을 살아라'가 그들 철학의 핵심이죠.

그리고 여기에 바람둥이의 근거가 있습니다. 바람둥이가 왜 바람둥이인가 하면, 순간에 집중하기 때문이에요. 개처럼 사랑하는 게 바람둥이입니다. 개가 밥 먹을 때 밥만 먹는 것처럼 바람둥이는 자기 눈앞에 나타난 여자에게만 집중해요. 이 여자를 만나면

이 여자가 우주고 저 여자를 만나면 저 여자가 세상의 전부죠. 돈 후안도 지중해 사람인데 그 사람도 그랬거든요. 희대의 바람둥이지만 자기 눈앞에 있는 게 전부였다는 점에서 보면 생을 제대로 살다 갔죠. 생각해보니 진짜 개처럼 살다 간 사람이네요.

오늘 다루지는 않지만 지중해, 하면 빼놓을 수 없는 인물인 앙드레 지드 또한 '개처럼 살자'를 이야기한 사람 중 하나입니다. 그는 온 행복을 순간 속에서 찾으라고 말하는데요. 행복을 어제, 내일이 아니라 지금의 나에게서 찾으라는 겁니다. 그의 책 『지상의 양식』에도 주옥 같은 문장이 가득합니다.

저녁을 바라볼 때는 마치 하루가 거기서 죽어가듯이 바라보라. 그리고 아침을 바라볼 때는 마치 만물이 거기서 태어나듯이 바라보라. 그대의 눈에 비치는 것이 순간마다 새롭기를. 현자란 모든 것에 경탄하는 자이다.

이 문장은 창의력이 무엇인지를 보여줍니다. 앞의 문장에서 '현자'의 자리에 '창의력이 있는 사람'을 넣어보세요. "그대의 눈에 비치는 것이 순간마다 새롭기를. 창의력이 있는 사람이란 모든 것에 경탄하는 자이다." 꼭 들어맞습니다. 창의력이라는 건 무심히 보지 않고 경탄하면서 보는 것이죠. 집중하는 습관을 들이라는 겁니다. 앙드레 지드가 시인의 재능이란 자두를 보고도 감동할 줄 아는 것이라고 했잖아요. 창의적인 사람이 되고 싶다면 우리는 자두를 보고, 수박을 보고, 사과를 보고도 감동할 줄 알아야 합니다.

• 모든 행복은 우연히 마주치는 것.

• 우리는 순간에 찍히는 사진과 같은 생을 벗어나면 아무것도 아니다. (…) 우리 생의 각 순간은 본질적으로 다른 것과 바꿔질 수 없는 것이니 말이다. 때로는 오직 그 순간에만 온 마음을 기울일 줄 알아야 한다.

이 모든 문장을 지중해성 철학이라는 문맥에서, 돈 후안의 입장에서 보세요. 그야말로 개처럼 살아야 할 이유 아닌가요? 그렇다면 이어서 누구보다 개처럼 살았던 조르바에 대한 이야기를 해보죠.

대지와의 탯줄을 끊지 않은 사람, 조르바

『그리스인 조르바』는 그리스의 지성이라 불리는 니코스 카잔차키스의 대표작입니다. 카잔차키스의 작품을 가장 맛깔나게 번역했던 사람은 故 이윤기 선생이라고 하는데요. 아마 그분의 번역본으로 읽어보시면 훨씬 재미있게 『그리스인 조르바』를 만나실 수 있을 겁니다. 19세기 말에서 20세기 초까지 살았던 니코스 카잔차키스는 그가 노벨상을 받지 못한 것을 모두 의아해할 만큼 훌륭한 작가입니다. 통찰력도 깊고 예견도 잘하는 현자였습니다. 그의 대표작은 역시 『그리스인 조르바』이고요. 이 책 외에도 20세기 초 중국과 일본을 여행하면서 느낀 단상이 담긴 『천상의 두 나라』(개정판, 『일본·중국 기행』)와 『지중해 기행』이라는 책도 많은 사랑을 받고 있습니다. 이중 제가 제일 좋아하는 책은 『그리스인 조르바』입니다. 개인적으로 제 생각의 저변을 가장 많이 좌우했던 몇 권의 책 중 한 권이기도 합니다.

당시에는 몰랐지만 나이를 먹으면서 보니 『그리스인 조르바』와 도스토옙스키의 『죄와 벌』, 레마르크의 『개선문』 같은 작품이 생각의 수면 밑에 잠재되어 제 삶에 영향을 주고 있었습니다. 『죄와 벌』의 주인공 라스콜리니코프의 행동은 제 판단의 축을 흔들었고, 『개선문』의 주인공 라비크가 추구하던 삶의 행태, 즉 '돈을 많이 벌지 않아도 좋지만 내가 기분 좋으면 팁을 줄 정도의 경제력을 갖고 큰 욕심 없이 작은 정의를 놓치지 않는 삶'을 좇아가고 있어요. 그리고 『그리스인 조르바』에서 조르바의 성향을 찬찬히 살피면서, '아, 나는 지중해성 사고방식을 갖고 있구나' 느끼게 됐습니다.

이 책은 니코스 카잔차키스의 경험담을 소설 형태로 엮은 것이라고 합니다. 주인공인 '나'는 그리스인 뱃사람 조르바를 만나 광산을 개발하러 가고자 하는데요. 내용을 읽어보면 니코스 카잔차키스는 주인공인 '나'보다 조르바에게 더 집중하고 애착을 갖습니다. 이유는 조르바의 삶의 모습이 지식인의 그것과는 정반대이기 때문이죠. 그래서 조르바를 두고 "아직 대지에서 탯줄이 떨어지지 않은 사나이"라고 표현합니다. 조르바는 정말 딱 그런 사람입니다. 판단의 축이 다른 사람이에요.

이제 소설 속 문장을 통해 조르바를 만나보겠습니다. 주인공이 뭔가 망설이며 생각 좀 해보자니까 조르바가 이렇게 말합니다.

> "'왜요'가 없으면 아무 짓도 못하는 건가요? (…) 당신 역시 저울 한 벌 가지고 다니는 거 아닙니까? 매사를 정밀하게 달아 보는 버릇 말이오. (…)"

우린 너무나 당연하게 달아보고 재보고 하는데 그는 왜 그래야 하느냐고 묻습니다. 조르바는 생각보다 행동이거든요. '모태인 대지에서 탯줄이 떨어지지 않은 사내'라는 표현이 아마 그래서 나온 것 같고, 책을 읽다 보면 그 표현의 깊은 의미까지 이해할 수 있게 됩니다. 그런 조르바와 비교하면 우리는 부패된 사람들입니다. 머릿속에 어떤 것들이 들어가면서 대지와 연결된 탯줄은 끊어졌고 기계화됐으니까요. 이것은 지중해와 멀어지고 있다는 것을 말합니다. 그런 의미에서 조르바는 그 자체로 지중해인 사람이고요. 앞에서 돈 후안이 눈앞의 사랑에 집중했다고 얘기했는데, 조르바가 주인공에게 똑같은 이야기를 합니다.

"(…) 지금 우리 앞에 있는 것은 육반(肉飯)입니다. 우리 마음이 육반이 되게 해야 합니다. 내일이면 갈탄광이 우리 앞에 있을 것입니다. 그때 우리 마음은 갈탄광이 되어야 합니다. 어정쩡하다 보면 아무 짓도 못 하지요."

이게 바로 '개처럼 살자'입니다. 지금 꼬리치면 꼬리를 치고, 밥을 먹으면 밥만 먹고, 잠을 자면 잠만 자야지, 잠을 자면서 아까 꼬리치던 생각을 하거나 밥 먹을 궁리를 하지 말라는 겁니다.

같은 맥락으로 톨스토이 인터뷰와 관련된 유명한 일화가 있습니다. 대학시절에 읽고 나서 강의할 때 자주 언급하곤 하는데요. 기자가 "지금 당신에게 가장 중요한 일과 가장 중요한 사람을 얘기해주세요"라고 톨스토이에게 묻자 그가 답하길, "나에게 가장 중요한 사람은 당신이고, 가장 중요한 일은 이 인터뷰입니다"라고 했답니다. 그러고 보면 뭔가 배울 만한 게 있다고 하는 사람들은 모두 같은 이야기를 하는 것 같지 않나요? 현재에 집중하라는 말이요. 순간을 사랑할 줄 아는 조르바는 이런 말도 합니다.

나는 어제 일어난 일은 생각 안 합니다. 내일 일어날 일을 자문하지도 않아요. 내게 중요한 것은 오늘, 이 순간에 일어나는 일입니다. 나는 자신 있게 묻지요. "조르바, 지금 이 순간에 자네 뭐 하는가?" "잠자고 있네." "그럼 잘 자게." "조르바, 지금 이 순간에 자네 뭐 하는가?" "일하고 있네." "잘해 보게." "조르바, 자네 지금 이 순간에 뭐 하는가?" "여자에게 키스하고 있네." "조르바, 잘해 보게. 키스할 동안 딴 일일랑 잊어버리게. 이 세상에는 아무것도 없네, 자네와 그 여자밖에는. 키스나 실컷 하게."

그리고 또 살펴보면 조르바는 배우지 못했지만 그래서 더욱 창의적인 사람이었습니다. 그를 두고 니코스 카잔차키스는 "우리가 예사로 보아 넘기는 일, 무심코 지나치는 일들도 조르바 앞에서는 무서운 수수께끼로 떠오른다"라고 말합니다. 창의성과 관련한 강의를 할 때 이 구절을 자주 예로 듭니다. 창의적인 사람은 바로 이런 사람이니까요. 봄이 되면 꽃이 피는 게 당연하다고 생각하지 않는 사람이에요. 사람들 대부분이 모든 걸 예사롭게 보아 넘기는데 조르바는 그렇지 않습니다. 그는 모든 것에 놀라는 사람이에요. 꽃이 피면 꽃에 놀라고, 바람이 불면 바람에 놀라죠.

"이 기적은 도대체 무엇이지요? (…) 이 신비가 무엇이란 말입니까? 나무, 바다, 돌, 그리고 새의 신비는?"

제가 예전에 쓰던 명함 뒤에 '서프라이즈 미(Surprise me)'라고 새겨뒀었는데요. 저도 조르바처럼 모든 것에 놀라는 사람이 되고 싶었기 때문입니다. 그런데 조르바는 이렇게 모든 것에 놀라는 사람이니 여자를 보면 얼마나 놀라겠어요. 모든 여자가 신비로운 거예요. 그러니까 그는 바람둥이가 될 수밖에 없었죠.

"대체 저 신비의 정체는 무엇일까요?" 그는 묻는다. "여자란 무엇인가요? 왜 이렇게 고개를 갸웃거리게 하지요? 말해 봐요, 나는 저 여자란 것의 의미가 무엇인지 묻고 있는 거예요."

조르바는 여자를 보고, 꽃 핀 나무를 보고, 냉수 한 컵을 마시면서도 똑같이 놀랍니다.

우리 주변에도 조르바 같은 존재들이 있습니다. 바로 아이들입니다. 깜짝이야, 깜짝이야 하면서 다 놀라요. 어른인 우리는 하나도 놀라지 않는데요. 그래서 아이들이 창의적이라고 하는 겁니다. 이게 자두를 보고도 감동할 줄 아는 재능이 시인의 재능이라고 말한 앙드레 지드로, 수박을 보고 천지개벽을 느낀 김훈으로 자연스럽게 이어지지 않습니까? 조르바의 삶, 지식을 통해 배운 게 아니라 몸으로 체화된 삶이야말로 창의적인 삶입니다.

그런 조르바의 눈에는 주인공이 한심할 수밖에요. 머릿속에 계산기를 들고 다니면서 매일 따져보기만 하니 얼마나 답답했겠어요. 어느 날에도 주인공이 논리적으로 얘기하고 있는데 조르바가 그를 쳐다보더니 이렇게 말하죠.

"(…) 당신 대가리는 아무리 봐도 아직 여문 것 같지 않소. 올해 몇이시오?"
"서른다섯이오."
"그럼 앞으로도 여물긴 텄군."

이처럼 창의적인 인간인 조르바의 사고나 움직임을 보여주는 또 다른 구절입니다.

"두목님, 돌과 비와 꽃이 하는 말을 들을 수 있으면 얼마나 좋겠어요. 어쩌면 우리를 부르고 있는데 우리가 듣지 못하는 것일 거예요. 두목, 언제면 우리 귀가 뚫릴까요? 언제면 우리가 팔을 벌리고 만물 — 돌, 비, 꽃, 그리고 사람들 — 을 안을 수 있을까요? (…)"

조르바에 따르면 우리는 듣지 못하고, 팔을 벌리지 않고 있다는 겁니다.

"(…) 사람이란 나무와 같소. 당신도, 버찌가 열리지 않는대서 무화과나무와 싸우지는 않겠지?"

이 역시 조르바의 말인데 집사람과 이 문장을 화두로 이야기를 나눈 적이 있습니다. 그 사람은 그 사람인데 왜 그에게 다른 사람이기를 요구하냐는 겁니다. 사람을 대할 때도 나무를 대하듯이 하면 돼요. 당신은 왜 욕을 하고 그러냐고 화를 내봤자 원래 그런 사람인 거예요. 이 문장 속 비유와 맞물려 생각하면 무화과나무에게 버찌가 안 열린다고 화내는 건 어리석다는 거죠. 원래 무화과가 열리는 나무니까요. 사람은 다 다르고, 각자의 모습 그대로 받아들여야 해요. 상대의 부족한 부분을 우리의 욕망으로 채워넣고, 제멋대로 실망하고 다툴 필요가 없어요. 무화과나무 아래서 버찌가 열리지 않는다고 화를 내는 건 어리석은 짓이니까요.

육신이 만족하자 영혼은 기쁨으로 전율했다.

육신이 만족하지 않으면 영혼은 기쁨으로 넘치지 않아요. 아름다운 풍경을 보고 들떠서 걷다가 전화가 와서 통화를 시작하면, 갑자기 풍경이 싹 없어집니다. 풍경을 향하고 있던 시선에, 정신에 셔터가 탁 내려가죠. 육신과 영혼이 다 연결되어 있습니다. 배가 고프거나 화장실이 급하면 뭐가 눈에 들어오겠어요. 빨리 뛰어가서 육신의 고통을 해결해야죠. 그래서 육신이 만족해야 영혼은 기쁨으로 넘치게 된다고 조르바는 말했던 거고요. 그래서 그는 머리로 이해하지 말고 가슴으로 이해하라고 말합니다.

"그래요, 당신은 나를 그 잘난 머리로 이해합니다. 당신은 이렇게 말할 겁니다. '이건 옳고 저건 그르다, 이건 진실이고 저건 아니다, 그 사람은 옳고, 딴 놈은 틀렸다……' 그래서 어떻게 된다는 겁니까? 당신이 그런 말을 할 때마다 나는 당신 팔과 가슴을 봅니다. 팔과 가슴이 무슨 짓을 하고 있는지 아십니까? 침묵한다 이겁니다. 한 마디도 하지 않아요. 흡사 피 한 방울 흐르지 않는 것 같다 이겁니다. 그래, 무엇으로 이해한다는 건가요? 머리로? 웃기지 맙시다!"

이런 조르바를 두고 카잔차키스는 "피가 돌고 뼈가 단단한 사
내였으며 슬플 때는 진짜 눈물이 뺨을 흐르게 한다. 기쁠 때는 형
이상학의 체로 거르지 않고 그 기쁨을 잡치는 법이 없다"라고 말
합니다. 조르바는 굉장히 기쁜 일을 맞으면 갑자기 춤을 춰요. 이
유를 물으니 기쁨을 표현할 수 있는 유일한 방법은 춤밖에 없다고
해요. 보세요. 피가 돌고 뼈가 단단하고 슬플 때 울고 기쁠 때 웃어
요. 이걸 형이상학적으로 해석하려고 하지 않고, 머리가 들어와 개
입함으로써 그르치지 않아요. 그냥 기쁘면 기뻐하면서 놀아요. 동
물적인 거죠. 아직 에덴동산에서 나오지 않은 사람이에요.

『그리스인 조르바』는 아직 대지와 탯줄이 끊어지지 않은, 놀
라운 조르바라는 사람의 이야기도 매력적이지만 니코스 카잔차
키스 특유의 아름다운 문장들을 살펴보는 재미도 있습니다. 문맥
과 상관없이 문장 하나만 뚝 떼어놓아도 그 자체로 아름답습니다.
예를 들어 비 온 뒤 풍경이에요. 잘 생각하면서 꼭꼭 눌러 읽어보
세요.

정오 가까이 되어 비가 멎었다. 태양은 구름을 가르고 그 따사
로운 얼굴을 내밀어 그 빛살로 사랑하는 바다와 대지를 씻고 닦
고 어루만졌다. 나는 뱃머리에 서서 시야에 드러난 기적을 만끽
할 수 있도록 나 자신을 버려두었다.

표현이 참 좋죠. 이런 것이 기적이에요. 우리들이 지금 보지 못하는 것들을 니코스 카잔차키스의 책을 읽으면서 얻게 됩니다. 이처럼 이 책에는 보석 같은 구절들이 흘러넘칩니다.

바다의 광막한 넓이에서는 무궁한 싯귀가 흘러나왔다.

김훈도 얘기했던, 말이 돋아나는 자연현상이 바로 이런 것이겠죠? 바다를 보거나 멋진 풍경을 봤을 때 우리가 '아!' 하고 감탄사를 내뱉는 것은 자연이 말을 건 겁니다. 그런데 우리가 표현을 못 할 뿐이에요. 아니, 표현을 못 하거나 우리의 언어가 그것을 표현할 만큼 능력이 뛰어나지 않은 거예요. 그런데 카잔차키스는 끊임없이 우리에게 말을 걸어오지만 우리가 알아듣지 못하는 자연의 많은 이야기들을 발견한 겁니다.

이것 또한 아름다운 구절인데요, 밤에 대한 묘사입니다.

• 별이 빛났고 바다는 한숨을 쉬며 조개를 핥았고 반딧불은 아랫배에다 에로틱한 꼬마 등불을 켜고 있었다. 밤의 머리카락은 이슬로 축축했다.

• 희끗한 구름이 쉴 새 없이 태양 앞을 지나쳐 그럴 때마다 대지는 숨이라도 쉬는 듯이 슬퍼 보이다, 기뻐 보이다 하는 것이었다.

앞의 것은 밤을 의인화한 구절인데 그 자체로 참 아름답죠. 풍경 묘사가 아주 로맨틱해요. 마치 한 편의 시 같지 않나요? 뒤의 구절은 여행이나 출장으로 비행기를 타고 가면서 발 아래 떠 있는 구름을 볼 때마다 떠올리곤 합니다. 구름이 떠 있고 그 아래 그림자가 드리워져 있는데 그림자가 큰 쪽은 아주 어두워 보였다가, 어느 순간 그곳을 지나면서 햇살이 짜랑짜랑 까르르르 웃음 소리를 내고 또다시 어두워지는, 슬펐다가 기뻤다가 하는 모습을 잘 표현한 문장 같습니다. 그리고 니코스 카잔차키스가 생각하는 행복이 무엇인지 한번 들어보시겠습니까?

나는 또 한 번 행복이란 포도주 한 잔, 군밤 한 알, 허름한 화덕, 바다 소리처럼 단순하고 소박한 것임을 깨달았다. 필요한 건 그것뿐이었다.

이걸 깨달아야 해요. 행복은 멀리 있지 않고 지금 여기에 있다는 것.

여러 문장에서 계속 반복되고 있는 게 있는데, 육체, 피 등 물질에 대한, 실존에 대한 존중입니다. 이게 지중해에서 핵심적인 요소입니다. 답은 물질과 실존, 현재에 있는 것이지 다른 곳에 있지 않다는 거죠. 책 속에 있지 않고 거리에 있다는 거예요. 이 문장도 행복은 멀리 있지 않다는 '카르페 디엠'을 이야기하는 겁니다. 지금 이 순간이 행복이라는 걸 알아야 하거든요. 슬퍼한들 이 순간만 없어지는 거예요. 그러니까 지금 이 순간에 내가 밤 한 알을 먹고 있으면 밤 한 알, 육반을 보고 있으면 육반, 갈탄광을 갈고 있으면 갈탄광, 프레젠테이션을 하고 있으면 프레젠테이션에 집중해야 해요. 앙드레 지드가 말한 현재에 대한 집중 말입니다.

인생이란 손가락 사이를 빠져나가는 모래처럼 구원의 여지가 없을 것 같은 기분도 든다네.

그렇습니다. 인생은 태어나면서부터 죽어가기 시작합니다. 지금 이 순간에도 내 생명이 계속해서 날아가고 있어요. 내가 아무리 잡으려고 해도 흘러가게 되어 있고, 어느 날엔 손 안의 가는 모래처럼 다 사라질 거예요. 그리고 죽어 있을 거고요. 잡을 방법은 없어요. 그러니 빠져나가는 걸 보면서 슬퍼하지 말고 그 순간순간을 즐기라는 겁니다. 어차피 결과는 같아요. 빠져나가고 있는데 어떻게 하느냐며 안절부절못하는 사람과 오늘을 충실히 사는 사람을 비교했을 때 후자가 답이라는 겁니다. 이것이 고스란히 알베르 카뮈의 『이방인』과 장 그르니에의 『섬』으로 움직일 겁니다.

마지막으로 니코스 카잔차키스의 다른 책 『천상의 두 나라』에서 특유의 통찰로 영국에 대해 이야기한 부분을 보려고 합니다.

"영국인들을 봐요. 사고(思考)의 위험을 이해하자마자 그들은 가죽 샌드백을 매달아 그것을 치기 시작했습니다. 그들은 두꺼운 막대기를 들어 나무 공을 쳤고, 커다란 공을 차기 시작했어요. 그리하여 그들은 생각에서 벗어나 세계를 정복했지요!"

서양에서 세계를 지배하게 된 것은 물질과 실존에 대한 존중 때문이었어요. 정신세계만 본 것이 아니라 과학을 존중했죠. 이 실물을 파악한 겁니다. 사실 동양이 생각의 깊이는 훨씬 깊죠. 정신의 신대륙은 우리가 먼저 발견했습니다. 하지만 서양인은 물질의 신대륙을 발견했고, 동양인은 그걸 우습게 본 게 아닐까요? 그들은 행동으로 표현을 했죠. 가죽 샌드백을 매달아 쳤고, 막대기로 공을 찼어요. 그래서 누군가는 "걷지 않으면서 떠오르는 생각은 믿지 말라"라고 말하기도 했죠. 그런 생각은 사기일 수 있다는 거예요. 걸으면서, 실질적으로 생활하면서 떠오른 것을 믿으라는 거죠. 어떻게 보면 영혼과 물질의 분류가 위험한 것이라는 이야기가 아닐까 합니다.

자 이제, 이런 순간의 기적을 놓치지 않는 지중해성 철학과, 실존주의라는 문맥을 통해 알베르 카뮈로 들어가보면 될 것 같습니다.

거짓말을 거부하는 사람, 뫼르소

알베르 카뮈의 『이방인』은 워낙 유명한 작품이라 읽어보신 분들이 많을 텐데요. 지중해를 항해하는 데 있어 빠져서는 안 될 중요한 작품이기 때문에 잠시 이야기하고 넘어갈까 합니다. 우선 저는 이 작품을 김화영의 번역으로 읽었습니다. 제가 가지고 있는 책에는 알베르 카뮈가 직접 쓴 책에 대한 설명과 소설, 그리고 장 폴 사르트르가 쓴 서평이 나옵니다. 훗날 사르트르와 카뮈는 의식의 차이로 싸우게 되고 결국 끝까지 화해하지 않는데, 한때 두 사람이 의기투합했다는 걸 이 책의 서평을 통해 알 수 있습니다. 서평이지만 문장 하나하나가 살아 있고 좋은 구절이 많습니다.

『이방인』의 주인공은 뫼르소라는 남자입니다. 이 사람은 이해하기 쉽게 조르바 같은 사람이라고 보면 됩니다. 뫼르소 또한 눈앞에 있는 게 가장 중요한 인물이죠. 그래서 뫼르소를 '거짓말하지 않는 사람'이라고 말합니다. 여기서 거짓이라는 건 단순히 진실의 반대편에 있다는 의미뿐만 아니라 과장된 감정의 표현까지 포함하죠. 예를 들어 '가슴이 찢어진다'라는 표현은 거짓입니다. 아무리 고통스럽고 슬퍼도 실제로 가슴이 찢어지지는 않아요. 그건 감정을 강조하기 위한 과장된 표현입니다. 그런데 세상이 제대로 돌아가기 위해서는 가슴이 찢어진다고 말하는 사람을 필요로 하죠. 하지만 뫼르소는 그 과장된 무엇을 거부합니다.

예를 들어 소설 속에서 뫼르소는 어머니가 죽은 날 여자랑 섹스를 합니다. 햇살 찬란한 지중해에 위치한 알제에 살고 있는 그는, 현재가 전부이고 감정이나 신을 믿지 않습니다. 감정, 신, 슬픔, 도덕, 종교, 가식, 미래, 신념 같은 추상적인 것들이 중요하지 않아요. 슬픔은 잡히지 않는 것인데 그것을 표현하기 위해 더 큰 슬픔을 느끼게 되고, 거짓 감정에 휩싸이기 때문입니다. 뫼르소는 결국 살인을 저지르고 감옥에 들어가는데, 그 안에서도 담배, 해수욕, 여자처럼 손으로 만질 수 있는 것들을 그리워합니다.

즉 그는 거짓말하는 것을 거부한다. 거짓말을 한다는 것은 단순히, 있지도 않은 것을 말하는 것만이 아니다. 그것은 특히 실제로 있는 것 이상을 말하는 것, 인간의 마음에 대한 것일 때는, 자신이 느끼는 것 이상을 말하는 것을 뜻한다. 그런데 이건 삶을 좀 간단하게 하기 위하여 우리들 누구나 매일같이 하는 일이다.

알베르 카뮈가 『이방인』 미국판 서문에서 뫼르소에 대해 한 말입니다. 거짓말을 거부한다는 건 이런 얘기죠. 거짓말은 없는 것을 있다고 말하는 게 아니라 있는 것 이상을 말하는 것, 느낀 것 이상을 말하는 것이라는 겁니다. 그런데 그런 거짓말은 우리가 늘 하는 일입니다. 삶을 편안하게 하기 위해서요. 그런데 뫼르소는 그걸 거부하는 사람이고, 그래서 이방인입니다.

다음 문장을 시작으로 소설 『이방인』의 뫼르소와 만나실 텐데, 읽는 내내 여러분은 지중해를 떠올리셔야 합니다. 그 찍어내리는 듯 꽉 들어찬 빛을 상상하면서 말입니다.

아름다운 하루가 시작되려는 참이었다. 나는 오랫동안 야외에 나와본 일이 없었다. 그래서 어머니 일만 없었다면 산책하기에 얼마나 즐거울까 하는 생각이 들었다.

　어머니가 돌아가셨다는 사실이 있어요. 그리고 슬픈 것도 사실입니다. 그런데 '슬퍼서 지중해의 찬란한 햇살 따위 눈에 들어오지 않아'는 아니에요. 어머니가 돌아가셨어도 햇살은 여전히 좋아요. 보통 사람의 관점에서 뫼르소는 패륜아겠지만 그는 햇살과 산책 같은 현재의 순간이 좋을 뿐입니다. 솔직한 사람이에요. 어머니의 죽음에 대한 슬픔을 과장하지 않아요.

　『이방인』에는 지중해의 햇빛이 계속 등장합니다. 제가 문학평론가도 아니고 평론을 깊이 읽어본 적도 없지만 감히 해석해보면이 책의 열쇠가 되는 모티프는 '햇빛'인 것 같습니다. 햇빛이 '현재'의 상징이에요. 온갖 햇빛이 등장해서 지중해에서의 태양의 존재감을 느끼게 해줍니다. 다음 같은 구절이 바로 그런 것들이죠.

　• 해는 하늘로 좀더 높이 떠올랐다.

　• 하늘에는 벌써 햇빛이 가득 차 있었다. 그것은 땅 위로 무겁게 내리쬐기 시작했고, 더위는 급속히 더해갔다. (…) 주위에는 한결같이 햇빛이 넘쳐서 눈부시게 빛나는 벌판이 보일 뿐, 하늘에서 쏟아지는 빛은 견딜 수 없을 지경이었다.

　알베르 카뮈는 그의 에세이 『안과 겉』에서도 빛에 대해 언급하는데요. "이 많은 햇살을 기억에 담고 내 어찌 무의미에 대고 걸수 있으리"라고 얘기합니다. 이 말이 무슨 뜻이냐 하면 인생은 죽음을 곁에 두고 사는 무의미한 시간이지만, 삶의 기억 속에 그 많은 햇살이 들어가 있다면 어떻게 인생을 무의미하다고 할 수 있겠냐는 겁니다. 이런 것을 살펴봤을 때 지중해에서 나고 자란 카뮈에게 햇빛은 아주 중요한 모티프가 되었던 게 분명하고 뫼르소에게도 그것이 투영된 겁니다.

어머니가 죽고 장례식을 치른 다음 날 뫼르소는 말합니다.

그때 나는, 일요일이 또 하루 지나갔고, 어머니의 장례식도 이제는 끝났고, 내일은 다시 일을 시작해야 하겠고, 그러니 결국 달라진 것은 아무것도 없다는 생각을 했다.

어머니가 돌아가셨는데 아무것도 변한 게 없다니요. 그런데 생각해보면 맞아요. 변한 게 없어요. 해야 할 일은 남아 있고 내일은 출근해야 하고 달라진 게 없죠. 그냥 자기의 감정을 과장한 것 같은, 손에 잡히지 않는 변화뿐이에요. 똑같아요. 이게 솔직하다는 거예요. 그래서 뫼르소는 이방인이죠.

뫼르소는 가엾다는 말조차 모르는 사람입니다. "셀레스트는 늘 '가엾다'고 말하지만 사실인즉 아무도 알 수가 없는 일이다"라고 말하는데요. 가엾다라는 건 진짜 모호한 말이에요. 감정을 수치로 측정할 수 있나요? 2.7로 가여운지 3.8로 가여운지 몰라요. 가

앙드레 드랭, 〈항구의 배들, 콜리우르〉 91×72cm, 1905

없다고 했지만 사실인즉 아무도 알 수 없어요. 이것과 연결되는 한 문장이 있는데, 애인인 마리가 뫼르소에게 자신을 사랑하냐고 묻습니다. 그때 뫼르소는 이렇게 말합니다.

그런 것은 아무 의미도 없는 말이지만, 사랑하고 있는 것 같지는 않다고 나는 대답했다. 마리는 슬픈 표정을 지었다.

뫼르소라는 사람은 사랑 앞에서도 거짓말하지 않습니다.

소설 속에는 지중해적인 삶과 현대적인 삶을 비교하게 하는, 뫼르소의 정반대에 있는 인물이 한 명 나오는데요, 한번 보세요. 뫼르소가 지중해성 사고방식으로 식당에 앉아서 천천히 밥을 먹고 있는데, 로봇 같은 사람이 식당에 들어옵니다. 그 사람은 문자를 확인할 틈도 없는 주중의 박웅현 같은 사람으로, 뫼르소가 식당에서 마주친 이름 모를 기자입니다. 직업도 정확성을 필요로 하는 기자인데, 이 기자를 묘사하면서 카뮈가 쓴 형용사와 부사의 선택이 참 치밀합니다.

우선 이 사람은 평상시의 박웅현처럼 사는 사람입니다. 10시 회의, 11시 회의, 10분 후에 뭘 해야 하고, 이번 프로젝트는 언제 끝내야 하는지를 달고 사는, 뫼르소와는 정반대의 사람이에요. 그 장면을 묘사한 단어는 이렇습니다. 열심히, 즉시, 명확, 빠른, 네모진, 미리, 합산, 정확한, 서둘러서, 프로그램, 정성스럽게, 세밀하게, 계속, 열심히, 변함없이, 꼭두각시, 엄청난 속도, 정확한 걸음, 제 갈

길. 무심한 문장 같은데 적확한 단어를 써서 뫼르소와 정반대에 있는 기계적인 사람에 대한 묘사가 다 들어가 있습니다. 이 소설이 얼마나 치밀한지 알 수 있는 대목이죠.

그녀는 재킷을 벗고 자리에 앉아서 **열심히** 메뉴를 살펴보더니 셀레스트를 불러, 즉시 **명확**하고 **빠른** 목소리로 먹을 요리를 전부 주문했다. 그러고는 오르되브르를 기다리는 동안, 핸드백을 열고 **네모진** 종이 조각과 연필을 꺼내어 **미리 합산**을 해보고는, 지갑에서 팁까지 덧붙여 **정확한** 금액을 자기 앞에 내놓았다. 그때 오르되브르가 나오자 그녀는 **서둘러서** 먹었다. 다음 요리를 기다리며 또 핸드백에서 푸른 연필과 일주일 동안의 라디오 **프로그램**이 실린 잡지를 꺼냈다. 그 여자는 **정성스럽게** 하나씩 하나씩 거의 모든 방송에 표시를 했다. 잡지는 열두어 페이지나 되었으므로 그녀는 식사를 하는 동안 줄곧 **세밀하게** 그 일을 **계속했다.** 내가 식사를 끝마쳤을 때도 그녀는 여전히 **열심히** 표시를 하고 있었다. 그러더니 일어서서, 그 **변함없이 꼭두각시** 같은 몸짓으로 재킷을 입고 나가버렸다. 아무것도 할 일이 없었으므로, 나도 밖으로 나가 여자의 뒤를 잠시 따라갔다. 그녀는 인도 가장자리를 따라 믿을 수 없으리만큼 **엄청난 속도**와 **정확한 걸음**으로, 옆으로 비키거나 뒤돌아보지도 않고 **제 갈 길**만 가고 있었다.

이 하나에 고스란히 알베르 카뮈가 들어 있습니다. 카뮈가 대단한 이유 중 하나는 바로 이런 세밀한 장치들을 계산해 넣어 글을 쓴다는 점이지 않을까 합니다.

자 이제 뫼르소의 이야기로 돌아가서, 뫼르소가 살인을 저지르고 경찰서에 가서 취조를 받는데 여러 가지 이론에 대한 설명을 듣습니다. 그때 뫼르소가 말합니다.

사실인즉 나는 그의 이론을 뒤쫓아가기가 매우 어려웠다. 첫째로 몹시 더운데다 그의 사무실에는 큼직한 파리들이 있어서 그것들이 얼굴에 달라붙었기 때문이고, 또 나는 그의 태도에 좀 겁이 나기도 했다.

이론이 어려워서 못 따라가는 게 아닙니다. 덥기 때문에, 그리고 파리에 신경이 집중되어 있기 때문이에요. 실물적인 반응이죠. 그러니까 이 사람이 감옥에 가서 그리워하는 건 육체적인 것밖에 없는데 그렇게 보면 어떤 사람과 닮은 구석이 있죠? 바로 조르바입니다. 조르바도 머릿속의 이론보다는 만져지는 것들에 대해서만 이야기하잖아요. 어쨌든 결국 뫼르소는 철창 안에 갇히고 그는 철창에 달라붙어 빛을 향해 얼굴을 내밀며 햇살을 그리워합니다. 그 빛이 바로 실존이 아닐까요? 실제를 상징하는 것이 바로 빛이 아닐까요?

감옥에서 뫼르소가 그리워하는 것은 전부 만질 수 있고 느낄 수 있는 것들입니다. 그는 수감되고 가장 괴로운 일이 감옥 밖의 자유로운 사람처럼 생각하는 거였다고 말합니다. 예를 들면 바닷가에 가서 물에 들어가고 싶다는 욕망, 물속에 들어갔을 때의 촉감, 거기에서 느끼는 해방감 같은 것이지요. 심지어 재판소를 나와서 차를 타고 가면서 감옥까지 가는 길에도 순간을 놓치지 않습니다.

> 재판소로부터 나와 차를 타러 가면서, 나는 매우 짧은 한순간 여름 저녁의 냄새와 빛을 느꼈다.

뫼르소는 그를 교화시키려고 했던 목사의 말대로 "아무 희망도 안 가진 채 죽으면 완전히 없어져버린다는 생각을 가지고 사는" 사람인 것이죠. 그런데 사실 사람이 이러기가 참 어렵습니다. 『이방인』은, 뫼르소는 여러모로 저에게 많은 영향을 주었는데요. 이렇게 살다가 죽으면 끝인 것 같고, 사후가 있다는 걸 못 믿겠어요. 아니, 안 믿겠어요. 뫼르소나 조르바처럼 '죽으면 끝이다'죠. 죽으면 아무것도 없어요. 그러니 이 순간을 온전히 다 살아야겠어요. 그렇기 때문에 더 가치로운 일을 위해 참아야 한다, 이런 것도 없죠.

사르트르는 『이방인』 해설에서 "『악령』을 쓰든 크림을 탄 커피를 마시든 모든 것은 마찬가지 값"이라고 이야기했습니다. 『악령』은 도스토옙스키가 쓴 명작인데요. 같은 순간에 도스토옙스키처럼 위대한 작품을 쓰든 커피에 크림을 타서 젓고 있든 죽고 나면 똑같다는 거예요. 장 그르니에의 『섬』에도 죽고 나면 다 똑같아진다는 이야기 끝에 누구의 개나, 그의 마누라나 가치로 따지면 매한가지라는 얘기가 나옵니다.

이렇게 『이방인』의 몇 구절을 살펴봤는데요, 앞서 말씀드렸던 사르트르의 서평도 다 읽어보시길 권합니다. 이 작품에 대한 사르트르의 평은 바로 이렇습니다.

> 스스로의 풍모에 의해서 값진 것임을 드러내 보일 뿐 구태여 무엇을 증명하려고 애쓰지 않는 작품

『이방인』은 주인공의 모습을 묘사하기 위해서 극화시키는 장치가 전혀 없어요. 그냥 건조하게 있는 그대로 묘사합니다. 뫼르소를 영웅 혹은 악인으로 그리려는 노력조차 없습니다. 있어야 할 자리에 있어야 할 문장이 툭툭 들어가 있습니다. 무엇을 증명하려고 애쓰지 않는 문장입니다. 『이방인』의 문장들은 독립적입니다. 지금까지 장편소설을 읽듯이 스토리를 이해하며 죽 읽어보셨다면 제가 읽은 것처럼 문장 하나하나 끊어서도 읽어보시길 바랍니다. 한 문장 한 문장이 다 살아 있음을 아실 수 있을 겁니다.

이에 대해 사르트르가 분석하기도 했는데, 그가 제시한 논점의 핵심은 이방인은 현재를 산다는 점입니다. 과거나 미래가 아닌 현재, 그리고 그 현재를 파편적으로 살아요. 엄마 장례식에 가

야 하니까 장례식에 가고 마리와 섹스를 하고 해수욕을 하고 싶어서 바다에 들어가요. 이것을 설명하기 위해 카뮈는 문장을 다 독립시켜놓은 겁니다. 보통 우리가 쓰는 글은 앞의 구절을 받아서 이어가는데 『이방인』의 문장은 그런 게 없어요. 과거로부터 현재를 빌려오지 않고 미래를 담보하지 않습니다. 실존적인 삶의 태도와 맞물리죠. 그런 내용을 전달하는 형식을 똑같이 차용한 것이 이 책의 대단한 점이라고 사르트르는 극찬합니다.

각개의 문장은 그 전의 문장들로부터 이미 얻은 힘을 이용하기를 거부하며 저마다의 문장은 항상 새로운 시작이다.

실존적인 삶, 오늘이 전부이고 개가 그러하듯 밥을 먹을 때 밥 먹고 꼬리칠 때 꼬리치는 것과 같은 뫼르소의 삶을 묘사하는 문장 하나하나는 독립적입니다. 사르트르는 또한 『이방인』의 문장을 두고 "개개의 문장은 하나의 현재적 순간이다. (…) 개개의 문장과 그 다음 문장 사이에서 세계는 무로 돌아갔다가 소생한다"라고 말하는데요. 그래서 현재에 집중하자는 철학을 쓰면서, 과거와 미래의 문장에 의지하지 않고 현재의 문장들만 썼다는 겁니다. 그러니까 사르트르는 『이방인』을 읽고 형식과 내용이 함께 가고 있다고 얘기한 겁니다. 이 사람도 참 대단하죠. 『이방인』의 문장에 대한 사르트르의 이야기를 조금 더 들어보면,

소설가는 잘 짜여진 이야기보다는 그 하나하나가 관능적 기쁨인, 저 내일 없는 작은 조각들의 광채를 더 좋아하는 것이다. (…) 부조리 인간의 모든 경험들이 다 똑같은 값을 가진 것과 마찬가지로 『이방인』의 모든 문장들은 다 같은 비중의 값을 지닌다. 저마다의 문장은 독립적으로 위치하고 다른 문장들을 무로 돌려버린다.

다시 뫼르소에게로 돌아가서, 사르트르의 말대로 사회는 어머니의 장례식에서 눈물을 흘리는 사람을 필요로 하지만 뫼르소는 이걸 거부합니다. 카뮈는 이방인, 세상이 필요로 하는 사람은 아니지만 스스로 삶의 실체를 느끼는, 거짓말하지 않는 인물로 뫼르소를 세상에 던져 놓았습니다. 햇빛 찬란한 지중해라는 공간을 배경으로 말이죠. 뫼르소는 죽기 직전에 이런 말을 합니다. 감옥에서의 마지막 밤입니다.

그때 밤의 저 끝에서 뱃고동 소리가 울렸다. 그것은 이제 나에게 영원히 관계가 없게 된 한 세계로의 출발을 알리고 있었다.

거짓 없이 현재를 살았던 뫼르소다운, 죽기 직전의 마지막 사유입니다. 그리고 그의 영혼을 구원한다는 이유로 신부가 당신을 위해서 기도하겠다고 하자 뫼르소는 처음으로 불같이 화를 내며 이렇게 이야기합니다.

너는 죽은 사람처럼 살고 있으니, 살아 있다는 것에 대한 확신조차 너에게는 없지 않느냐? 나는 보기에는 맨주먹 같을지 모르나, 나에게는 확신이 있어. 나 자신에 대한, 모든 것에 대한 확신.

저는 이 문장 속에 궁극적으로 카뮈가 하고 싶었던 이야기가 담겨 있다고 생각합니다. 뫼르소의 말 속에 죽은 사람처럼 살지 말고 현재를 살라는, 찬란히 부서지는 지중해의 햇살을 맞이하듯 그렇게 순간을 소중하게 살라는 외침이 고스란히 전해집니다. 과연, 지중해이고 카뮈다 싶습니다.

자, 뫼르소까지 만나보셨으니 이제 마지막으로 장 그르니에의 『섬』을 들여다보겠습니다.

절망적으로 사랑하게 되는 아름다움

여기까지 따라오셨다면 여러분은 이미 지중해의 파도를 탄 겁니다. 『섬』도 같은 관점으로 읽어보면 될 것 같습니다. 장 그르니에는 알베르 카뮈의 스승입니다. 카뮈를 만든 사람이라고도 할 수 있고, 카뮈 또한 그르니에를 무척 존경합니다. 어느 스승의 날에 저도 후배에게 꽃과 함께 메모를 하나 받았는데요. 제가 가장 존경하는 후배, 이원홍이라는 이 친구도 광고를 만드는 일을 하고 있어요.

"나는 『섬』 속에 있는 말들을 마치 나의 것처럼 쓰고 말하는 일이 종종 있다. 나는 그런 일을 딱하다고 생각하지 않는다. 다만 내게 온 이 같은 행운을 기뻐할 뿐이다.

— 카뮈의 마음으로 내 영원한 그르니에에게"

이렇게 쓰여 있었어요. 그래서 저도 바로 책과 함께 메모를 적어 보냈습니다. "스승으로부터 스승의 날이라고 꽃을 받았다. 오후엔 책도 받았다. 열심히 공부해서 지혜로운 스승의 스승이 되어 봐야겠다. 나보다 나이 어린 스승을 만난 행운을 기뻐하며"라고요. 카뮈와 그르니에를 통해 서로를 알고 이해하며 그들과 비슷한 관계를 맺게 됐다는 게 참 행복한 일인 것 같습니다. 책이 주는 기쁨은 이렇게 사람과의 관계에서도 발견할 수 있습니다. 인문학이 존중받아야 하는 이유죠. 스승 장 그르니에의 소설인 『섬』의 앞부분에 카뮈가 서문을 썼는데, 이런 문장이 있습니다.

(…) 이 곁에 보이는 세상의 모습은 아름답지만 그것은 허물어

지게 마련이니 그 아름다움을 절망적으로 사랑하지 않으면 안 된다는 사실을 그 모방 불가능한 언어로 말해줄 필요가 있었다.

이 문장에는 중요한 단어가 세 개 있는데, 이것이 바로 핵심입니다. 세상은 너무 아름다워요, 정말 축복이죠. 그런데 이 아름다움도 허물어지게 되어 있고 그것은 슬픔이에요. 그러니 우리는 절망적으로 '카르페 디엠'을 해야 합니다. 이 강의를 시작할 때 이야기했죠? "꽃 피어올라오니 기쁨이고, 곧 꽃 지리니 슬픔이다. 봄은 우리 인생을 닮았다"라고요. 모두 같아요. 지중해의 모든 것입니다. 이 강의를 시작하면서 말한 지중해의 햇살이 이 문장으로 다 이해가 되는 거예요. '순간의 나는 모든 걸 다 가질 수 있다, 신은 내 속에 있다'라는 이야기가 무슨 의미인지 알 수 있어요.

카뮈는 『결혼·여름』이라는 작품에서 "여기 제신들 가운데 섞인 어느 신이 되어 '사랑으로 달뜬 발걸음으로' 달아나는 제시카 앞에서 나의 목소리를 로렌조의 목소리에 한데 섞어 불러본다"라고 썼어요. 신이 어디 있냐고요? 저기 저 해변에 있다는 거죠. 그 해변에서 로렌조 신이 뛰어가고 제시카 신이 뛰어가요. 저들이 다 신이에요. 그리고 그 신들이 있다는 게 아름다워요. 그러나 나는 그 신들을 떠나야 한다는 걸 알고 절망적으로 현재를 사랑해야 한다는 겁니다. 단어 선택이 무심하지 않습니다. 아주 단단하게 잡혀 있어요. 이걸 읽다가 소위 칙릿(chick-lit) 소설을 읽으면 문장들이 아주 느슨해요. 이렇게 엄정하지 않아요.

> 불모의 땅과 어두운 하늘 사이에서 일하며 사는 사람은 하늘
> 과 빵이 가볍게 느껴지는 다른 땅을 꿈꾸게 된다. 그는 희망을
> 가져보는 것이다. 그러나 빛과 둥근 구릉들로 진종일 마음이 흡
> 족해진 사람들은 더 이상의 희망이 없다.

이것도 마찬가지입니다. 시베리아 같은 불모의 땅에 사는 사
람들은 춥지 않은 다른 세상을 꿈꾸겠죠. 그렇지만 빛과 둥근 구릉
들로 마음이 흡족한 지중해에 사는 사람들은 더 이상 바라는 바가
없어요. 지금 있는 곳이 전부이니까요. 현세에 만족하게 되고 현재
에 무한한 기쁨이 있고, 그러다 보니 무한한 슬픔이 된다는 것이
죠. 그래서 "태양과 밤과 바다……는 나의 신들이었다"라고 하는
겁니다. 나의 신은 하느님, 제우스가 아니라 오늘 밤이고 저 바다
라는 거예요. 지금 이 순간이 신이고 눈앞에 신이 있어요. 그리고
인생의 답은 거기에 있죠. 알베르 카뮈의 서문만큼 아름답게 김화
영도 『섬』의 서문을 씁니다.

> 겨울 숲속의 나무들처럼 적당한 거리에 떨어져 서서 이따금
> 씩만 바람소리를 떠나보내고 그러고는 다시 고요해지는 단정한
> 문장들.

이건 거의 시라고 보입니다. 그렇지 않나요? 이 서문을 보고
『섬』을 읽으면 정말 그렇습니다. 문장이 정에 얽혀 있거나 끈적이

지 않아요. 이제 장 그르니에의 그 단정한 몇 개의 문장을 보도록
하죠.

몸과 혼으로 알려 하지 않고 지능으로 알려고 하는 모든 사람
들이 한결같이 가지는 잘못된 생각

조르바를 통해서, 그리고 뫼르소까지 지중해를 중심으로 한결
같이 들어온 말입니다. 장 그르니에는 또 바닷가에서 지낸 사람들
이 더 많은 허무를 느낀다고 이야기합니다. 바닷가는 다 없애버리
기 때문입니다. 자크 프레베르의 시 「고엽」의 "바다는 모래 위를
지우지, 하나였던 연인들의 발자국들을"이라는 구절이죠. 아무리
사랑하는 연인이 남긴 발자국이어도 바닷물이 한 번 다녀가면 그
만입니다. 그래서 바다는 날마다 모든 것을 다시 따져봐야 하기 때
문에 바닷가에서 나오는 철학은 조금 다르다는 것이 장 그르니에
의 설명입니다.
또 고양이와 사상에 대한 이야기도 흥미로운데요.

그렇지만 고양이는 존재한다. 그 점이 바로 고양이와 그 사상
들 사이의 차이점이다.

아마도 이게 실존으로 가는 입구가 되는 것이겠죠.

어떤 충만감이 — 행복의 감정이 아니라 실제적이고 전반적인 현존의 감정이 — 마치 존재의 모든 틈은 다 막혔다는 듯이 나와 나를 에워싼 모든 것을 사로잡는 것이었다. (…) 그 순간 (단 하나의 순간) 나는 오직 내 발과 땅, 내 눈과 빛의 결합을 통해서 나를 받아들였다.

실제적이고(만져지고) 전반적인 현존의 감정. 이런 것들은 또박또박 끊어 읽어줘야 합니다. 사상은 전반적일 수는 있지만 실제적이지 않아요. 눈으로 볼 수 없고 만져지지 않으니까요.

모든 순간은 지나갑니다. 그래서 그 순간 집중해야 해요. 신이 나에게 손과 발을 줬는지는 모르겠지만 그 순간 내 발이 땅에 닿아 있고 눈과 빛이 결합되는 건 알아야 해요. 이것이 현재와 실존입니다.

장 그르니에가 고양이에 대해 "일체의 노동이란 노예 생활이라고 여기는 존재들"이라고 표현한 부분도 재미있어요. 정말 맞지 않나요? 맹인 안내묘, 마약 탐지묘 이런 것은 없잖아요. 인간에게 도움이 되는 일은 아무것도 안 하기로 결심한 도도한 동물이 바로 고양이인 것이죠. 그리고 이외에 지중해에 대한 아름다운 글들이 많이 있습니다.

『섬』은 아마 문학을 통해 지중해 여행을 떠나실 때 가장 마지막에 읽어 보시면 좋을 것 같습니다. 가장 천천히 읽어야 할 텍스트인 것 같고요. 지금 언급한 책들만 읽어도 제 머릿속에 있는 것보다 훨씬 견고한 지중해성 사고방식이 자리하게 되지 않을까 싶습니다.

혼자서 지중해로 훌쩍 떠나보시길 바랍니다. 김화영과 알베르 카뮈, 니코스 카잔차키스, 장 그르니에를 통해 햇빛이 온몸을 채우는 낯선 도시로 떠나 겸허하게 삶을 돌아보는 소중한 경험을 해보시길 바랍니다.

나는 혼자서, 아무것도 가진 것 없이, 낯선 도시에 도착하는 것을 수없이 꿈꾸어 보았다. 그러면 나는 겸허하게, 아니 남루하게 살 수 있을 것 같았다.

참을 수 없는 존재의
가벼움

이 장에서 소개하는 책들

· 밀란 쿤데라, 『참을 수 없는 존재의 가벼움』, 이재룡 옮김, 민음사, 1997.

이번 시간에는 밀란 쿤데라의 『참을 수 없는 존재의 가벼움』에 관한 이야기를 나눌까 합니다. 우선 저와 이 책의 인연을 말씀드리자면, 이 강의를 준비하면서 다시 읽은 것이 벌써 네 번째입니다. 처음 줄을 치고 타이핑했던 분량이 A4 용지 19장이었는데 이번에 한 번 더 읽고 추가하니 30장으로 늘어났습니다. 지난번에 놓친 것을 또 발견한 것이죠. 이렇게 읽을 때마다 새로운 발견을 하게 되는, 결코 가볍지 않은 책입니다.

소설은 토마스, 테레사, 사비나, 프란츠, 네 명의 주인공을 중심으로 진행됩니다. 그리고 그 안에 사랑, 철학, 역사, 정치 등 소설에서 다룰 수 있는 현실의 모든 이야기를 다 담고 있습니다. 그리고 이 소설의 키워드라고 생각하는 단어가 하나 있는데, 바로 '키치(Kitsch)'입니다. 독일어에서 나온 이 말은 흔히 영어로 '섈로(Shallow)'라고 번역합니다. '얕은, 얄팍한, 피상적인'이라는 뜻인데 '참을 수 없는 존재의 가벼움'을 가리키기에 가장 적절한 단어가 아닐까 싶습니다. 이외에도 소설을 관통하는 서양철학의 관점에서 보면 '영혼', '육체' 같은 단어들도 꽤 중요한 역할을 하고 있습니다.

소설은 7부로 구성되어 있고, 각 부는 각 인물의 이야기를 중심으로 흘러갑니다. 「1부 가벼움과 무거움」은 토마스, 「2부 영혼과 육체」는 테레사, 「3부 이해받지 못한 말들」은 사비나와 프란츠, 「4부 영혼과 육체」는 테레사, 「5부 가벼움과 무거움」은 토마스, 「6부 대장정」은 프란츠, 마지막 「7부 카레닌의 미소」에는 창세기와 더불어 낙원과 동물의 관계에 관한 이야기가 나옵니다. 여기에서 카레닌은 테레사가 키우는 개 이름입니다. 『참을 수 없는 존재의 가벼움』은 이런 구조로 사랑에 관한 철학적 담론을 충실히 담고 있습니다.

궁극적으로 이 책은 사랑 이야기입니다. 그리고 저는 이 소설이 어떤 사랑 이야기보다 아름다운 사랑 이야기라고 생각합니다. 잘나가던 의사 토마스가 테레사라는 여자를 만나 시골 정비사로 살아가게 되는, 연민으로 시작된 숭고한 사랑 이야기이죠. 토마스의 사랑이 아름다운 이유는 연민의 대상이었던 테레사의 위치로 자기 자신을 끌어내렸기 때문입니다. 자기 자리를 지키며 상대를 끌어올린 것이 아니라, 테레사를 위해 자신이 아래로 내려갔어요. 이야기 끝에 이르면 테레사는 그런 토마스에게 미안해하고 그를 안아주는데요. 결국 그 포옹이 마지막 춤이 되고, 두 사람은 함께 눈을 감습니다. 사랑을 믿지 않는 또 다른 여자 주인공인 사비나도 부러워했던 사랑입니다.

그러나 앞서 말했듯이 이 작품은 사랑 이야기 속에 철학, 사상, 시대적 통찰이 녹아 있습니다. 사랑의 공간 안에 삶의 모든 이야기가 맞물려 있는 겁니다. 더 궁금하신 게 있다면 묻고 답하면서 이야기 나누도록 하겠습니다. 이 소설에 대한 여러분의 의견이 궁금하네요. 재미있게 읽으셨습니까?

학생 A 네, 이 책을 다 읽고 1부를 다시 보면서 소름이 돋았어요. 끝까지 읽고 1부로 돌아와서, 그래서 뭐지? 하고 처음부터 다시 봤는데, 이 책 안에서 뭔가 돌고 있다는 느낌을 첫 장을 통해서 받았습니다.

첫 문장, 영원회귀라는 니체 사상을 말하는 거죠?

학생 A 네, 마지막에도 니체의 이야기가 나오는데, 이 소설 안에서 반복되는 인용들에서 어떤 순환이 느껴졌습니다. 책의 형식 자체에 크게 감명받았다고 할까요. 순환되고 반복되는 언어들과 한 개념이 네 사람의 관점에서 다양하게 변형되어 확산되고 좁혀지는 그런 과정이 아주 인상적이었습니다. 또 각각 다른 성격을 가진 네 명의 이야기이다보니 개인적으로 감정이입이 되는 주인공들도 있었고요.

누구였나요?

학생 A 프란츠와 사비나였는데, 특히 프란츠의 경우 독서에 지적인 허영이 끼어 있었던 때의 제 모습을 발견했고요, 지금은 사비나의 모습에 공감할 수 있었습니다. 이렇게 감정이입이 되는 게, 문학에서 오랜만에 느껴보는 좋은 경험이었던 것 같습니다.

또 다른 분들은 어땠나요?

학생 B 저는 사실 국내 소설을 주로 많이 읽었고 이번 강의를 통해서 이 소설을 읽게 됐는데, 외국 소설은 거의 처음인 것 같습니다. 그런데 참을 수 없는 독서의 어려움이랄까요. 제가 평소에 읽던 책과 전혀 다른 형식의 책이라서 좀 당황스러웠던 것이 사실입니다. 어쨌든 다 읽고 난 후 가장 와닿는 것은 이 책 잘못 읽으면 바람피우겠다 싶더라고요. (웃음)

재미있네요. 참을 수 없는 독서의 어려움이라는 말이. 그래도 다 읽으셨다니 분명 말씀하신 것 외에 얻은 게 있으실 거라고 믿습니다.

학생 C 말씀하신 것처럼 주인공들은 서로를 자신의 관점에서 이해하면서 사랑하는데, 일관되게 이어지고 있는 주제가 사랑인 것 같습니다. 제 삶의 화두 역시 사랑이어서, 사랑에 대한 책을 많이 읽었는데 여기서 다루는 사랑은 참 독특했습니다.

제가 이 소설이 놀라웠던 건, 단순히 보면 아주 아름다운 사랑 이야기인데, 그 사이에 켜켜이 영혼, 순환 같은 이야기가 섞여 들어가면서 사상적이거나 철학적인 내용과 사회적인 통찰이 맞물려 있다는 점입니다. 물론 그런 것을 빼고 그저 사랑 이야기로만 봐도 정말 아름답죠. 이 소설은 영화(〈프라하의 봄〉)로 만들어지기도 했는데, 제가 좋아하는 감독 필립 카우프만이 연출하고 다니엘 데이 루이스와 줄리엣 비노쉬가 출연했습니다. 영화는 제가 책을 처음 읽고 봤을 때는 정말 재미있었지만, 네 번째 읽고 생각해보니 감히 이 소설을 영화로 만들 꿈을 꾸다니, 싶더라고요.

예를 들어 『안나 카레니나』는 시간의 흐름대로 이야기가 전개되기 때문에 10부작쯤으로 만들면 가능할 것 같아요. 하지만 『참을 수 없는 존재의 가벼움』은 시간의 흐름이 뒤섞여 있고, 각 인물의 입장에 따라 이야기도 다 달라지면서 그 인물들의 사상이 세밀하게 담겨 있기 때문에 영상으로 완벽하게 표현하기가 쉽지 않을 것 같거든요. 제아무리 아름다운 영화를 만들어내는 필립 카우프만 감독이라도 이것은 실현 불가능한 꿈을 욕심 낸 것이 아니었을까 싶었습니다.

잠깐 여담을 하자면, 밀란 쿤데라가 『참을 수 없는 존재의 가벼움』 뒤에 『불멸』이라는 책을 썼는데요. 이 소설에서도 그의 전

작처럼 불쑥 전지적 작가 시점이 들어가곤 합니다. 내용을 보면 소설 속 주인공이 '불멸'이라는 제목의 책을 쓰고 있고, 그걸 친구에게 얘기하는 형식입니다. 아주 재미있는 구조죠. 소설가의 이름도 밀란 쿤데라이고요. 소설 속 밀란 쿤데라가 '불멸'이라는 책을 쓰면서 친구에게 이 책의 제목을 '참을 수 없는 존재의 가벼움'으로 하고 싶었다고 얘기해요. 친구는 너는 이미 그 이름으로 책을 쓰지 않았냐고 말하죠. 그랬더니 소설 속의 밀란 쿤데라가 그래서 후회하고 있다고 이야기하는 장면이 나옵니다. 자신이 지금 쓰고 있는 『불멸』이라는 책의 내용이 '참을 수 없는 존재의 가벼움'이란 제목과 더 어울리지 않느냐 하는 것이죠. 그런 것을 보면 제목에 대한 집착이 꽤 있어 보여요. 아마도 그래서 이 책의 제목도 심사숙고해서 지었을 것 같아요. 드러나는 단어의 조합 이외의 다른 깊은 뜻을 내포하고 있어요. 사실 이건 제 생각입니다만, '존재의 가벼움'이 아니라 '참을 수 없는'에 방점을 찍어야 하지 않을까 싶어요. '존재의 가벼움을 참을 수 없다'인 것이죠.

그런데 이 소설 안에도 존재를 무겁게 느끼는 사람이 있습니다. 테레사와 프란츠가 그렇죠. 굳이 나눠보자면 테레사와 프란츠, 이 두 사람은 연결되어 있지는 않지만 무거운 쪽 입장에 서 있고, 토마스와 사비나는 가벼운 쪽 입장에 서 있습니다. 그런데 그들이 사랑하고 이야기가 진행되면서 처음에 있던 위치에서 이동합니다. 앞으로 그 이동 경로도 살펴볼 겁니다.

영원회귀의 무게

저는 이 책을 사회초년생 때 처음 읽었습니다. 솔직히 그때는 "『참을 수 없는 존재의 가벼움』 읽었어"라는 말을 하려고 읽었어요. 그 이후에 영화를 봤고 한참 지나 2007년도에 다시 이 책을 꺼내 들었습니다. 특별히 읽고 싶은 책이 없을 때는 무조건 고전 중에 한 권을 선택하는 독서 습관이 있는데, 그 덕분에 정말 오랜만에 다시 펼쳐보게 된 거죠. 그때 이 책을 새롭게 읽게 됐는데 중간 이후부터는 출퇴근 시 지하철을 타고 다니면서 읽었어요. 그리고 줄을 치기 시작했는데, 어느 순간부터 줄을 치는 양이 달라지는 거예요. 그전에는 파도타기를 하지 못하고 그냥 흘려보냈지만, 이번에는 제가 하나도 놓치지 않으려는 듯이 줄을 치고 있더라고요. 그렇게 지하철 안에서 마지막 장을 덮으면서 바로 다시 맨 앞장을 펼쳐 다시 읽기 시작했습니다. 그리고 첫 문장부터 줄을 쳤죠. 첫 문장은 이렇게 시작합니다.

영원한 회귀란 신비로운 사상이고, 니체는 이것으로 많은 철학자를 곤경에 빠뜨렸다.

니체의 영원회귀라는 명제가 여러 철학자를 괴롭힌 이유는, 반대로 얘기하면 영원히 회귀되지 않는 것은 의미를 부여할 수 없다는 것이기 때문입니다. 영원할 수 없는, 한 번뿐인 우리의 삶이 어떤 의미인지를 그 누가 어떻게 아느냐는 것이죠. 다 우연일 뿐, 운명의 사랑이라는 걸 어떻게 알고, 미국이 오사마 빈 라덴(2001년 9·11 테러를 주도한 알 카에다의 지도자)을 죽인 게 옳다는 걸 어떻게 아느냐는 의미입니다. 그저 하나의 주장일 뿐 아무도 알 수 없다는 겁니다. 그런데 모든 정치인은 오사마 빈 라덴의 죽음이 인류를 위해 꼭 필요하다고 주장해요. 추호의 의심도 없습니다. 나치도 마찬가지입니다. 그들은 게르만족이 유대인보다 더 우월하다고 절대적으로 확신했어요. 아닐지도 모른다는 생각을 전혀 하지 않았습니다. 그러니까 그렇게 끔찍한 학살을 자행할 수 있었던 겁니다.

이처럼 사람들은 역사라는 책의 앞 페이지를 읽으면서 이미 책의 끝부분까지 다 읽은 사람처럼 행동합니다. 연극의 결말은 알 수 있습니다. 반복되니까요. 하지만 역사의 결말은 누구도 알 수 없습니다. 반복되지 않으니까요. 사실 끝은 모르는 일이죠. 그러니까 영원히 회귀되지 않는 일회적인 것은 무게를 가질 수 없어요. 아무도 알 수 없는 것이 미래이니까요. 지금 우리가 하는 모든 행동은 검증되지 않은 일이 순간적으로 일어나는 것이기 때문에 무게를 실을 수 없습니다. 유대인을 죽이고 살리는 것도, 담배에 불을 붙이는 것도 큰 의미가 없는 일입니다. 다시 돌아올, 즉 영원회귀되는 일이 아니니까요. 그래서 니체의 사상은 여러 철학자를 괴롭혔는데 그런 의미로 보면 작가는 우리의 지금, 이 존재함이 운명적으로 가벼울 수밖에 없다는 것을 말하고 있었던 겁니다. 소설은 첫 구절부터 영원회귀라는 철학적 테마를 던져놓고 사랑과 역사

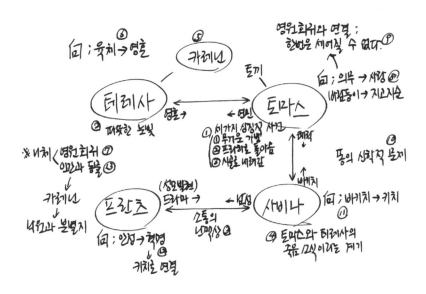

同 : 육체 → 영혼 ⑥

카레닌 ⑤

테레사

토끼

영원회귀와 연결 ;
한번은 세어질 수 없다. ⑨

同 : 의무 → 사랑 ⑧
배신둥이 → 지고지순

토마스

연민 →   ← 연민

② 따뜻한 눈빛

① 시가지 성장지 사건
① 무거운 가벼움
② 프라하로 돌아옴
③ 시골로 내려감

권력

풍의 상형적 문제

※ 대체 < 영원회귀 ⑦
        인간과 동물 ③

카레닌
↓
낙원과 분별지

프란츠

(성모발현)
드라마 →

← 반항

배치

사비나

同 ; 배치 → 키치 ⑪

② 고통의 낭만성

同 : 인정 → 혁명

키치로 연결

④ 토마스와 테레사의
   죽음 12식 이라는 제기

←———→ 사랑하는 관계

와 정치가 뒤섞인 인간의 삶을 들여다봅니다.

좀 더 자세한 설명을 위해 간단한 표를 만들었는데, 우선 이 표를 통해 전체적인 이야기의 구성을 설명하겠습니다. 토마스와 테레사는 사랑하는 관계입니다. 토마스와 사비나도 연인이었지만 테레사가 등장하면서 헤어집니다. 사비나는 토마스를 떠나 프란츠와 사랑하게 되고 토마스와 테레사는 평생 함께하죠. 그리고 여기에 조연으로 토마스와 테레사의 개, 카레닌이 등장합니다. 그런데 이 소설 속 네 명의 주인공은 모두 하나의 세계로부터 다른 세계로, 누군가는 자발적 의지로 또 누군가는 우연히 전혀 다른 세계로 이동하게 됩니다.

지금 '여기'에서 '저기'로

우선 테레사는 육체의 세계에서 영혼의 세계로 나옵니다. 테레사의 엄마는 아무렇게나 문을 벌컥 열고 부끄러움 없이 옷을 벗고 집 안을 활보하는 사람입니다. 그런 경박한 엄마, 자신이 일하는 시골 레스토랑에서 성추행이나 일삼는 천박한 손님들이 있는 육체의 세계가 테레사가 지금 있는 곳입니다. 테레사는 그런 육체뿐인 삶이 싫고 그 세계로부터 도망쳐 나오고 싶어요. 좀 더 지적인 세계, 품위 있는 세계를 꿈꿉니다. '섹스의 대상으로서의 나'가 아니라 '영혼을 존중받는 나'가 되고 싶어 합니다. 그녀에게 육체는 전혀 중요하지 않아요. 영혼을 담아두는 그릇 같은 것일 뿐이에요. 육체 안에 있는 영혼을 누군가가 정중히 불러주었으면 좋겠는데 주위 사람들은 모두 함부로 문을 열죠. 그래서 테레사의 영혼은 마치 잠수함 속 승무원처럼 늘 췌장 깊숙이 숨어 있습니다. 잠수함이 바닷속 깊이 있을 때 갑자기 문을 '열면' 승무원은 죽을 거예요. 그것처럼 아무나 함부로 문을 열어서 영혼이 빠져나가면 죽어버리는 거죠. 그래서 췌장 깊숙이 숨는 거예요. 그런데 잠수함도 언젠가는 물 위로 올라오잖아요? 문을 열고 나가도 안전할 수 있는 공간으로 말입니다. 테레사는 그 세계로 가고 싶은 겁니다. 영혼이 문 밖으로 나가도 죽지 않을 수 있는 세계로 말이죠.

슬프고 두려움에 떨고 분노에 찬 영혼이 테레사의 내장 깊숙이 숨어 얼굴을 드러내길 부끄러워했기 때문이다.

그런데 어느 날 토마스라는 프라하의 점잖은 의사가 테레사가 일하는 식당에 찾아옵니다. 그는 책을 펼쳐 들고 있고, 정중하게 테레사를 불러요. 그녀의 영혼에 노크를 한 겁니다. 테레사는 직감적으로 그가 육체의 세계에 있는 사람들과 다르다는 걸 압니다. 그녀가 가고 싶은 세계에 소속된 사람인 거예요. 하지만 사실 토마스는 굉장히 육체적인 사람이었어요. 돈 후안 같은 사람이죠. 그래서 늘 하던 대로 테레사에게 작업을 걸어요. 자신의 연락처를 가볍게 건네죠.

그러나 토마스가 영혼의 세계에 있는 사람이라고 철석같이 믿는 테레사는 어느 날 시골을 떠나 무작정 프라하로 그를 찾아가서 그의 집 앞에 도착합니다. 토마스가 안 받아줄지도 모르지만 자신이 육체의 세계에서 영혼의 세계로 넘어갈 수 있는 유일한 길은 그것뿐이니까요. 도박을 한 셈이죠. 이때 테레사는 토마스가 읽고 있었던 톨스토이의 『안나 카레니나』를 들고 벨을 누릅니다. 그녀에게는 그것이 영혼의 세계로 들어가는 유일한 티켓이었어요. 자신도 누군가들처럼 책을 읽고, 영혼이 있는 사람이라는 걸 보여줄 수 있는 유일한 입장권이었죠.

드디어 토마스가 문을 열어주고, 테레사는 영혼의 세계로 발을 들이게 됩니다. 하지만 바람둥이인 토마스는 테레사를 영혼의 존재로 대하지 않죠. 그저 또 한 명의 여자, 육체로 대해요. 당연히 테레사의 행복은 오래가지 않아요. 토마스와 지내면서 자신이 그에게 그저 수많은 다른 여자들 중 한 사람, 다른 몸과 '같은 몸'일 뿐이라는 생각에 고통스럽죠. 영혼의 세계를 찾아왔지만 육체의 세계에서 벗어날 수 없었던 거예요. 그렇게 테레사는 토마스를 떠납니다. 여기서 반전이 있습니다. 토마스가 테레사에 대한 연민을 버리지 못하고 그녀 곁으로 돌아와 충실한 남자로 변합니다. 결국 테레사는 육체의 세계에서 영혼의 세계로 빠져나오는 데 성공한 셈입니다.

반면 토마스는 가벼운 세계에서 무거운 세계로 이동합니다. 토마스는 모든 여자가 다 아름다웠던, 가벼운 세계에 살던 사람이

빌헬름 함메르쇠이, 〈실내〉 캔버스에 유채, 55×46cm, 1905년경, 개인소장

었어요. 그런데 테레사를 만나고 그녀에게 연민을 품게 되면서 지고지순한 사랑이라는 무거운 세계로 갑니다. 동시에 의무의 세계에서 자기 감정에 충실한 세계와 마주하게 됩니다. 토마스는 프라하 침공 후 테레사와 함께 취리히로 망명하지만 여전히 가벼운 세계에 남아 있었어요. 테레사는 그런 그를 견디지 못하고 그를 떠나 프라하로 돌아가버렸고요. 그렇게 남겨진 그는 홀로 돌아가버린 테레사에 대한 연민을 버리지 못하죠. 사랑이에요. 결국 의사라는 직업까지 버리고 테레사를 따라 프라하로 돌아와 한 번도 해본 적 없는 노동을 하며 삽니다. 그리고 두 사람이 나누는 마지막 대사는 토마스의 세계가 변화했음을 집약적으로 보여줍니다.

세월이 흐르고 나이가 들어 테레사는 토마스에게 미안함을 느끼는데요. 토마스의 떨리는 손, 더 이상 수술할 수 없는 손을 보면서 안쓰러워합니다. 그리고 자신 때문에 당신이 이렇게 됐다고, 당신의 임무는 수술하는 거라고 얘기하죠. 그 말에 토마스가 대답합니다.

"임무라니, 테레사, 그건 다 헛소리야. 내게 임무란 없어. 누구에게도 임무란 없어. 임무도 없고 자유롭다는 것을 깨닫고 나니 얼마나 홀가분한데."

나치나 공산당은 임무가 있어요. 조국과 민족의 미래를 위해 가정을 포기하고서라도 해야만 하는 뭔가가 있죠. 토마스는 그 반대의 길로 간 겁니다. 조국과 민족보다 한 여자가 중요했어요. 임무는 아무것도 없었다는 사실을 알고 났더니 홀가분하다는 토마스의 대답은 매우 상징적인 말입니다. 이렇게 토마스도 다른 세계로 이동합니다.

세 번째 인물, 사비나는 키치의 세계에서 비(非)키치의 세계로 갔다가 다시 키치의 세계로 돌아와 결국 그 키치의 세계에서 마감합니다. 키치는 여러가지 각도에서 해석할 수 있는데 예를 들면 이런 겁니다. 캄캄한 밤 11시경 차를 타고 시골 어디쯤을 지난다고 합시다. 저 너머 노란 불이 켜진 작은 농가가 보여요. 가까이 지나면서 보니 엄마와 아이가 함께 책상에 앉아 있어요. 차 안에 있는 나는 이렇게 생각합니다. '아이가 엄마와 함께 공부하고 있구나. 아, 이 따뜻한 가정의 모습이라니.' 하지만 그건 그저 따뜻한 상상일 뿐이죠. 차가 지나가자마자 회초리가 등장할지도 몰라요. 그런데 사람들은 따뜻한 가정의 모습만 보는 거예요. 그런 것이 키치입니다. 보이는 것, 보고 싶은 것만 보는 편협한 시선. 사비나는 그 세계를 너무 싫어해요. 하지만 어느 순간 키치의 세계를 그리워하게 되는데, 테레사와 토마스의 죽음을 전해 들었을 때입니다.

미술학교에서 비(非)사실주의 예술은 사회주의 체제를 무너뜨리려는 의도가 담긴 행위로 간주되던 시절답게 사비나는 사실주의 그림을 그릴 것을 강요받습니다. 그녀는 훗날 화실에 테레사를 초대했을 때 그 시절에 그렸던 그림을 테레사에게 보여주면서 "앞은 파악할 수 있는 거짓이고, 뒤는 이해할 수 없는 진리"였다고 말합니다. 자신의 그림은 진실이 아니라는 말이죠. 화폭 뒤에 신비로운 진실이 숨어 있다고 말하는데, 이것이 토마스와 테레사의 죽음과 연결됩니다. 사비나가 봤던 토마스는 돈 후안이었어요. 그렇지만 테레사와 살아온 토마스, 그녀 곁에서 죽은 토마스는 아니었죠. 틈 사이로 비친 토마스의 진짜 모습을 보고 그는 돈 후안이 아니라 지고지순한, 비극적 사랑의 상징인 트리스탄으로 죽었다고 말합니다. 사비나에게 그건 키치의 세계예요. 보고 싶고 믿고 싶은 모습이니까요. 그러면서 그 키치의 세계를 그리워합니다.

마지막으로 사비나의 연인이었던 프란츠가 있어요. 그는 안정의 세계에서 혁명의 세계로 움직입니다. 유럽을 여행해본 분은 쉽게 느낄 텐데 유럽은 전반적으로 사회가 안정되어 있어요. 우리처럼 전후 60년간 나라를 재건하기 위해 발로 뛰었던 분주함이 없어요. 어쩌다 어깨가 부딪히면 돌아보고 가볍게 "미안합니다"를 할 수 있는 곳이에요. 전쟁 없이 1백 년 넘게 산 사람들이니까요.

여담입니다만, 혹시 〈백 투 더 퓨처(Back to The Future)〉라는 영화를 아시나요? 저는 이 영화를 보면서 놀랐던 점이 있는데 고교생인 주인공의 학교가 그의 모친이 다닌 학교라는 겁니다. 급변의 시대를 살아온 제 어머니가 학교 다니시던 때는 1·4후퇴 전쟁통이었습니다. 그 학교는 황해도에 있고, 제가 다닌 학교는 서울에 새로 생긴 학교였고요. 그런데 그 영화 속에서는 세월이 흘러 아들이 엄마와 같은 학교를 다녀요. 이 영화가 미국 영화인데, 유럽 사회는 미국보다 역사적으로 더 안정되어 있는 곳이죠. 프란츠는 그런 사회에서 대대로 먹고사는 것은 걱정 없는 가문의 자식이에요. 게다가 공부도 잘해서 20대에 교수가 됐고 군대 같은 곳은 다녀오지 않았고요.

이런 프란츠에게 일상은 늘 한결같습니다. 아침 먹고 출근해서 학생들 가르치고 공부하고, 여름에 바캉스 다녀와서 또 가르치고 공부하고, 겨울에 크리스마스 파티하고 가르치고 공부하고. 이것의 반복이자 연속이죠. 그의 삶 속에서 누군가와 격렬하게 논쟁을 벌이는 일은 논문 속 어느 문장의 조사가 '은'이 맞네 '는'이 맞네 같은 것 정도입니다. 그의 삶에서는 그런 게 큰일이죠. 그런데 이렇게 한결같은 일상을 사는 사람은 혁명, 피, 열정, 변화 같은 것을 동경하게 됩니다. 역사를 움직이는 거대한 수레바퀴가 내가 되고, 삶의 규모가 '은'과 '는'이 아닌, 변화와 죽음으로 움직이기를 꿈꿔요. 그래서 그는 체코의 프라하를 동경했어요. 소련군의 침공을 받고 레지스탕스가 지하 운동을 하고 투쟁하는 세계를 경외했죠. 그런데 그 세계에 사는 사비나를 만난 겁니다. 그에게 사비나는 강림한 여신과 같았죠.

프란츠는 후에 사비나와 헤어진 후 캄보디아로 떠납니다. 이유는 하나, 캄보디아 민주화 투쟁의 지지 시위를 위해서였습니다. 투쟁의 현장에 있고 싶었던 겁니다. 스위스의 대학교수로서는 역사의 수레바퀴를 돌릴 수 없다는 걸 너무 잘 알았으니까요. 그리고 결국 그곳에서 칼에 맞고 스위스로 돌아와 치료받던 중 숨져요. 이 프란츠의 죽음은 소설의 모든 모티프와 연결이 됩니다.

이렇게 네 사람은 각자 자신이 머물고 있던 세계에서 갈망하던 세계로, 혹은 원하지 않았으나 자연스럽게 다른 세계로 이동하게 됩니다.

그래야만 한다, 그리고 키치

그런데 잠시 프란츠의 죽음을 살펴볼 필요가 있습니다. 프란츠는 자신이 원하던 혁명의 세계로 들어가게 됐지만 공교롭게도 그의 죽음은 역사적이거나 위대하지도, 투쟁적이지도 않았는데요. 길에서 만난 깡패와 싸우다가 칼에 맞아서 죽었거든요. 이것은 소설의 모티프 중 하나인 '그래야만 한다'와 연결됩니다. '프란츠의 죽음'과 '그래야만 한다'의 상관관계를 설명하기 위해서는 프란츠의 죽음을 우선 키치로 해석해볼 필요가 있습니다. 아마 이렇게 표현되겠죠.

안정적인 생활을 하던 제네바의 수학자가 혁명의 지역에서 목숨을 잃다.

'앙가주망(engagement)'입니다. 사회 참여적인 행위를 하다 죽었다는 거예요. 실제와는 전혀 다른 해석이죠. 이것이 '그래야만 한다'와 어떻게 연결되는지 살펴볼게요.

사람들은 '그래야만 한다'를 이렇게 봅니다. 보헤미안의 역사는 계속 되어야만 한다, 나폴레옹에 의해 유럽은 통일되어야만 한다 등 대단한 무엇이라고요. 베토벤이 남긴 마지막 현악 4중주의 악보에는 "그래야만 하는가? 꼭 그래야만 한다"라는 자필 메모가 적혀 있다고 하는데요. 이 "그래야만 한다"라는 메모는 베토벤에게 돈을 빌린 사람이 정말 갚아야 하는지 묻자 "갚아야 한다"라고 대답한 데서 나왔다고 해요. 그래야만 하는 거창한 당위가 있었던 게 아니라 "너는 나에게 돈을 갚아야만 한다"가 모티프가 되었다는 것이죠.

키치와 '그래야만 한다'의 또 다른 에피소드가 하나 있는데 바로 스탈린의 아들, 이아코프의 죽음에 관한 이야기입니다. 우리나라로 치면 그는 김구 선생의 아들 정도 되는 사람인데, 그 아들이 전체주의를 주장했던 파쇼(fascio)와 싸워요. 참 고상해 보이는 이야기죠. 심지어 싸움에 뛰어 들어서 포로가 되고, 포로 수용소에서 죽음을 맞습니다. 이건 드라마예요. 대단한 혁명가의 아들이죠. 하지만 실제 그가 죽은 이유는 '똥'이었습니다. 이아코프가 화장실을 쓰는데 영국군 포로들이 그가 화장실을 너무 더럽게 쓴다고 불평했어요. 그들은 이아코프에게 "네가 나온 다음에는 화장실에 가기 싫다"라고 했고, 이아코프는 그 말에 상처받아서 화 내고 싸우다가 전기가 흐르는 곳에 몸을 던져 자살하죠. 그러나 이걸 키치적으로 해석하면 "스탈린의 아들, 포로 수용소에서 장렬히 죽음을 맞이하다"가 되는 겁니다.

이처럼 베토벤의 예술, 역사라는 거대 담론, 프란츠라는 한 사람의 이야기가 전부 키치로 연결됩니다. '파쇼와 싸운 지도자의 아들, 포로 수용소에서 사망' '유럽의 지식인 캄보디아에서 민주화 투쟁 중 사망' '베토벤, 음악으로 인류에게 그래야만 한다는 메시지 전달'로 말이죠. 재미있어요. 밀란 쿤데라는 이렇게 사랑 이야기 곳곳에 다양한 장치를 숨겨놓고 그것을 교묘하게 연결해 보여줍니다. 그래서 이 책은 다시 읽으면 읽을수록 좋습니다. 보물찾기를 하듯이 읽을 때마다 새로운 보물을 발견하게 되거든요. 앞서 표로 정리해놨지만 아마 다시 읽어보면 또 다른 이야기가 나올지도 모릅니다. 또 여러분이 읽으면서 각자의 보물을 찾아내게 될 거고요.

이제 어느 정도 네 사람의 관계와 감정의 이동선, 그 속에 숨어 있는 장치에 대해 간략하게 설명이 된 것 같으니 인물별로 좀더 자세히 들여다볼까요?

연민으로 가득 찬 토마스의 사랑

시골에 출장 온 의사 토마스는 레스토랑에서 일하는 테레사를 만납니다. 그는 늘 그랬듯 별 의미 없이 테레사에게 프라하에 오면 연락하라며 자기 전화번호를 줍니다. 그러나 육체의 세계에서 영혼의 세계로 진입하고 싶어 하는 테레사는 그 행동에 의미를 부여하죠. 토마스에 의해 자신의 영혼이 깨어났다고 생각해요. 그래서 프라하로 그를 찾아가 토마스의 집 앞에서 벨을 누른 거예요. 토마스는 깜짝 놀라지만 문을 열고 별 생각 없이 그녀를 집 안으로 들이죠. 그런데 종일 먹지도 못하고 긴장했던 테레사가 열이 납니다. 토마스가 묻죠. 묵을 곳은? 짐은?

사실 고향을 떠나 새로운 인생을 살기 위해 떠나온 테레사에게는 커다란 짐가방이 있습니다. 하지만 짐까지 들고 찾아오기는 미안해서 역 보관소에 짐을 맡기고 일자리를 구하러 프라하에 들른 척한 것이었죠. 이 사실을 눈치챈 토마스는 테레사와 함께 그녀의 짐을 가지러 역으로 갑니다. 그리고 그곳에서 테레사의 무거운 트렁크를 봐요. 엄청나게 큰 트렁크죠. 평소의 토마스에게 테레사라는 존재는 트렁크 무게보다 더 무거운 존재입니다. 부담스러워요. 그런데 토마스는 연민으로 그녀를 받아들입니다. 그에게 그녀는 이제 '내가 돌봐주지 않으면 안 되는 불쌍한 여자'가 된 거예요. 심지어 열이 나서 누워 있는 테레사를 작은 이불에 싸인 아이처럼 느껴요. 강물에 흘러가는 어린아이를 건진 것만 같죠. 이것을 밀란 쿤데라가 뭐라고 하냐면,

메타포란 위험한 어떤 것임을 몰랐다. 메타포를 가지고 희롱을 하면 안 된다. 사랑은 메타포가 하나만 있어도 생겨날 수 있다.

연민, 안쓰러움, 동정이 사랑의 시작이 된 겁니다. 테레사가 토마스의 시적(詩的) 영역, 즉 시에서나 있을 법한 순수의 영역으로 들어온 거예요. 그동안 토마스와 섹스한 무수히 많은 여자 중 어느 누구도 들어오지 못한 영역에 오직 한 사람, 작은 이불에 싸인 어린아이처럼 불쌍한 테레사만이 들어갔어요. 이것은 아주 상징적인 이야기입니다. 불쌍한 한 여자를 보고 연민으로 시작된 사랑. 토마스는 끝까지 그 사랑으로 테레사를 사랑하고, 의무의 세계에서 감정의 세계로 넘어가죠. 직업적으로 의사라는 의무, 나라에 대한 의무를 다 벗고 테레사에 대한 동정과 연민, 사랑이라는 감정이 삶의 중심이 되니까요. 돈 후안의 삶에서 트리스탄의 삶으로, 가벼움에서 무거움으로 토마스의 삶이 변화하는 순간입니다. 좀 더 들어가볼까요?

프라하의 봄, 소련이 프라하를 침공했을 때 지식인이던 토마스도 테레사와 함께 국경을 넘어 스위스로 갑니다. 하지만 그곳에서도 토마스의 돈 후안의 기질이 발휘되고 테레사는 그를 떠나 혼자 프라하로 돌아가버려요. 이전과 같은 가벼운 토마스였다면 테레사가 떠나고 홀가분하게 그 상황을 받아들였을 겁니다. 하지만 주말의 자유를 만끽하고 월요일이 됐을 때, 토마스는 혼자 있을 테레사를 떠올리면서 안쓰러워 어쩔 줄 모릅니다. 다시 한번 연민이 고개를 드는 순간입니다. 수천 톤이 넘는 탱크의 무게에도 비할 수 없는 중압감에 짓눌려요. 동정심보다 무거운 건 없으니까요.

결국 그는 병원에 사표를 내고 안전한 스위스를 떠나 프라하로 돌아옵니다. 가벼운 삶을 살 수 있었는데 결국 무거운 세계에 발을 들여놓는 거예요. 연민 때문에요. 이것을 누구에게 어떻게 설명할 수 있을까요? 토마스가 프라하로 가겠다고 하니 병원장이 말하죠. 프라하로 돌아가면 의사로서 일하지 못할 수도, 정치범이 될 수도 있다고요. 그때 토마스는 사랑하는 여자가 있다고 얘기하지만 원장은 이해하지 못해요. 토마스는 이때 "그래야만 한다"라고 말하고 떠납니다. 거기에서 자기만 생각하며 산다고 행복할지, 평생 테레사를 잊고 편안하게 살 수 있을지 아니면 그 무거움에서 벗어나지 못할지 모르는 것이니까요.

이후 '그래야만 한다'는 또다시 새로운 테마로 등장합니다. 사실 프라하로 돌아가는 것은 토마스답지 않은 결정이에요. 하지만 그 결정은 운명의 목소리예요. 아니, 운명의 목소리여야만 하죠. 그렇지 않으면 미쳐버릴 거예요. 왜 국경을 넘어 전쟁터로 들어가야만 하느냐? 그래야만 하기 때문이라는 거죠. 운명의 목소리, 무거움, 필연성, 가치가 연결되어야 당위성이 확립되는 거예요. 그러니까 사실은 테레사에 대한 사랑이 지고지순한 것이고 인생에서 최고의 의미를 지닌다는 확신은 없지만, 모든 것이 그래야만 하는 것이라는 생각이 토마스의 행동을 정당화하는 무기가 됩니다.

토마스는 스위스 국경을 향해 차를 몰았고, 나는 헝클어진 머리, 침울한 표정의 베토벤이 몸소 시골 마을 악단을 지휘하여 이민 생활에 작별을 고하는 그를 위해 〈그래야만 한다!〉라는 제목의 행진곡을 연주하는 모습을 상상했다.

베토벤은 뭔가 모차르트와 비교한다면 무거워요. 음악 자체도 그렇고요. 그래서 베토벤과 같은 모습으로 〈그래야만 한다!〉를 연주하고 있는 것 같은 이미지를 받은 건데, 토마스는 바로 의심하기 시작합니다.

토마스는 〈그래야만 한다!〉를 되뇌었지만 금세 의심이 들기 시작했다: 정말 그래야만 할까?

그렇다, 취리히에 남아 프라하에 혼자 있는 테레사를 상상하는 것은 견딜 수 없었을 것이다. 그러나 얼마나 오랫동안 동정심으로 인해 고통을 받아야 했을까? 일생 동안? 한 달 동안? 딱 일주일만? 어찌 알 수 있을까? 어떻게 그것을 확인할 수 있을까?

사실 모를 일입니다. 확인할 길이 없고요. 그럼에도 불구하고 돌아간 거죠. 그래서 프라하로 간 다음에 재미있는 이야기가 나오는데요. 토마스가 프라하로 돌아갔더니 테레사가 고마워합니다. 그런 테레사를 보면서 토마스도 잘 왔다는 생각이 들고요. 그런데 잠이 든 테레사가 살짝 코를 골아요. 그 순간, 토마스는 내가 이 코고는 여자 곁에 온 게 잘한 일인가, 다시 의문이 솟아요.

테레사의 호흡이 한두 번인가 가벼운 코고는 소리로 변했다. 토마스는 추호도 동정심을 느끼지 못했다. 그가 느낀 유일한 것은 위를 누르는 압박감, 귀향에 대한 절망감뿐이었다.

토마스는 총 세 번, 테레사를 위한 판단을 합니다. 첫째로 무거운 가방과 테레사를 집 안에 들여주고, 둘째로 안정된 삶이 보장된 스위스에서 다시 위험한 프라하로 돌아오고, 마지막으로 사인을 하지 않는 것인데요. 이 중 마지막은 토마스가 오이디푸스에 대한 글을 기고했을 때의 일입니다. 오이디푸스가 자신은 모르고 저지른 잘못이지만 죄를 뉘우쳐 스스로 눈을 찔렀듯이 행동해야 한다는 글이었죠. 특별한 의도 없이 쓴 글인데 정치하는 사람들은 그들 특유의 키치적인 해석으로 글을 이해합니다. 토마스라는 '유능한 의사가 현 체제를 은유적으로 비판한 것이다'라고 말이죠. 그 글은 토마스의 의도와 관계없이 큰 반향을 일으켜요. 하루아침에 토마스는 민주투사가 됩니다.

어느 날 사람들이 체포된 반체제 인사들의 석방을 위한 탄원서에 서명하라고 토마스를 찾아와요. 그중에는 아버지의 모습에 압도돼 민주화 운동을 하고 있는 토마스의 아들도 있습니다. 물론 책임감 없는 토마스는 이 아들과 같이 살고 있지 않았죠. 어쨌든 그의 아들은 존경하는 아버지가 꼭 서명해야 한다고 말합니다. 아내와 이혼 후 남처럼 지내던 아들이 찾아와 얘기하는 걸 듣고 토마스는 그냥 사인해줄까 하지만 아들의, "서명은 아버지의 의무"라는 말 한마디에 펜을 내려놓습니다. 토마스에게 의무는 하나예요. 테레사를 지켜줄 의무뿐입니다. 이미 테레사는 자신이 일하는 곳에 비밀 경찰이 다녀간 것만으로도 손을 떨 정도로 불안해하고 있었어요. 그런데 자기가 탄원서에 서명하는 순간 상황은 더 심해질 게 뻔하고 테레사가 더 힘들어할 거라는 걸 알아요. 그래서 토마스는 정부와 반정부 어느 쪽에도 서지 않기로 합니다. 테레사가 정치적 압박을 피해 시골로 내려가자고 할 때 동의하죠. 그리고 시골에서 그는 더 이상 의사가 아닌 정비공으로 살아갑니다. 어떻게 보면 이 세 번째 선택으로 끝까지 추락한 겁니다.

이런 토마스의 추락한 삶을 상징적으로 보여주는 것이 테레사의 꿈입니다. 꿈에서 소환 당해 비행기를 타고 어디엔가 착륙해 내리자 어떤 남자들이 총을 쏴요. 그런데 그때 토마스가 쓰러지더니 작은 토끼로 변합니다. 테레사는 토끼가 된 토마스를 안고 안된다고 슬퍼하면서 잠에서 깨어나죠. 그 토끼가 토마스예요. 연민으로 시작된 사랑으로 한없이 작아진 남자. 밀란 쿤데라는 이 사랑이야말로 진짜 사랑이라고 말합니다. 연민, 즉 동정심은 타인의 불행을 함께 겪을 뿐 아니라 환희, 고통, 행복, 고민 같은 다른 모든 감정도 함께 느낄 수 있다는 점에서, 감정이입이 가능하다는 점에서 가장 최상의 감정이라는 겁니다.

영혼을 꿈꾸는 테레사의 사랑

테레사는 시골 레스토랑의 종업원입니다. 그녀는 영혼이 있는 세계로 가고 싶어 하는데요. 테레사를 이해하기 위해서는 그녀의 엄마에 대해 알 필요가 있습니다.

어머니는 대뜸 테레사가 얼마나 수줍음이 많은지 늘어놓았다. 그녀가 웃자 다른 여자들도 킥킥 웃음을 터뜨렸다. 그러자 어머니가 말했다. "테레사는 인간의 몸이 오줌 싸고 방귀 뀐다는 것을 인정하려고 들지않아요." 테레사는 얼굴을 붉혔지만, 어머니는 말을 멈추지 않았다. "그게 뭐가 나빠?" 그러더니 자신의 물음에 자기가 답하려는 듯 곧바로 요란한 방귀를 뀌었다. 모든 여자가 웃었다.

이 부분이 또 순환으로 들어갑니다. 나중에 똥 얘기가 나오거든요. 똥은 키치를 설명하는 가장 중요한 단어가 됩니다. 키치의 세계는 똥을 인정하지 않죠. 그 세계는 보고 싶은 것만 보는 세계이니까요. 광고야말로 그 키치의 세계인데요. 아름답고 멋진 배우를 한 사람 떠올려보세요. 여자든 남자든 상관없습니다. 그 사람과 '똥'이 연결되나요? 그렇지 않죠. 하지만 그 사람이라고 화장실을 안 가겠어요? 그런데 우리는 그렇게 연결짓지 않아요. 그게 우리가 키치의 세계에 발을 들이고 있다는 증거예요. 그런데 테레사가 사는 세계, 어머니와 살고 있는 그 세계는 키치와 정반대의 세계인 겁니다.

젊음과 아름다움이 아무런 의미가 없는 세계, 서로 비슷비슷한 육체와 눈에 보이지 않는 영혼을 지닌 사람들이 갇혀 있는 거대한 집단 수용소

다른 게 없어요. 엄마는 "너도 여자고, 여기 있는 많은 사람도 여자야. 네가 뭘 특별하다고 그래?"라고 말하고, 일터인 레스토랑은 사람들이 자기에게 농이나 걸고 남자들은 잠이나 자자고 하는, 그런 세계입니다. 그런데 이 레스토랑에 우연히 토마스가 들어섭니다. 도심에서 왔고 책만 많이 읽은 사람의 눈빛과 표정, 자세를 하고서요. 그 사람이 종업원인 테레사를 부르는데, 그의 목소리가 췌장 깊숙이 숨어 있던 테레사의 영혼을 불러내죠. 테레사는 '그는 다르다, 내 운명의 사랑이다'라고 확신하고 운명의 빌미를 찾습니다. 이때 토마스가 들고 있던 책이 자신이 어제 읽던 『안나 카레니나』이고, 그가 그녀의 근무가 끝나는 6시와 같은 숫자인 6호실에 머물고, 어제 자신이 책을 읽었던 노란 벤치의 똑같은 자리에 앉아 있는 겁니다. 테레사는 그가 운명의 남자라고 생각하면서 영혼의 승무원이 육체의 갑판 위로 뛰어오르는 걸 느끼죠.

그는 정중한 말투로 말했고, 테레사는 자신의 영혼이 그 남자

에게 모습을 드러내려고 그녀의 모든 정맥, 모공, 땀구멍을 통해 표면으로 튀어오르는 것을 느꼈다. (…) 그는 술집 입구를 볼 수 있는 노란 벤치에 앉아 있었다. 전날 그녀가 무릎에 책을 얹고 앉아 있던 바로 그 벤치였다! 그 순간 (우연의 새들이 그녀의 어깨 위에 모여들었다) 그녀는 이 낯선 남자가 그녀의 미래의 운명임을 알아챘다. 그는 그녀를 불러 옆자리에 앉으라고 청했다. (테레사는 영혼의 승무원이 육체의 갑판 위로 튀어오르는 것을 느꼈다) 얼마 후 그녀는 그를 역까지 배웅했고, 그는 헤어지려는 순간 전화번호가 적힌 명함을 내밀었다. "혹시 우연히 프라하에 들르시면……"

이것이 모든 일의 시작이 됩니다. 그리고 『안나 카레니나』가 이 운명적 사랑의 상징이 돼요. 테레사의 처지를 생각해보면 탈출구가 없어요. 지금 그곳에서의 삶은 똑같고 앞으로도 같겠죠. 그러니까 몇 가지 신호에 무작정 집을 떠날 용기를 냈고, 영영 떠날 생각이었으므로 트렁크는 무거울 수밖에 없죠. 그리고 자신을 모른다고 해도 무리 없는 남자를, 전화번호 하나 달랑 들고 찾아가요. 초대받지 않은 손님이었지만 그 세계로 들어갈 입장권은 하나 가지고 있었죠. 바로 『안나 카레니나』입니다.

『안나 카레니나』를 겨드랑이에 끼고 프라하의 거리를 쏘다녔다. 저녁에 그녀가 초인종을 눌렀고, 그가 문을 열었다. 그녀는 책을 놓지 않았다. 그것이 마치 토마스의 세계로 들어가는 입장권인 양. 그녀는 자기가 가진 통행증이라곤 이 비참한 입장권밖에 없음을 깨달았고 그것 때문에 울고 싶어졌다. 울음을 참기 위해 그녀는 수다스러웠고 큰소리로 말하고 웃었다.

그렇게 테레사는 자신의 영혼을 불러내준 토마스를 사랑하게 됩니다.

하지만 막상 토마스와 함께하다 보니 그도 자신을 육체로만 대해요. 그녀는 자기 영혼을 인정해주는 사람을 찾아온 건데 토마스는 그렇지 않았어요. 사실은 그가 돈 후안이었다는 걸 테레사는 몰랐던 겁니다. 그런데 어느 날 테레사는 꿈을 꿉니다. 꿈 속에서 수영장 의자 위에 앉아 있는 토마스가 호루라기를 불며 다 벗은 여자들을 줄 세워서 걷게 하는데 여자들은 행복해해요. 그런데 그중 한 여자가 반항하다가 토마스가 쏜 총에 맞아 물에 빠져 죽어요. 상징입니다. 테레사는 똑같은 몸, 다르지 않은 육체의 세계에 다시 들어와 있는 거예요.

한번은 테레사가 바람을 피우는데 그건 누군가를 사랑해서가 아니에요. 테레사의 바람과 달리 토마스는 영혼으로 자신을 사랑해주지 않거든요. 심지어 그의 머리카락에서 여자의 음부 냄새가 나기도 해요. 육체적으로도 유일한 사랑을 얻지 못하는 거죠. 결국 테레사가 바람 피우는 것은 그런 자신의 육체를 그냥 누군가에게 던져버리는 것과 같아요. 바(bar)에서 만나 알게 된 한 엔지니어와 섹스를 하는데 거부하지도 않고 받아들이지도 않고 그냥 가만히 있습니다. 육체는 내 것이 아니니까 어떻게 돼도 상관없다는 생각이었죠. 그런데 흥분되는 겁니다. 여기에서 테레사는 혼돈에 빠져요. 영혼과 육체를 분리할 수 있다고 생각했는데 아니었던 겁니다. 그녀는 그렇게 섹스를 마치고 화장실에 가서 볼일을 보는데, 육체로 할 수 있는 것들만 함으로써 자신의 육체를 가장 밑바닥으로 떨어뜨리는 겁니다.

그런데 테레사는 만약 그 순간, 자신과 섹스한 그 남자가 따뜻한 목소리로 자신을 불러줬다면 불행한 일이 발생할 거라고 생각해요. 영혼이 깃든 따뜻한 목소리를 거부하지 못할 거라고요. 따뜻한 목소리는 영혼을 불러내고, 저 아래 떨어져 있는 육체를 끌어올려주니까요. 그 인양에 대해서는 누구도 거부할 수 없다는 겁니다. 영혼과 육체에 대한 갈등은 이렇게 테레사를 놓아주지 않지만, 결국 테레사는 토마스와 함께 영혼의 세계에서 살게 됩니다. 토마스가 자기 자신을 버리고 그녀에게 돌아와 그녀에 대한 사랑과 의무를 다했기 때문입니다.

자유로운 영혼, 사비나의 사랑

사비나는 자신을 둘러싼 모든 정치사회적 무거움으로부터 벗어나 자유를 갈망하는 화가이자, 토마스와 프란츠의 연인입니다. 체코 출신 미술가로 정치적으로 휘말릴 수밖에 없는 상황인데 그녀는 이 상황을 좋아하지 않습니다. 자기 의지와 무관하게 체코에서 온 화가라는 이유만으로 반체제 인사가 됩니다. 사실 사비나는 반체제 인사가 아니에요. 오히려 모든 체제를 싫어하는 사람이죠. 최인훈의 소설 「광장」 속 이명준과 비슷한데요. 자신의 개별적인 객체성을 인정해주면 좋겠는데 어디에서도 인정을 안 해줘요.

그녀가 말했다: "당신 힘을 가끔 내게 쓰지 않는 이유가 뭐죠?"

"사랑한다는 것은 힘을 포기하는 것이기 때문이죠"라고 프란츠가 부드럽게 말했다.

사비나는 두 가지 사실을 깨달았다: 첫째, 이 말은 아름답고 진실하다. 둘째, 이 말로 인해 프란츠는 그녀의 에로틱한 삶에서 자격상실을 당한 것이다.

사비나를 아주 단적으로 보여주는 구절이에요. 사비나는 육체 이외의 영혼이 끼어드는 사랑을 좋아하지 않아요. 토마스와도 그런 관계였어요. 둘이 그냥 날짜를 정해서 만나 섹스하고 헤어지는, 감정적으로 엮이는 것 없이 산뜻한, 그래서 더 발전시키지 않아도 되는 그런 관계. 사비나에게 있어 정조라는 단어는 "일요일에 숲 너머로 지는 태양이나 화병 속의 장미 다발을 취미 삼아 그리던, 청교도적 시골냄새를 풍기는" 그녀의 아버지를 떠오르게 할 뿐이에요. 사비나는 정조보다 배신이라는 단어에 유혹 당하는 사람입

니다. 결국 그녀 때문에 아내와 헤어진 연인 프란츠를 배신하고 떠
납니다.

　　그녀의 드라마는 무거움의 드라마가 아니라 가벼움의 드라마
였다. 그녀를 짓눌렀던 것은 짐이 아니라 존재의 참을 수 없는
가벼움이었다.

그런데 제네바에서 프란츠와 헤어지고 파리에 살게 된 사비
나는 공허함을 느낍니다. 배반 뒤에 새로운 배반의 모험이 있다고
생각해, 부모, 남편, 사랑, 조국까지 뒤로한 그녀지만 그 모든 것이
사라졌을 때 그런 식으로 돌아섰던 것은 아무것도 남아 있지 않았
습니다. 사비나는 그즈음 토마스의 아들을 통해 토마스와 테레사
의 사망 소식을 편지로 알게 됩니다. 사비나는 편지 속에서 행복한
두 사람을 발견하고 큰 충격을 받습니다.

　　그들은 가끔 이웃 마을에 가서 호텔에 묵었다. 편지의 이 대목
이 그녀에겐 충격이었다. 그것은 그들이 행복했다는 것을 증명
하고 있었다.

사비나는 토마스의 솔직함을 좋아했어요. 키치적이지 않은 솔
직함. 사비나가 있던 세계는 보고 싶은 것만 보려고 하는 매우 키
치적인 세계였고 화가인 사비나 또한 그림 때문에 그 키치의 세계

에 들어갈 수밖에 없었는데요. 공산 치하에서 예술가에게 요구하는 것은 예술이 아닌 선동이었기 때문이죠. 예술도 인민 해방을 위해서 필요한 도구일 뿐이고 사비나는 그런 것을 못 견뎌했습니다. 도대체 자기가 그린 그림이 인민 해방을 위해 어떤 기능을 할 수 있는지 모르겠고, 무엇보다 키치가 싫어요. 그래서 토마스를 좋아했어요. 그런데 그가 키치의 세상에서 죽은 겁니다. 화폭 앞에서 돈 후안이었던 그가 화폭 뒤에서는 트리스탄으로 지고지순한 사랑을 안고 죽었단 말이죠. 사비나는 키치의 세계를 거부하며 그런 사랑을 보지도 못하고 받지도 못했다는 생각이 들자 키치를 동경하면서 프란츠를 그리워해요. 사비나는 프란츠와 함께 있고 싶어지면서 자신이 참을성이 없었던 것을 후회합니다. 삶의 무거움을 인정해요. 그러나 너무 늦었다는 걸 아는 사비나는 자신이 가던 길을 멈추지 않습니다.

삶의 드라마를 꿈꾼 프란츠의 사랑

사비나를 사랑하게 된 프란츠는 스위스의 명문가에서 태어나 엘리트 코스를 밟은 교수입니다. 그의 조국 스위스는 체코처럼 드라마가 존재하지 않아요. 인생에 불편할 게 없는 사람이에요. 하지만 그래서 프란츠는 변화를 갈망합니다. 혁명, 투쟁이라는 단어에 피가 끓어요. 그런 프란츠 앞에 사비나라는 여자가 여신이 강림하듯 나타나요. 소련의 침공을 받아 공산국가가 된 드라마틱한 나라에서 온 이 여자는 아주 쿨하고, 살아온 세월의 스케일 자체가 자신과 달라요. 프란츠가 생각할 때 자기 인생에서 가장 드라마틱했던 순간은 자기가 쓴 논문에 이의를 제기한 누군가와 논쟁한 정도였거든요. 그런데 사비나는 본인이 살던 나라에서 하루아침에 역사가 바뀌는 경험을 한 거예요. 사비나는 혁명, 시위, 폭력, 체포, 발포, 죽음, 사상, 미래, 이런 단어가 있는 세상이 싫어서 나왔는데, 프란츠는 반대로 그 단어들을 동경하죠.

프란츠는 그런 역사의 질곡에 대한 존경심이 있는 사람이고, 그 존경을 상징적으로 받고 있는 존재가 사비나입니다. 그는 사비나를 경외하듯이 사랑하거든요. 평화로운 스위스에 살면서 위태로운 체코를 갈망하듯, 안정적인 가정을 이루고 있는 프란츠는 사비나를 사랑하면서 안전의 세계에서 혁명의 세계로 나오고 싶어 합니다. 이렇게 두 사람은 살아온 과정이 다르기 때문에 소통에 문제가 생겨요. 같은 단어를 놓고도 서로 대화가 안 됩니다. 「3부 이해받지 못한 말들」은 두 사람의 관계에 대한 이야기예요.

그들은 그들이 서로에게 했던 단어의 논리적 의미는 정확하게 이해했으나 이 단어 사이를 흘러가는 의미론적 강물의 속삭임은 듣지 못했던 것이다.

소통이라는 것은 단어의 논리적인 의미를 이해하는 걸로 끝나지 않죠. 어떤 대화는 단어 밑에 깔리는 의미론적인 부분이 해석되지 않으면 소통이 불가능해요. 예를 들어 남녀가 싸울 때 같은 얘기를 하면서도 해석의 포인트가 다른 것처럼 말이죠.

서로 다른 두 사람의 심리에 대한 구절은, 3부에서 좀더 찾을 수 있는데요. '음악'이라는 것에 대한 두 사람의 다른 관점에 대한 이야기입니다. 우선 프란츠는 이과 계열의 사람이라고 보시면 될 것 같습니다. 숫자, 기계, 치밀함, 정확성이 전부인 세계에서 살죠. 그래서 이 사람은 정신이 흩어지고 혼미해질 정도로 도취되는 세계를 추구했는데 그게 바로 음악입니다. 논리의 세계에서 감상의 세계로 들어갈 수 있는 최고의 예술이 음악인 거예요.

그에게 있어서 음악은 해방을 뜻했다: 음악은 그를 고독과 유폐, 도서관의 먼지로부터 해방시키며 육체의 문을 열어 그를 통해 영혼이 빠져나와 타인과 교감할 수 있도록 해주는 것이었다.

반면 사비나에게 음악은 풀어놓은 개떼 같아요. 음악의 야만성이 군림하는 세계, 아침 5시부터 밤 9시까지 악을 쓰는 듯한 음악을 토해내는 공산주의 세계, 미술학교 학생 시절 청년 작업장에서 경험한 선전 선동 음악이 음악의 거의 전부일 수밖에 없는 세계에서 살았기 때문이죠. 이 세계에서의 음악은 우리 현실로 보면 내무반에서 자고 있을 때 깨우는 〈경기병 서곡〉이나 새벽 쓰레기차에서 울리는 〈엘리제를 위하여〉 같은 것입니다. 좀 더 쉽게 설명하면 수련원이나 내무반, 신입사원 연수원에서 들었던 음악을 생각해보면 될 것 같아요. 사비나에게 음악은 이런 의미예요.

"당신은 음악을 좋아하지 않나요?" 하고 프란츠가 물었다.

"네" 하고 사비나가 말했다. 그리고 덧붙였다: "혹시 다른 시대에 산다면 몰라도……"

지금처럼 소리가 많고, 음악이 많고, 스피커가 있는 시대가 아니라 예전의 그 어떤 시대였다면 아름다웠을 거라는 말입니다. 밀란 쿤데라는 사비나를 통해 이것을 아주 아름다운 문장으로 표현합니다.

그녀는 음악이 눈 덮인 웅장한 침묵의 들판에 활짝 핀 한 송이 장미와 흡사했던 요한-세바스찬 바흐의 시대를 생각했다.

서로 소통의 난맥상을 겪음에도 불구하고, 프란츠는 사비나와 함께 있고 싶어서 부인과 이혼합니다. 그런데 사비나에게 자유의 몸이 됐다고 말하는 순간, 사비나는 그의 곁을 떠납니다. 삶의 무거움을 감당하고 싶지 않으니까요.

그리고 여기 네 명의 주인공 외에 마리클로드라는 인물이 등장하는데, 바로 프란츠의 아내입니다. 이 여자는 결혼 전에 프란츠에게 버림받는다면 자살하겠다고 협박했어요. 그런데 이 협박이 프란츠의 마음을 사로잡았죠. 마리클로드가 썩 마음에 들진 않았지만 그녀의 사랑이 숭고하게 여겨졌거든요. 그래서 프란츠는 마리클로드를 아프게 하지 않을 거라고 결심해요. 왜냐? '그녀에게 내재된 여자'를 존중하리라는 다짐이 그의 마음속 깊이 남아 있거든요. 그런데 밀란 쿤데라가 전지적 시점으로 들어와서 프란츠의 다짐을 방해합니다.

이 문장은 묘하다. 그는 마리클로드를 존중한다고 한 것이 아니라 마리클로드에게 내재된 여자를 존중한다고 다짐했던 것이다.

그래서 이혼할 수 있었다는 것이죠. 사람의 심리를 아주 잘 들여다보는 밀란 쿤데라다운 문장입니다. 그 여자 자체, 마리클로드 존재 자체가 아니라 그 여자가 지닌 '여성성'을 좋아하는 것이고, 전체가 아니라 부분을 좋아하는 태도가 바로 키치라는 걸 또 보여주고 있고요.

더 이상 아무도 살지 않는 사비나의 아파트 앞에서, 당연히 일어나야 했던 일이 이제 일어났음에도 프란츠는 속수무책입니다. 아내에게 모든 것을 주고 집을 나온 프란츠는 아내와 딸이 없는 시간에 몰래 집에 가서 자신의 물건들을 챙겨 오래된 도시의 작은 아파트로 갑니다. 그리고 새 거처에서 새 테이블을 배달 받은 순간, 처음으로 자기가 직접 고른 가구 앞에서 비로소 자신이 독립적 인

구스타브 카유보트, 〈창가의 남자〉, 캔버스에 유채, 116×80cm, 1876, 장 폴 게티 미술관

간이 됐음을 깨닫습니다.

그 순간, 그는 불현듯 자신이 불행하지 않다는 사실을 깨닫고 놀랐다. 사비나의 육체적 존재가 그가 믿었던 것보다는 훨씬 덜 중요했던 것이다. 중요한 것은 그녀가 그의 삶에 각인해놓았던 황금빛 흔적, 마술의 흔적이었다. (…) 그의 자유와 새로운 삶이 부여한 이 예기치 못한 행복, 이 편안함, 이 희열, 그것은 그녀가 그에게 남겨준 선물이었다.

이렇게 짧은 순간 인생의 모든 무대 장치가 갑작스레 바뀌고, 그가 사비나에게 그랬듯이 자신을 숭배하는 어린 연인과 함께 지내지만 프란츠는 끝까지 사비나를 잊지 못합니다.

똥을 인정하지 않는 키치의 세계

보이는 거짓과 뒤에 숨어 있는 진실은 이 책의 키워드라고 할 수 있는 '키치'라는 단어와 맞물려 있습니다. 모든 이데올로기는 '주장'을 위해 '편집'을 필요로 합니다. 그래야 사람들을 모을 수 있으니까요. 키치적이에요. 모든 투쟁, 슬로건 또한 키치적이죠. 그럴 수밖에 없어요. 정치 선동자의 특징은 '그래야만 한다'를 흔들림 없이 믿고 있다는 점입니다. 흔들리는 사람은 선동가가 될 수 없어요. 내가 지금 이 일을 해야만 우리 민족의 미래가 밝아질 거라는 믿음이 흔들리면 안 되죠. 그래서 저는 키치는 편집이라는 생각이 듭니다. 자기가 해석하고 싶은 대로, 보고 싶은 대로 잘라서 편집하는 게 바로 키치가 아닐까 싶어요. 그런 의미에서 광고는 아주 키치적이라고 할 수 있어요. 그리고 우리의 삶 또한 편집이에요. 편집이 없을 수 없죠.

역사는 초벌 그림인데, 초벌 그림이 아닌 듯 행동합니다. 여기서 시위를 해서 민주화가 오는지 오지 않는지 알 수 없죠. 그런데 시위를 선동하는 사람들은 하지 않으면 인류가 망한다, 해야만 한다, 하는 식으로 말해요. 마치 초벌 그림이 아니라 이미 보았던 그림처럼 말하고, 사명감이라고 이야기하죠.

토마스가 오이디푸스에 관련된 글을 기고했을 때, 잡지사에서는 그에게 묻지 않고 기사를 잘라 공격적으로 요점만 남긴 상태에서 기사를 내보냈고, 분노에 찬 국민이 재판에 회부할까 두려워하던 공산주의자들은 스스로의 눈을 뽑아야 한다는 공개적인 규탄의 글에 분노하죠. 그렇게 토마스는 의도하지 않게 정치적으로 엮이게 됩니다. 토마스는 자신을 정치범으로 몰아세우려는 사람들에 대해 이렇게 말합니다.

이 남자는 역사가 초벌 그림이 아니라 완성된 그림인 것처럼 행동했다. 그는 자신이 하는 일이 영원회귀 속에서 셀 수 없을 정도로 무한히 반복되어야만 한다는 듯이 행동했으며 전부 키치적인 사람들인 거죠. 그들에게는 그 일들이 너무나도 중요한 일이기 때문입니다. 그리고 한 번도 의심해본 적 없는 것처럼 말해요. 자기가 옳다고 확신하고, 자신의 정신이 편협해서가 아니라 그렇게 하는 게 미덕이라고 생각하는 거죠. 토마스는 그들과 전혀 다른 세계에 살고 있는 것이고요.

다음 이야기를 보면 이 소설이 치밀한 구조 속에서 이야기가 다시 순환되는 걸 알 수 있는데요. 똥의 신학적 문제에 관한 것입니다. 이게 키치를 아주 핵심적으로 풀어내는 건데요. 똥 이야기는 앞에 테레사의 엄마와 스탈린의 아들 이아코프를 통해 나오죠.

> 영국인들은 당시 우주에서 가장 권세 있는 남자의 똥일지라도 그들의 변소를 똥투성이로 만드는 것은 용납할 수 없었다. 그들은 스탈린의 아들을 비난했고, 스탈린의 아들은 모욕을 당했다. (…) 스탈린의 아들은 모욕을 참을 수 없었다. 그는 러시아말로 끔찍한 저주를 하늘에 퍼부으며 수용소를 둘러싼, 고압이 흐르는 철조망으로 달려갔다. 그는 철조망에서 숨을 거두었다.

이아코프를 통해 똥 이야기를 시작한 작가는 신학으로 다시 접근하는데, 하느님이 당신의 모습대로 우리를 만들었다는 게 성경에 나오니 그렇다면 하느님도 창자가 있을 거라는 겁니다. 그 말대로라면 하느님도 똥을 눌 텐데, 신의 창자에 대해 생각하는 것은 신에 대한 신성모독으로 느껴지니, 신은 자기 모습대로 우리를 만들지 않았거나, 아니면 신도 창자를 지녔거나 둘 중 하나라고 하죠. 이처럼 똥이야말로 엄청난 신학적 문제라는 거예요. 인간의 잘못으로 벌어지는 범죄 따위는 신학적 문제가 아니라는 겁니다. 그리고 이렇게 말합니다.

> 똥은 악의 문제보다 더욱 골치 아픈 신학적 문제이다. 신은 인간에게 자유를 주었으며 따라서 인류의 범죄에 대해 책임이 없다는 점은 수긍할 수 있다. 그러나 똥에 대한 책임은 전적으로 인간을 창조한 신, 오직 신에게만 돌아간다.

이것은 다시 섹스에 대한 담론으로 들어갑니다. 아담과 이브의 섹스에 대한 이야기입니다. 책에는 신학적으로 꽤 많은 담론이 있는데, 4세기에 성 제롬이라는 사람은 아담과 이브가 낙원에서 성행위를 했다는 생각을 거부했다고 합니다. 남자 여자인데 성행위를 했을 거 아니냐고 문제를 제기해도 아니라고 했대요. 그런데 9세기에 유명한 신학자 장 스코트 에리젠이라는 사람은 둘이 섹스를 했다고 인정했답니다. 하긴 했는데 아담은 우리가 팔을 드는 것처럼 성기를 들었다고요. 성적으로 흥분해서가 아니라 필요에 의해서 팔을 들 듯이요.

> 그에 따르면 아담은 사람들이 팔이나 다리를 들어올리듯, 그러니까 언제 어디서라도 원하기만 한다면 성기를 일으켜 세울

수 있었다고 한다. 이 생각의 이면에서 발기 부전 위협에 시달리는 남자의 영원한 꿈을 찾지는 말자. (…) 위대한 신학자가 천국과 양립될 수 없다고 판단한 것은 성교나 성교와 연관된 관능성이 아니다. 천국과 양립될 수 없는 것은 흥분이다.

즉 간단한 뇌의 명령에 따라 발기할 수 있다면 굳이 흥분하지 않아도 된다는 결론이 됩니다. 성기가 서는 것은 흥분이 되었기 때문이 아니라 명령을 받았기 때문이라는 거죠. 에덴동산에서 흥분이라는 건 왠지 어울리지 않으니까요. 이것과 연관된 똥의 신학적 얘기는 궁극적으로 키치에 대한 명확한 설명을 하기 위한 장치라고 보입니다. 이 책을 읽으면서 발견한 키치에 대한 명확한 한 문장은 다음과 같습니다.

똥이 부정되고, 각자가 마치 똥이 존재하지 않는 것처럼 처신하는 세계를 미학적 이상으로 삼는 것이란 추론이 가능하다. 이러한 미학적 이상이 키치라고 불린다.

그러니까 똥이 인정되지 않는 세상이 키치라는 겁니다. 보고 싶은 것만 보면 되는 세상이죠. 공산주의도 마찬가지입니다. 소련 체제 내에서 사회주의 선전용으로 나온 영화는 전부 꿈 같은 그림인데, 그것 역시 똥을 인정하지 않는 키치라는 거죠. 사비나는 그 키치의 세계가 싫어서 미국으로 갑니다. 윤리적인 저항이 아닌 미학적인 관점에서, 아름다움의 가면을 뒤집어쓴 추한 공산주의라는 키치를 견딜 수 없었던 것이죠. 거긴 공산주의가 아니니까 키치를 벗어날 수 있을 거라고 생각하고 떠나지만 그곳도 다르지 않습니다.

"저 애들을 봐요. 저 손이 휘두르며 그리는 원 안에 체육관, 잔디밭, 그리고 어린아이들이 들어 있어요: 내가 행복이라 부르는 것이 바로 저런 것입니다."

미국에서 알게 된 상원의원이 아이들 넷을 차에 태워 뒷자리에 앉히고 관광하다가 차에서 내려서 한 이야기인데요. 사비나는 이 말에 의문을 갖습니다. 어떻게 어린아이들이 행복을 의미한다는 걸 알 수 있겠냐는 것이죠.

그는 그들의 영혼을 읽었을까? 만약 그의 시야에서 벗어나자마자 그들 중 세 명이 네 번째 아이에게 달려들어 마구 때리기 시작했다면?

그럴 수 있지 않습니까? 그런데 그건 인정이 안 되는 겁니다. 키치의 세계는 보고 싶은 것만 골라서 보기 때문이죠. 체제가 다를 뿐 모든 세계에 키치가 존재합니다. 작가는 키치에 의해 유발된 느낌은 가장 많은 사람에 의해 공감될 수 있어야만 하기 때문에 과감

한 짓을 할 수밖에 없다고 말합니다. 배은망덕한 딸, 버림받은 아버지, 잔디밭 위를 뛰어가는 어린아이, 배신당한 조국, 첫사랑의 추억. 이런 말에는 많은 것이 생략되어 있습니다. 많은 이미지 속에 핵심적인 하나만 골라내죠. 그래서 모든 인간 사이의 유대감은 오로지 이 키치 위에 근거할 수밖에 없다는 이야기를 합니다. 그래서일까요? 이러한 키치의 세계에서 탈출하고 싶어 했던 사비나도 결코 키치로부터 자유롭지 않습니다.

그녀는 일생 동안 자신의 적은 키치라고 단언했었다. 그러나 그녀 자신조차도 자신의 존재 깊숙한 곳에 키치를 품고 살았던 것은 아닐까? (…) 텔레비전의 멜로드라마 속에서 배은망덕한 딸이 버림받은 아버지를 품 안에 껴안는 모습이나 행복한 가족이 살고 있는 집의 창문이 황혼 속에서 반짝이는 것을 보면, 그녀는 두 눈이 축축해지는 것을 느꼈다.

사비나도 사랑하는 아버지, 지혜로운 어머니가 있는 어떤 평화로운 집의 풍경을 상상하는 거죠. 그런 것에 대한 관심은 누구에게나 있는 것이니까요.

이렇게 소설은 사랑 이야기에서 정치와 역사, 철학 이야기까지 스펙트럼을 넓히면서 전개되는데 테레사가 키우는 '카레닌'이라는 개를 통해 첫 문장에 나왔던 니체의 영원회귀를 다시 한번 일깨워줍니다.

진정한 행복과 영원회귀

카레닌에게 잠에서 깨어나는 순간은 순수한 행복이었다. 그는 천진난만하게도 아직도 이 세상에 있다는 사실에 놀라고 진심으로 이에 즐거워했다.

개들을 보면 정말 그렇지 않나요? '어머나, 또 아침이네! 일어났더니 또 밥을 주네! 피곤한데 자야지! 앗! 또 아침이잖아! 우와, 그리고 또 밥을 줘!'의 연속이지만 한 번도 지겨워하지 않아요. 카레닌에 대한 이 묘사는 첫 문장으로 돌아갑니다. 행복은 영원회귀에서 온다는 겁니다. 우리는 직선의 세계를 사는데, 동물은 원형의 세계를 살고 있어요. 개의 시간과 사람의 시간이 다르게 간다는 점을 말하고 있죠.

카레닌과 아담을 비교해보면 낙원에서는 인간이 아직 인간이 아니었다는 생각에 이르게 됩니다. 낙원에 대한 향수는 인간이 인간이고 싶지 않은 욕망이라고 해요. 그리고 자신의 월경에 대해 혐오감을 갖는 테레사가 카레닌의 월경에는 장난기 섞인 애정을 갖는 모순에 대해 이렇게 말합니다.

개는 결코 낙원에서 추방된 적이 없다. 카레닌은 영혼과 육체의 이원성에 대해 아무것도 모르고 혐오감이 무엇인지도 모른다.

성경에 보면 아담과 이브가 사과를 먹고 창피한 걸 알게 됐다
는 얘기가 나오잖아요. 제 생각에 그전에는 말 그대로 개처럼 살
았을 것 같아요. 아침에 눈을 뜨고 마주하는 태양에 감탄하고, 사
과 한 알에 놀라고, 똥을 부정하지 않으면서 살았을 것 같아요. 그
러나 분별지(分別智)를 가짐으로써 똥이 창피해졌고, 낙원에서 추
방된 것이 아닐까 싶어요. 우리는 어쩌면 그냥 행복하게 살 수 있
었는데, 분별지를 가지고 영혼과 육체를 분리하면서 불행이 시작
된 거죠. 선악과가 분별지예요. 테레사는 자신의 생리대를 빨래할
때 창피해하지만 카레닌의 월경을 처리해줄 때는 아무것도 느끼
지 않아요. 이 분별지가 우리를 키치의 세계로 들어가게 한 것 같
아요. 그런 의미에서 동물들은 아직 낙원에서 쫓겨나지 않았고 인
간만 쫓겨난 거죠. 그래서 밀란 쿤데라는 행복은 원형 속에, 영원
회귀되는 것 속에 있다고 말합니다.

천국의 삶은 우리를 미지로 끌고 가는 직선 경주와는 동떨어
진 것이다. 그것은 모험이 아닌 셈이다.

영원회귀, 반복되는 단조로움과 권태가 있어야 다음을 기대하
며 행복을 느낄 수 있다는 것이죠.

마지막, 「카레닌의 미소」에는 낙원에 관한 이야기가 나오는
데, 이것은 또 하나의 중요한 포인트가 됩니다. 창세기에 신이 인
간을 창조해서 새와 물고기와 짐승을 다스리게 했다고 쓰여 있는

데 이 창세기는 새가 쓴 게 아니라 인간이 썼다는 이야기를 합니다. 신이 정말로 인간이 다른 피조물 위에 군림하길 바랐는지는 결코 확실하지 않다는 것이죠.

이 권리가 당연하게 보이는 것은 우리가 서열의 정점에 있다는 것을 발견한 것이 바로 우리이기 때문이다. 그러나 제3자가 이 게임에 끼어들기만 한다면 끝장이다. (…) 화성인에 의해 마차를 끌게 된 인간, 혹은 은하수에 사는 한 주민에 의해 꼬치구이로 구워지는 인간은 그때 가서야 평소 접시에서 잘라 먹었던 소갈비를 회상하며 송아지에게 사죄를 표할 것이다.

토마스는 암에 걸린 카레닌의 머리를 쓰다듬고 있는 테레사를 보며 인간 중심의 사고방식에 대해 니체와 데카르트를 비교하는 이야기를 합니다.

인간은 소유자이자 주인인 반면, 동물은 자동인형, 움직이는 기계, 〈마키나 아니마타(Machina Ani-mata)〉에 불과하다고 데카르트는 말한다.
마을은 커다란 협동 공장으로 변했고, 소들은 평생을 2평방미터의 축사에서 지내게 되었다. 소들은 더 이상 이름을 갖지 못했고, 그들은 단지 〈생기 있는 기계〉에 불과했다. 세계는 데카르트가 옳다고 생각한 것이다.

데카르트의 핵심은, 나는 내가 생각한다는 것만 알겠다. 내 영혼의 존재만을 알겠다면서 영혼과 육체를 완전히 분리시켜버리거든요. 그래서 우리는 모든 것 위에 있고 지배할 수 있다고 생각하는 것이죠. 그러나 니체는 달라요.

튜랭의 한 호텔에서 나오는 니체. 그는 말과 그 말을 채찍으로 때리는 마부를 보았다. 니체는 말에게 다가가 마부가 보는 앞에서 말의 목을 껴안더니 울음을 터뜨렸다.
이 일은 1889년에 있었던 것이고, 니체도 이미 인간들로부터 멀어져 있었다. 달리 말해 그의 정신 질환이 발병한 것이 정확하게 이 순간이었다. (…) 니체는 말에게 다가가 데카르트를 용서해달라고 빌었던 것이다. 그의 광기(즉, 인류와의 결별)는 그가 말을 위해 울었던 그 순간 시작되었다.

토마스를 통해 니체와 데카르트를 비교한 작가는 아담과 카레닌을 비교하면서 진짜 낙원에 대해 이야기합니다.
『참을 수 없는 존재의 가벼움』이라는 책은 저에게 이렇게 많은 것을 생각하게 해준 책이었습니다. 그리고 앞으로도 읽을 때마다 또 새로운 무언가를 발견하게 해줄 책이에요. 아직도 마지막 장을 덮음과 동시에 첫 장을 펼치기를 반복하고 있지만 이 책에 대해 이야기 나누고자 했던 이유는 여러분도 한 권의 책에 담긴 무한한 우주를 느껴 보시기를 바랐기 때문입니다. 성과 사랑, 정치와 역사, 신학과 철학까지 아우르고 있는 한 편의 소설이 주는 감동의 무게는 결코 가볍지 않습니다.

마지막으로 이 소설을 관통하는 수많은 장르 중 단 하나를 선택하라면 저는 아름다운 사랑 이야기가 담긴 연애소설이라고 하고 싶습니다.

그들은 피아노와 바이올린 소리에 맞춰 스텝을 밟으며 오고 갔다. 테레사는 그의 어깨에 머리를 기댔다. 안개 속을 헤치고 두 사람을 싣고 갔던 비행기 속에서처럼 그녀는 지금 그때와 똑같은 이상한 행복, 이상한 슬픔을 느꼈다. 이 슬픔이란 우리는 마지막 역에 있다라는 것을 의미했다. 이 행복은 우리는 함께 있다라는 것을 의미했다. 슬픔은 형식이었고, 행복이 내용이었다. 행복은 슬픔의 공간을 채웠다.

토마스는 계속해서 양보를 해왔고, 결국 아무것도 선택할 수 없는 처지가 됐어요. 그리고 토끼만큼 작아져서 시골에서 아주 순박한 생활을 하고 있고 테레사는 그 남자에게 미안해요. 그녀는 모든 걸 희생한 남자를 위해 함께 춤추러 가자고 합니다. 그리고 제일 예쁜 옷을 골라 입습니다. 이웃 사람이 왜 그렇게 예쁜 옷을 꺼내 입었냐고 묻자 테레사는 토마스를 위해서라고 말해요.

그렇게 두 사람은 파티장에 도착해 함께 춤을 춥니다. 그 춤은 토마스가 죽기 전 마지막 춤이 되는데, 이때 둘은 행복해해요. 모든 걸 포기했지만 그 순간 아주 행복합니다. 그런데 테레사는 '이상한' 행복감이라고 생각해요. 내 품에 있었으면 좋겠다고 생각하며 작아지길 원했던 남자가 진짜 그렇게 돼서 자신과 함께 춤추고 있는데, 작아진 그 남자의 모습이 슬프거든요. 슬프다는 것은 더 이상 선택의 여지가 없다는 것이고, 행복하다는 것은 그들이 함께 있다는 걸 의미하죠. 그래서 시골에서 늙어가고 있는 '인생의 슬픔'이라는 형식 속에서 둘이 함께 춤추고 있다는 행복이 공간을 채웠다고 말하고 있어요.

슬픔이 형식이고 행복이 내용이었다는 테레사와 토마스의 사랑에 관한 이 마지막 구절은 삶의 무거움과 가벼움을 넘어선 아름다움을 보여줍니다. 많은 것을 담고 있지만, 왠지 어렵고 부담스러웠다면 단 한 가지, 토마스와 테레사의 사랑만 기억해도 좋을 책입니다. 『참을 수 없는 존재의 가벼움』은 결코 가볍지 않은 사랑 이야기이니 말입니다.

불안과 외로움에서
당신을 지켜주리니,
안나 카레니나

이 장에서 소개하는 책들

· 레프 톨스토이, 『안나 카레니나』 1·2·3, 박형규 옮김, 문학동네, 2009.

급하게 이동하는 중에 한 출판사로부터 전화가 왔습니다. 젊은 사람들에게 책을 추천하는 책을 만드는데 한 권 추천해줄 수 있냐는 것이었습니다. 생각할 여유가 없는 상황이라 고사했는데 꼭 좀 해달라고 하더군요. 고민하는 순간 문득 스치는 책이 있어서 얼른 말씀을 드렸습니다. 『안나 카레니나』였어요. 이유를 묻길래, "젊은 사람들이 읽으면 힘들 때 외롭지 않을 것 같아요"라고 대답했습니다. 오늘 강의도 그런 의미에서 주제를 정했습니다. 『안나 카레니나』는 전인미답(前人未踏)의 인생을 살아가는 젊은 사람들이 읽으면 특히 좋은 책입니다. 그들이 살면서 겪을 사고의 혼돈, 인생의 질곡이 인간이라면 누구나 겪는 일이라는 걸 보여주는 책이기 때문입니다. 물론 인생을 어느 정도 살아 책 속에서 배울 수 있는 지혜를 갖춘 사람들에게도 『안나 카레니나』는 훌륭합니다. 세파에 흔들리지 않고 변하지 않는 고전은 누구에게나 좋은 콘텐츠이니까요. 그렇다면 이제 본격적으로 『안나 카레니나』에 대한 이야기를 나눠볼까요?

학생 A 안나의 삶이 그런 선택밖에 없었을까 하는 생각이 들어서 마음이 가라앉아서 많이 힘들었어요.

좋은 시작인 것 같습니다. 안나의 삶에 대한 이야기인 것 같은데요. 우울한 감정이 든 이유는 안나의 삶 때문인가요? 아니면 우리 전체의 인생이 안나의 삶에 투영되어서인 건가요?

학생 A 꼭 그런 결과로 가야 했을까? 각자 서로 다 살 수 있는 방법은 없었을까? 브론스키도, 안나도 앞으로 더 나아갈 수 있지 않았을까? 싶었어요. 그 시대, 그들의 사랑이 안타까웠고, 지금이라면 누구도 죽지 않았겠다는 생각도 들었고요.

학생 B 『안나 카레니나』는 다른 책에 비해 각 인물들에 대한 감정이입이 더 많이 되는 책인 것 같아요. 저는 안나의 삶도 충분히 이해가 가고, 특히 레빈의 삶에 공감이 많이 됐어요. 마지막 권을 읽을 때는 안나의 아들 세료쥐아에게도 많이 공감이 됐고요.

알렉세이는 안나의 남편이고 아들이 세료쥐아죠. 레빈은 주변 인물이지만 이 소설에서 중요한 역할을 하고요. 감정이입은 긍정적인 몰입이었나요? 어떤 몰입이었는지 얘기해줄 수 있을까요?

학생 B 레빈이 저와 많이 닮았다고 느낀 부분은 그가 원칙이 강한 사람이고 이상과 사회에 대해 고민하고, 또 사랑을 하면서 세상을 다르게 보는 점이었어요. 그리고 안나의 남편 알렉세이는 감정이입이 되진 않았지만 어떤 사람이라는 걸 확실하게 알 수 있었는데요. 관료적인 사고방식이랄까, 외교적으로 삶을 살아가는 사람이라는 생각이 들었어요. 그런 삶의 방식이 주변 사람들, 특히 가족에게 상처를 주고 있음에도 스스로 합리화하는 모습에서 작중 인물에게 비판을 하면서 동시에 자기비판을 하게 되고, 같은 남자로서 공감이 가기도 하고요. 세료쥐아를 보면서는 자녀교육에 대해 생각할 수 있었는데요. 부모의 역할에 대해 깊게 고민할 수 있는 이야기를 던져준 인물인 것 같아요. 그런데 책을 읽으면서 당황스러웠던 것은 안나의 자살이었어요. 용서와 화해의 과정을 걸어가고 있는 중간에 갑자기 선로에 뛰어드는 안나를 보면서 굉장히 충동적인 선택이 아니었나 싶었어요. 톨스토이가 이야기를 왜 이렇게 끝냈을까, 이성적으로 이야기를 해왔다고 생각했는데 허무하게 왜 자살로 몰아갔을까 하는 생각이 들었습니다.

다른 분들은 어떤가요? 동의하고 공감하십니까? 제 생각을 말씀드리면 저는 이것이 톨스토이의 힘 같았습니다. 우리는 어떤 걸 결정하거나 선택할 때 단호하게 못 합니다. 예를 들어 집에서 쉴까 영화를 볼까, 중국집에 갈까 이탈리아 레스토랑에 갈까, 짜장면을 먹을까 짬뽕을 먹을까 고민한단 말이죠. 이런 사소한 결정만이 아니에요. 인생에 큰 결정을 할 때도 다르지 않습니다. 이 일을 해야 할까, 이 사람과 결혼을 해야 할까, 집을 옮겨야 할까 같은 문제가 그렇죠. 소설에서처럼 자살의 문제는 더욱 함부로 결정할 수 있는 게 아니고요. 이것이야말로 정말 되돌릴 수 없는 선택이니까요. 하지만 그래서 더 충동적일 수밖에 없어요. 톨스토이가 아주 정확하게 사람 심리를 따라간 거죠.

안나의 자살은 충동적입니다. 그런데 한번 생각해보세요. 음식 메뉴를 두고도 한참 고민하는 게 인간인데, 하물며 자신의 목숨을 던지는 일은 얼마나 갈등이 심하겠어요. 생각은 있지만 실행하기는 힘든 일이죠. 그러니까 하나 둘 셋, 마음을 준비한 다음 실행하는 게 아니라, 순간적으로 뛰어내리는 겁니다. 모든 자살은 충동적이에요. 다만 개연성은 있어요. 미시적 우연이지만 거시적 필연입니다. 미시적으로는 충동적인 것이지만 거시적으로 보면 늘 자살에 대해 생각했던 겁니다. 안나도 마찬가지고요. 언젠가 내가 죽어버리면 브론스키가 고통을 받겠지, 하는 마음이 있었어요. 그런데 생각해보니 아이가 있고 연인 브론스키를 사랑하니까 생각만으로 지나가죠. 그런데 기차역에서 충동적으로 실행해버린 겁니다.

다음의 인용문은 전 강의에서 다뤘던 밀란 쿤데라의 『참을 수 없는 존재의 가벼움』의 한 구절입니다. 밀란 쿤데라는 인간의 심리를 정확하게 잡아낸 톨스토이의 소설을 자신의 작품에서 다시 한번 명확하게 해석하고 있습니다.

클로드 모네, 〈생 라자르 역, 기차의 도착〉, 캔서스에 유채, 83×101cm, 1877, 하버드 포그 미술관

안나는 전혀 다른 방식으로 삶을 마감할 수도 있었을 것이다. 그러나 역과 죽음의 테마, 사랑의 탄생과 결부되어 잊을 수 없게 된 이 테마가 그 음울한 아름다움의 힘으로 절망의 순간에 그녀를 사로잡았던 것이다. 인간은 가장 깊은 절망의 순간에서조차 아름다움의 법칙에 따라 자신의 삶을 작곡한다.

그러니까 안나는 언제 어디에서든, 어떤 방식으로든 죽을 수 있었어요. 그런데 브론스키와 자신을 연결시켜준 공간이 기차역이었다는 걸 떠올린 거죠. 기차역에서 사람이 죽으면서 시작된 그들의 사랑의 악보가 떠오르고 그 악보처럼 죽으면 멋지겠다는 생각을 순간적으로 했다는 겁니다. 밀란 쿤데라가 또 다른 책 『커튼』에서 언급하듯이 안나의 자살은 '일관된 사고의 흐름 속에서 오는 것이 아니라 내부 심리적 갈등 속에서 비롯된 결정'입니다. 돌아보면 우리 대부분의 행동이 그렇잖아요? 톨스토이는 이 인간의 보편적인 행동을 잡아낸 거예요.

그럼 이제 주인공 안나에 대해 잠시 이야기해볼까요? 저는 안나가 감수성이 유난히 예민하거나 지적이라고 생각되지 않았습니다. 쉬운 단어로 정리한다면 '바람기'가 있는 여자가 아닐까 싶어요. 다만 이 바람기라는 건 나쁜 의미가 아니라 지금 우리 안에도 있는, 누구에게나 있는 경향입니다. 다시 말해, 안나에게 유난히 바람기가 많다는 말이 아니라 우리 모두에게 있는 만큼의 바람기가 있다는 말입니다. 솔직하게 들여다보면 누구도 여기에서 자유로운 사람은 없을 겁니다. 남녀 할 것 없이 누구에게나 있어요. 바람기는 다른 말로 '다른 생에 대한 동경'이거든요. 다른 곳에 더 나은 인생이 있을 것 같은 막연한 동경이죠. 결혼하고 나서 이게 더 심해지는 이유는 결혼과 동시에 다른 선택의 문이 닫히기 때문이에요. 다른 세계, 다른 가능성, 다른 즐거움, 다른 쾌락에 대한 문을 닫는 게 결혼이라는 제도죠. 안나는 유난히 감수성이 있다기보다 단순히 결혼생활 중 다른 생을 갈망하는, 다른 말로 바람기를 숨기지 못하는 인물입니다. 예를 들어 안나가 레빈을 유혹하는 장면을 보면 아주 동물적인 본능을 드러내는데요. 레빈이 특히 좋아서가 아니라 어떤 남자에게든 매력적으로 보이고 싶은 거예요. 사람 대부분이 이성을 향해 가지는 바람이죠. 물론 중심이 단단히 잡힌 레빈은 넘어가지 않지만, 안나는 최선을 다해서 레빈을 유혹하고 아닌 척하죠. 우리 속에 다 있는 모습이에요. 이런 보편적인 사람들의 숨겨진 본능과 감정을 적나라하게 보여주고 있는 게 바로 이 소설입니다.

인생의 지도를 펼치다

딸아이가 고등학생이었을 때 『안나 카레니나』를 꼭 읽어보라고 추천하니 딸이 묻더군요. "그 책이 왜 좋은 건데?" 갑작스러운 질문에 당황해서 인생의 지침서 같다고 얼버무리니 이해가 안 된다며 자세히 설명해달라고 해요. 그래서 "살다 보면 힘든 순간이 오잖아. 설득의 순간, 판단의 순간이 오는데 그때 이 책이 지침서가 된다는 얘기야. 이런저런 경우에 따른 답을 찾아주는." 그랬더니 "그럼 이 책을 읽는다는 건 지도를 하나 받는 것 같은 거야? 인생의 지도?"라고 하더라고요. 그 순간 무릎을 쳤어요. 그래, 맞아, 인생의 지도!

모든 인생은 전인미답이에요. 그렇지 않은 인생은 없어요. 아무리 오래 살아도 어떤 상황에 처음 놓였을 때 내 감정이 어떤지 정확히는 몰라요. 이게 사랑인가? 질투인가? 미움인가? 정의인가? 그런데 이 책을 읽고 나면 완벽하지는 않지만 최소한 길을 잃지는 않을 거예요. 남편이 아닌 다른 남자를 사랑하게 된 한 여자를 중심으로 뻗어 있는 수많은 이야기는 골목골목 세밀하게 표시된 지도처럼 보편적인 인간의 심리를 잔인할 정도로 정확하게 보여주니까요.

자, 스토리를 좀 정리하고 가도록 하죠. 중심 인물은 안나 카레니나와 브론스키입니다. 안나와 브론스키는 기차역에서 처음 만나는데 만나자마자 사랑에 빠집니다. 하지만 안나는 결혼한 여자이고, 그녀의 남편 알렉세이는 대단히 잘나가는 군인이죠. 특히 알렉세이는 성공한 사람에게서 발견할 수 있는 '설정의 세계'에 사는 사람입니다. 아내는 어떤 모습이어야 하고, 아이는 어떻게 자라야 하고, 가정은 어때야 하는지 자신이 설정한 모습을 현실에서 그대로 재현하려는 사람이에요. 관료적이고 외교적인, 자신이 다른 사람에게 상처 주는 것조차 알지 못하는 차가운 사람이죠. 안나는 그런 알렉세이가 고른 아주 완벽한 여자였습니다. 얼굴 예쁘고 성격도 좋은데 집안도 훌륭한 여자였죠. 안나도 브론스키 백작을 만나기 전에는 남편이 그려놓은 그림에 맞춰 살았습니다. 자신의 역할에 충실했고요. 하지만 때때로 밀려드는 허무에 조금씩 마음이 흔들리곤 했는데 마침 그럴 때 브론스키를 만난 겁니다.

브론스키 백작은 잘생긴 청년 장교입니다. 그의 인생철학은 '인생은 다른 곳에 있다'로 집약될 수 있는데요. 한곳에 머무르며 한 여자와 결혼하고 행복한 척하는 위선적인 삶보다는 마음이 가는 대로 자유롭고 솔직한 삶을 추구해요. 톨스토이의 표현에 의하면 브론스키는 '위선적이지 않은 생활자' 무리와 어울립니다. 이들은 가식이 없고 정열에 솔직하고 감정에 충실하고 탐미주의적인, 겉보기에는 아주 멋진 사람들이죠. 톨스토이는 이들을 다음과 같이 표현합니다.

진정한 인간의 무리로, 그들에게는 사람은 무엇보다도 우아하고 아름답고 도량이 넓고 대담하고 쾌활하고 온갖 정열에 얼굴을 붉히는 일 없이 몸을 던져야 하며, 그 이외의 온갖 것들은 모두 웃어넘길 수 있어야 했다.

또한 사교계를 주름잡던 어머니와 기억에 없는 아버지 덕에 가정생활의 맛을 알지 못하는 사람입니다. 그런 사람이 안나와 마주친 겁니다. 그는 기차역에서 안나를 보고 첫눈에 반하는데, 이 장면을 묘사하는 톨스토이의 표현이 아주 멋있어요.

그는 그녀에게 인사를 하고 막 찻간 안으로 들어가려 했으나 한 번 더 그녀를 보고픈 참기 어려운 욕구를 느꼈다. 그녀가 굉장한 미인이었기때문도 아니고, 또 그녀의 자태에서 느껴지는 조촐하고 소박한 아름다움에 마음이 끌렸기 때문도 아니었다. 다만 그녀가 그의 옆을 지나쳤을 때 그 귀염성 있는 얼굴에서 뭔가 유달리 정답고 부드러운 것이 느껴졌기 때문이었다. (…) 이 짧은 시선으로 브론스키는 재빨리 그녀의 얼굴 가운데서 노닐기도 하고 반짝이는 두 눈과 살포시 짓는 미소로 실그러진 붉은 입술 사이를 팔딱팔딱 뛰어 돌아다니기도 하는 짓눌린 생기를 알아챘다.

그런데 '짓눌린 생기'라는 게 뭘까요? 결혼했으면 다른 남자와의 가능성을 생각하지 말아야 하잖아요. 그 때문에 짓눌린 생기라는 거예요. 예를 들어 볼게요. 만약 『안나 카레니나』를 현대로 가져온다면 이런 캐릭터일 것 같아요. 명문 대학교를 나온, 명문가 자제이고 키 170센티미터에 아름다운 외모를 가진 여성이에요. 직업도 괜찮고 온갖 명품 브랜드를 부담 없이 접하고 최고의 스타, 판사, 의사, 재벌과 만나는 여자인 거죠. 그런 여자가 한 남자와 결혼한다고 했을 때는 그 남자 외의 모든 가능성을 다 내려놓아야 하죠. 스타와의 결혼을 선택했다면 판사를 포기해야 하는 거고, 의사와의 결혼을 선택하면 스타와의 만남을 포기해야 하는데, 그럼에도 불구하고 한 명을 선택한 거예요.

결혼 후에는 다른 사람을 만나면 "우리 남편 정말 좋아"라고 말하고, 본인도 그렇게 생각하려고 해요. 남편 또한 "내 수준에 어울리는 여자야"라고 생각하고 가정을 꾸리고요. 그런데 그렇다고 해서 가능성의 불길이 꺼졌느냐? 안 꺼졌어요. 아니 그건 꺼지지 않아요. 숨기고 사는 것뿐이에요. 그러다가 멋진 이성이 나타나면 '저 남자 멋지다. 나도 아직 꽤 괜찮은데. 만약 내가 결혼하지 않았다면……' 생각하는데 그 상대가 "정말 아름다우십니다"라며 접근해와요. 그러면 이렇게 말하는 거죠. "그럴 리가요. 그게 사실이라고 한들 어쩌겠어요. 이제 와서 어쩌라고요." (안나는 이와 비슷한 이야기를 자신이 아름답다고 칭찬한 브론스키에게 합니다.)

이게 짓눌린 생기라는 거예요. 이것은 그녀만이 아니라 우리 모두가 가지고 있는 다른 세계에 대한 동경이라고 봐요. 이 사람도 좋지만 저 사람과 만났으면 어땠을까? 하는 다른 삶에 대한 동경이요. 브론스키 입장에서는 안나라는 여자를 봤는데, 결혼했다지만 정말 예쁘고 멋져요. 그런데 유부녀라는 이유로 그녀에 대한 관심과 사랑을 왜 멈춰야 하지, 인 것이죠.

안나는 그때 바람 피운 친오빠 오블론스키와 그 때문에 마음이 돌아선 그의 아내 사이를 중재하려고 오블론스키를 만나러 가는 길이었어요. 기차 안에서 브론스키의 모친과 같은 칸에 탄 우연으로 자연스럽게 브론스키를 만났고, 그를 처음 봤을 때 그가 괜찮다는 생각을 해요. 그리고 브론스키가 느끼기에 유혹적인 말투로 이야기를 나누죠. 그런데 기차에서 내렸을 때 역무원이 기차 사고로 사망합니다. 역무원은 식구가 많은 가장인데 갑작스러운 사고로 세상을 뜨게 된 거라서 안나가 미망인을 안타까워하는데요. 바로 그때 브론스키가 역무원의 가족에게 주라면서 200루블을 선뜻 내주죠. 안나에게 잘 보이려고 준 겁니다. 여기에 다른 이유 없어요. 사람의 심리는 생각보다 단순합니다. 그리고 안나도 그걸 압니다. 브론스키가 고백한 것도 아닌데 직감적으로 느껴요. 만약 안나가 미망인에 대해 아무 말도 하지 않았다면 브론스키도 그 돈을 내주지 않았을 거예요. 안나가 안타까워하니까 준 겁니다. 안나에게 잘 보이고 싶어서요. 우리도 그렇죠. 그런 순간에는 누가 말하지 않아도 알게 되잖아요? 그렇게 안나는 브론스키를 만나죠. 그게 시작입니다.

그리고 브론스키를 좋아하는 키티라는 여자가 있는데, 그녀는 오블론스키의 처제이고 안나와는 사돈지간입니다. 키티는 브론스키도 자기를 좋아한다고 생각하고 때가 되면 브론스키가 구혼할 거라고 믿습니다. 브론스키도 키티에게 매력을 느끼지만 평생 같이 살겠다고 할 정도는 아니에요. 브론스키 자체가 워낙 가정생활에 대한 감이 없고 그걸 지키기 위해 자유로운 삶을 포기할 마음이 없는 사람이기도 하고요. 그러다가 안나를 만나고 사랑에 빠지면서 키티는 자연스럽게 버림받습니다.

여기에서 또 한 인물, 레빈이 등장합니다. 레빈은 오블론스키의 아내이자 키티의 첫째 언니인 다리야와 둘째 언니 나탈리를 좋아했지만 두 여자가 다른 사람과 결혼한 후 아이 때부터 봐온 키티를 좋아하게 되는데요. 나중에는 키티와 이어지지만, 레빈이 처음 키티에게 연정을 품고 구혼하려고 했을 때 키티는 레빈이 아닌 브론스키에게 마음이 있었어요.

레빈이 키티를 만나러 무도회에 갔을 때인데, 그는 키티에게 구혼하려고 하고 키티는 '브론스키가 나에게 청혼할 거야' 하는 상황이에요. 무도회장에 도착한 레빈은 한눈에 키티를 찾아냅니다. 그녀를 찾아내는 게 쐐기풀 속에서 장미를 찾아내는 것처럼 쉬웠다고 말하죠. 우리 모두 경험해본 적 있어요. 사랑에 빠지면 아무리 많은 군중 속에 있어도 상대를 단박에 찾아내잖아요? 그런데 같은 장소에서 키티가 브론스키를 사랑하고 있다는 것 또한 알아채요. 키티가 말하지 않았지만 레빈은 알아요. 자신이 키티를 바라보는 눈빛과 브론스키를 좇는 키티의 눈빛이 같음을 깨닫죠.

『안나 카레니나』는 단순한 연애소설이 아닙니다. 농노제 붕괴에서 러시아 혁명에 이르는 한 시대를 아우르는, 토마스 만의 표현에 따르면 세계 문학사상 가장 위대한 사회 소설입니다. 그리고 이 사회 전반에 걸친 농노해방운동과 사회 변혁기를 대표하는 인물로 레빈의 형 니콜라이가 있습니다. 니콜라이는 공산주의라는, 인간이 꿈꿀 수 있는 가장 큰 이상향의 이념이 나온 그때 농노해방운동을 펼치면서 모든 사람이 행복할 수 있는 세계를 만들겠다고 하는 이론가이자 지식인이에요. 그런데 이 사람은 이론을 위한 이론가일 뿐입니다.

　니콜라이의 인문은 '기계적 인문'이에요. 기계적 인문은 제가 만든 말인데, 땅에 발을 디딘 현실적인 인문학이 아니라 기계적으로 이론만 가지고 사회를 파악하려고 하는 인문을 말합니다. 기계적인 인문을 하는 사람들은 현실에서 문제를 풀지 않아요. 니콜라이 역시 책으로 인문을 배운 사람이어서 민중의 현실을 존중하지 않죠. 민중 해방을 위해서는 민중을 교육시켜야 한다고 생각합니다. 그런데 민중은 일을 해야 하니 일이 다 끝난 후 밤 늦게 학습하게 합니다. 이 교육은 민중의 미래를 위한 중요한 투자이기 때문에 절대 빠지면 안 된다고 니콜라이는 생각하죠. 민중들이 낮에 얼마나 피곤한 하루를 보냈는지는 전혀 모르는 채로요. 그러니까 잠을 못 자게 하고, 술 한잔도 정신이 흐트러지니 안 된다고 금지합니다. 사람들이 좋아할 리가 없죠. 사실 그들은 대단한 미래를 바라지도 않거든요. 현재도 충분히 힘이 드는데 자신들을 더 힘들게 하는 게 싫은 거죠. 니콜라이는 실천보다는 이론이 먼저인 사람이에요.

　한편 레빈은 정반대의 인물입니다. 자기가 직접 현실에 뛰어들어 행동하고 실천합니다. 노동 현장에 가서 보니까 술 한잔이 그들에게 그다지 큰 피해를 주지 않아요. 또 미래에 대한 걱정은 알겠지만 지금 이 상태로도 충분히 행복한 사람들이에요. 그래서 천천히 개선해나가면 되겠다고 생각하거든요. 즉, 레빈은 실존적인 인물입니다. 스스로 시골에 내려가 그들과 함께 몸을 움직여 일하고 그 안에서 변화를 꾀하는 사람으로, 인물 자체로 보면 여러 등

장 프랑수아 밀레, 〈괭이를 든 남자〉, 캔버스에 유채, 80×99.1cm, 1860~1862

장인물 중 레빈이 가장 이상적이라고 보입니다.

> 하느님은 하루를 주었고 또 힘을 주었다. 그리고 그 하루도 힘
> 도 노동에 바쳐졌으며, 보수는 노동 그 자체에 있었던 것이다.

이렇게 말하는 사람이 레빈이죠. 기계적인 인문을 하는 인물
이라면 이건 불가능합니다. 계획과 목표를 가지고 그것만을 위해
나아가는 인물은 절대 할 수 없죠. 인물 소개와 굵직한 스토리라인
은 이 정도입니다. 이제 이야기를 좀더 자세히 들여다볼게요.

> 행복한 가정은 모두 고만고만하지만 무릇 불행한 가정은 나
> 름나름으로 불행하다.

소설은 이 문장으로 시작합니다. 아주 유명한 문장으로 이 소
설의 전부라고도 할 수 있는 문장입니다. 소설은 불행한 가정들의
이야기인데 그 안에서 인간의 모든 심리를 압축적으로 보여줍니
다. 행복한 가정은 드라마가 없어요. 보통 비슷비슷합니다. 그런데
드라마는 불행에서 나오고, 가정마다 다 달라서 나름나름으로 불
행한 이야기를 가지고 있다는 뜻입니다. 그리고 첫 장은 키티의 큰
언니 다리야의 남편, 오블론스키의 이야기로 시작하는데요. 톨스
토이는 이 사람을 통해서 일부 가증스러운 지식인들을 비꼬는데
그 표현이 아주 재미있어요.

정치적 지론이나 견해를 자기가 직접 선택하진 않았다. 오히려 그러한 주장이나 견해가 자연스레 그한테로 다가오는 것이었다. 마치 그가 모자나 프록코트의 스타일을 고르지 않고 여느 사람들이 입고 있는 그대로 따라 입는 것과 같은 것이었다. (…) 상류사회에서 생활하는, 또한 나이를 먹으면서 어떤 심적 활동에 대한 욕구를 갖게 된 그에게는 이런저런 일들에 대해 견해를 갖는다는 것은 마치 모자를 갖는 것과 마찬가지로 불가결한 일이었던 것이다.

나는 솔직히 챙이 짧은 모자를 쓰고 싶은데 사람들이 다 챙이 긴 모자를 쓰고 있으면 따라가요. 자기 중심이 잡힌 사람이 아니라면 대부분 그렇죠. 사상도 똑같아요. 톨스토이의 작품에는 여기에 대한 비웃음이 꽤 많은데요. 지금 우리 시대에도 있잖아요. 진짜 내가 그렇게 생각하기 때문이 아니라, 그렇게 얘기해야 멋있으니까 얘기하는 사람들이요. 자신의 실체를 실체화한 게 아니라 시대의 흐름을 따라 유행하는 가면을 쓰고 행동하는 사람들이 있죠. 가장 멋져 보이는 것만 고르는 겁니다. 이야기의 배경이 된 1800년대 후반 러시아 사회에서는 자유주의적 주장이나 농노해방이 그런 것이었겠죠.

지금을 예를 들어볼까요? 솔직히 환경에 관심 없지만 환경에 관심을 가져야 멋져 보이니까 환경운동가인 척하는 사람들이 있어요. 소위 '그린워시(green wash)'를 하는 거죠. 본인은 솔직히 남녀가 유별하다고 생각하는데 남녀가 평등해야 한다고 말하는 쪽이 멋있어 보이니까 남녀평등을 외치는 사람들이 있죠. 동성애에 관해서도 마찬가지고요. 소수자를 이해하는 척하지만 실제 속으로는 나와 다른 사람이라고 선을 긋는 사람도 많아요. 단적으로 선거 결과만 봐도 그래요. 주변에 모두 진보적인 사람들뿐인데 정작 우리나라는 보수가 중심이 되고 있어요. 정치적 지론이나 견해를 자신이 선택하지 않고 주변의 흐름을 따르는 사람들. 정말 유행하는 모자 고르듯 철학과 가치관을 선택하는 거예요.

> 만약 그가 자유주의적 주장을 (그 주위의 대다수 사람들이 마찬가지로 품고 있던 보수적인 주장 이상으로) 존중하고 있는 것에 어떤 이유라도 있다면, 그가 자유주의적 경향을 보다 현명한 것으로 인정하였기 때문이 아니라 그것이 그의 생활양식에 한결 잘 맞았기 때문임에 불과하였다.

톨스토이는 첫 장부터 이렇게 위선적인 사람들의 심리를 오블론스키를 통해 보여줍니다. 그리고 이러한 심리 묘사는 소설 곳곳에 배치되는데, 레빈의 형인 니콜라이와 그의 동료 지식인들의 모습에서도 적나라하게 표현됩니다. 이런 다양한 캐릭터와 주변 환경이라는 장치는 『안나 카레니나』가 단순한 연애소설이 아닌 사회 전반을 관통하는 통찰력 있는 대작으로 평가받는 이유입니다.

사랑에 빠지다

언젠가 어느 전시회에 이런 문구를 써 넣은 적이 있습니다. "인생의 봄날이 있다. 그 봄날에 만난 한 사람은 그냥 한 사람이 아니다. 세상 모두를 담고 있는 한 사람이다." 사랑에 빠지면 인생의 봄이 찾아오니까요. 『안나 카레니나』는 어쩌면 인생의 봄을 맞은 사람들의 이야기라고 할 수도 있습니다. 사랑 이야기를 빼놓고 말할 수 없으니까요. 처음 브론스키를 향한 키티의 마음을 몰랐던 레빈이 키티에게 가는 장면이 있는데 노래 가사가 떠올라요. 오래된 가요인데 〈그녀를 만나는 곳 100미터 전〉이라는 노래 가사 중에 "하늘의 구름이 솜사탕이 아닐까? 어디 한 번 뛰어올라볼까?"라는 구절이 있어요. 딱 그 마음이에요. 레빈의 마음은 핑크빛이고, 세상 모든 게 아름다워 보이죠.

> 지금 레빈에게는 세상의 모든 처녀가 명백히 두 부류로 나뉜다는 것을 그도 알고 있었다. 한 부류에는 키티를 제외한 세상의 모든 처녀들이 속해 있고, 그들은 인간으로서의 온갖 약점을 지닌, 말하자면 아주 범상한 처녀들이었다. 그리고 또 다른 부류는 약점이라곤 전혀 없는, 모든 인간성을 초월한 오직 그녀 한 사람뿐인 것이다.

레빈이 생각하는 키티입니다. 하지만 레빈은 키티가 브론스키를 바라보는 눈빛을 보고 사랑을 고백하지 못하는데요. 이 이야기는 잠시 뒤에 다시 이어갈게요. 어쨌든 소설 중간쯤에 이르면 결국 레빈은 키티에게 고백하고 둘의 사랑이 이루어집니다. 요양하고 돌아온 키티가 마음을 열거든요. 그때는 정확히 알아채죠. 청혼하면 받아주겠다는 걸. 키티한테 청혼하러 가는 레빈에 대한 묘사를 들어보세요.

레빈은 이날 밤과 아침 내내 전혀 의식 없이 지냈고, 자신이 물질적 존재의 온갖 제약에서 완전히 해방된 것처럼 느끼고 있었다. 그는 온종일 아무것도 입에 대지 않았고 이틀 밤을 뜬눈으로 새웠으며 웃옷을 벗은 채로 몇 시간을 혹한의 외기 속에서 보냈다. 그러고도 전에 없이 상쾌하고 건강한 기분이었을 뿐만 아니라, 자신이 육체를 완전히 초월해버린 것처럼 느꼈다.

각자 경험을 떠올려보세요. 사랑 고백을 앞두고 이틀 밤쯤 뜬눈으로 새우는 게 그렇게 힘든 일이 아니잖아요? 그렇게 이틀 밤을 새고 드디어 키티한테 썰매를 타고 가는데 마부들이, 온 세상이 자기가 청혼하러 가는 걸 다 아는 듯이 느껴져요.

삯썰매 마부들은 모든 것을 다 알고 있는 성싶었다. 그들은 행복한 얼굴로 서로 다투어 자기의 썰매를 권하면서 레빈을 둘러쌌다.

사실 마부들이 썰매를 권하는 건 전혀 새로운 일이 아니에요. 그런데 레빈은 '아, 내가 키티한테 가는 걸 아는구나. 그래서 이렇게 너도나도 권하는구나', 이렇게 생각하는 거죠. 게다가 골라 탄 썰매는 높고 쾌적했는데 레빈은 그 뒤로 두 번 다시 그런 썰매를 타본 적이 없다고 말합니다. 이때의 레빈은 뭐든 자기 위주로 해석하고 있어요. 그리고 드디어 키티를 만나기 전, 마드무아젤 리농과 잠깐 이야기를 나누는데 키티가 뒤에서 등장합니다.

그가 그녀와 막 한두 마디 얘기를 시작하자마자 별안간 문 뒤에서 옷 스치는 소리가 들렸다. 그러자 마드무아젤 리농의 모습은 레빈의 눈에서 사라져버리고, 자기의 행복이 가까이 오고 있다는 즐거운 공포가 짜릿짜릿하게 그의 마음에 와닿았다. 마드무아젤 리농은 허둥거리기 시작하더니 그를 남겨놓고 다른 문쪽으로 갔다. 그녀가 나감과 동시에 날렵하고 재빠르고 경쾌한 발소리가 쪽매마루 위에 들리기 시작했다. 그러고는 그의 행복이, 그의 목숨이, 그 자신이, 아니 그 자신보다 소중한, 그가 그토록 오랫동안 찾고 바라던 것이 빠르게 그에게로 다가오고 있었다. 그녀는 걸어온 것이 아니었다. 뭔가 눈에 보이지 않는 힘에 의해 그에게로 끌려온 것이었다.

걸어온 게 아니고 어떤 힘에 의해 끌려왔다고 느끼는데 영화의 한 장면처럼 그려지지 않나요?

그리고 그의 구혼은 키티 부모에게도 좋은 소식이었는데, 톨스토이는 그들의 반응을 "노인네들은 아무래도 순간 머리가 뒤범벅이 되어서, 다시 한번 사랑에 빠진 것이 자기들인지 아니면 자기네 딸인지 잘 모르는 모양이었다"라고 표현하죠. 이런 문장들을 보면 톨스토이가 유머와 위트가 있는 사람인 것 같아요.

레빈이 키티에게 구혼하는 이 장면은 행복의 시선으로 바라보는 사랑입니다. 하지만 사랑이 늘 좋기만 한 것은 아니죠. 앞에서 잠시 말씀드렸지만 레빈이 처음 키티에게 사랑을 고백하러 갔을 때 브론스키를 바라보는 키티의 눈빛을 보고 돌아섰다는 이야기를 했었는데요.

그녀는 어느 틈에 얼른 브론스키를 쳐다보고 나서 레빈을 돌아봤다. 무의식중에 빛났던 그녀의 시선 하나로 레빈은 그녀가 이 사람을 사랑하고 있다는 것을 알았다. 그녀의 입으로 직접 듣기라도 한 것처럼 똑똑히 알 수 있었다.

사랑에 빠지면 눈빛 하나도 숨기지 못하는, 그게 우리들이에요. 사랑은 이래서 무서워요. 속일 수 없죠. 모든 것을 안 레빈은 파티장을 떠나면서 딱 하나만 기억하는데, 브론스키의 질문에 대답하며 웃는 키티의 행복한 얼굴입니다. 아무것도 아닌 대화를 하면서도 얼굴에 생기가 돌아요. 사랑에 빠졌기 때문이죠. 브론스키가 안나를 처음 만났을 때도 안나의 얼굴에서 생기를 발견했죠? 짓눌려 있던 생기가 한 남자를 보는 순간 탁 튀어나오는 거예요. 우리도 그렇습니다. 이 책을 읽고 나면 인생이 외롭지 않겠다는 게 바로 이런 이유입니다. 누군가의 이런 표정을 보면 다음부터는 헤아릴 수 있게 되죠. 아무것도 모르고 저 표정은 뭐였지? 좋아한다는 건가? 아닌가? 고민하지 않고 알게 되는 겁니다. 안나의 생기 넘치는 표정을 떠올리면서요.

마치 과잉된 뭔가가 그녀의 몸속에 넘쳐흐르다가 그녀의 의지에 반해서 때론 그 눈의 반짝임 속에, 때론 그 미소 가운데 나타나는 것만 같았다. 그녀는 일부러 눈 속의 빛을 꺼뜨리려 했다. 그러나 그 빛은 그녀의 의지를 거슬러 그 엷은 미소 속에서 반짝반짝 빛을 냈다.

저 남자 괜찮은데 싶은 거고, 그래서 나도 모르게 과잉된 뭔가가 넘쳐 흘렀는데, '아! 이러면 안 돼!'라고 하면서 자꾸 자제하죠. 상대에게 마음을 들키지 않기 위해서요. 하지만 감춰지지 않아요.

그녀는 아까부터 밖으로 나오고 싶어 발버둥치고 있던 그 생기를 마침내 미소로 나타내면서 말했다.

어떤 미소는 상대를 유혹하고 상대는 그걸 느껴요. 브론스키도 마찬가지였어요. 거기서 만약에 안나가 단호한 태도를 취했다면 브론스키는 감히 접근 못 했을 겁니다. 감히 상류층 부인에게 어떻게 접근하겠어요. 안나가 무의식중에 그에게 여지를 준 거죠. 우리의 만남에는 상호관계가 있어요. 또 안나의 대사 중에 이런 얘기가 있어요.

"아아, 당신 나이 땐 정말 행복하지요." 안나는 계속했다. "나도 마치 스위스의 산줄기에 걸려 있는 것과 같은 그 하늘빛의 안개를 기억하고 있고 또 알고 있어요. 그 안개는 바로 유년 시절이 끝나가는 그 행복한 시기에 온갖 것을 가리고 있죠. 그러나 그 거대하고 즐거운 세계에서 나오면 앞길은 차츰차츰 좁아져요. 겉으론 밝고 아름답게 보이지만, 그 외길로 들어가는 것이 즐겁기도 하고 불안하기도 한…… 우리는 누구나 다 이런 길을 지나오게 마련이죠."

저는 이 부분이 참 아름다운 표현이라고 생각하는데요. 이 대사는 브론스키의 구애를 기대하며 들뜬 키티와 안나가 이야기 나누는 장면에서 나와요. 천천히 생각해보죠. 스위스 산줄기 위에서 물이 시작되는데 그 위에서 내려다보면 안개가 있지 않겠어요? 안개가 있으니까 앞이 하나도 안 보이잖아요. 그 안개 속 세상에 얼마나 아름다운 것이 숨어 있을지 기대가 얼마나 크겠어요. 앞으로 뭐가 펼쳐질까 하겠죠. 그런데 내려와 보니 안개는 사라지고 여러 갈래 나 있을 것 같던 길도 없어졌어요. 오직 한 가지 길만 남아 있어요.

이것이 우리 인생이에요. 내가 누군가를 선택해 결혼하는 순간 가능성은 좁아집니다. 그전에는 어떤 사람과 결혼할지, 상대가 영화배우일지 재벌일지 오토바이광일지 모르니 다양한 인생의 가능성이 안개 속에 아름답게 펼쳐지지만 산에서 내려오고 나면, 한 가지를 선택하고 나면, 다른 그림은 사라지죠. 그래서 사람들은 가지 않은 길에 대한 갈증이 생기는 거고요.

그런데 안나는 기차역에서 브론스키가 죽은 역무원의 가족에게 200루블을 줬다는 이야기를 듣고 그 행동은 자신과 관계 있지만 그러면 안 될 무언가가 있다는 것을 느낍니다. 안나의 상황이라면 누구나 알아요. 저 남자가 자신을 의식하면서 한 행동이라는 것을요. 숨기고 싶지만 드러나고 마는 감정이 사랑입니다.

모스크바에서 브론스키와 강렬한 만남을 가진 후 마음을 숨기려고 했지만 그러지 못하고 들켜버린 안나는 서둘러 남편 알렉세이와 아들 세료쥐아의 곁으로 돌아가려고 합니다. 자신의 운명을 흔들고 싶지 않으니까요. 그렇게 페테르부르크에 도착했을 때 마중 나온 알렉세이를 본 안나의 심리가 또 절묘합니다.

페테르부르크에서 기차가 멈추자마자 그녀는 내렸다. 맨처음 그녀의 눈에 띈 것은 남편의 얼굴이었다. '세상에! 어째서 저이의 귀는 저렇게 생겼을까?' (…) 특히 그녀를 놀라게 한 것은 남편을 보는 순간 일어났던 자신에 대한 불만의 감정이었다. 이것은 그녀가 남편과의 관계에서 오래전부터 느끼고 있던 익숙하고 위선에 가까운 감정이었다. 그녀는 이전에는 이 감정을 알아채지 못했다. 그러나 지금은 뚜렷하고 가슴 아프게 그것을 의식한 것이었다.

그 사람을 보는 감정이 어제까지도 멀쩡했는데, 지금까지 아무렇지 않았던 것들이 하나씩 거슬려요. 마음이 멀어지면서 보이지 않았던 부분이 드러납니다. 그것도 아주 부정적인 시각으로요. 옛날에 어머니들이 흔히 했던 표현처럼, '자고 있는 뒤통수만 봐도 미운' 지경이 되는 겁니다. 사랑의 부작용이죠. 고개만 돌리면 낭만적이고 멋진 브론스키가 기다리고 있는데 정작 눈앞에는 사랑이라곤 눈곱만큼도 모르는 남편이 있어요. 그러니 '어째서 저이의 귀는 저렇게 생겼을까?' 하는 생각이 들고 그전까지 보이지 않던 단점이 보이는 거예요. 참 기가 막힌 심리 묘사입니다.

새로운 사랑이 찾아올 때를 생각해봅시다. 전에 알던 사랑은 사랑이 아니잖아요. 도대체 이 사람이 어디가 좋았는지도 모르겠고, 하나부터 열까지 다 거슬리는데 새로운 사랑 앞에서는 모든 게 다 용서가 되죠. 이렇게 누구나 다 가지는 보편적인 감정을 안나와 알렉세이를 통해서 다시 한번 알게 됩니다. 또 알렉세이가 당신을 사랑하고 있다고 말하지만 안나는 그 사랑이 외교적인 사랑이라는 걸 알아요. 그래서 속으로 이렇게 말합니다.

'사랑하고 있다고? 그래 정말 이분이 사랑이라는 걸 할 수 있을까? 만약 사랑이라는 말이 있다는 것을 남에게서 듣지 않았더라면 이분은 결코 그런 말을 쓰지 않았을 것이다. 이분은 사랑이 어떤 것인지도 모르고 있다.'

이렇게 불행이 커지는 겁니다.

보편적 인간들

문학동네의 『안나 카레니나』를 번역한 박형규 선생은 톨스토이의 소설에는 악인도 선인도 존재하지 않는다고 했습니다. '악인' '선인'과 같은 말은 등장인물이 가진 여러 가지 성격 중 한 가지 측면만 보는 일이라고요. 톨스토이가 『부활』에서 묘사한 '사람은 물이다'라는 표현과 일맥상통합니다. 물은 고요한 곳으로 흘러갈 때는 얌전하지만 폭포를 만나면 거세지죠. 물이 그렇듯이 저도 그렇습니다. 나쁜 사람을 만나면 거칠어지고, 좋은 사람을 만나면 착해지고, 조용한 사람을 만나면 차분해집니다. 이게 저 박웅현이고, 소설 속 안나와 브론스키이고, 바로 우리입니다. 때문에 톨스토이 소설에 등장하는 인물들은 아주 현실적이라고 할 수 있죠. 극적인 게 아니라 매우 사실적입니다.

안나의 남편 알렉세이를 봅시다. 알렉세이가 어떤 사람인지 단박에 알 수 있는 한 문장이 있는데요.

이른바 성공을 하고 그 성공이 모든 사람들에게 인정받고 있음을 확신하는 사람들의 얼굴에 나타나는 차분하고 흔들림 없는 빛이었다.

알렉세이는 그런 눈빛을 가진 사람이에요. 우리 주위에도 소위 엘리트 코스를 밟은 사람을 보면 차분하고 흔들림 없는 눈빛이 있어요. 물론 나쁜 것은 아니지만 자칫하면 스스로를 옥죄는 자물쇠가 될 수 있는 그런 눈빛이죠. 그리고 앞서 말했듯이 알렉세이는 설정의 세계에 살아요. 스스로 '나만 한 남편이 어디 있겠어! 완벽하잖아'라고 생각합니다. 그런데 바깥에서 들려오는 소문이 자기 아내가 다른 장교를 만난다는 거예요. 처음에는 믿지 않았지만, 나중에는 모든 것이 하나씩 맞아 들어가면서 인정하게 돼요. 바로 그때 알렉세이는 세상이 무너지는 걸 느낍니다. 완벽하게 갖춰진 그만의 무대, 정성스레 쌓아온 설정의 세계가 무너지는 거죠. 그의 얘기를 한번 들어보세요.

느닷없이 그 다리가 부서지고 밑에는 깊은 못이 입을 벌리고 있는 것을 보았을 때 느끼는 것과 같은 감정을 경험하고 있었다. 이 심연이야말로 인생 그 자체였고, 다리는 알렉세이 알렉산드로비치가 지내왔던 인위적인 생활이었던 것이다.

여기에서 말하는 그 심연이 인생이에요. 그런데 알렉세이는 보지 않고 살았던 겁니다. 자기가 설정해놓은 세계에만 있었으니까요.

그리고 알렉세이 한 사람의 내면 외에도 알렉세이와 안나를 통해 부부 사이의 심리에 대해 알 수 있습니다. 알렉세이가 진실을 모두 알게 된 후 안나에게 경고한다고 말합니다. 그랬더니 흠칫한 안나가 아주 공격적으로 "경고라고요! 무슨 일로요!"라고 되받아쳐요. 알렉세이는 여기에서 다시 무너집니다. 평소 자신이 아는 아내는 그렇지 않거든요. 눈앞에 전혀 다른 사람이 서 있는 거예요. 평소와 다른 그 모습을 보고 아내의 외도를 확실하게 확인해요. 그리고 마치 "집으로 돌아온 사람이 문이 잠겼음을 발견했을 때 느끼는 것과 같은 감정"을 경험합니다. 이 문은 아무리 두드려도 열리지 않죠.

그리고 또 한 가지, 알렉세이는 아들 세료쥐아에게도 똑같이 외교적인 사람입니다.

아버지는 늘 그와 이야기하면서 실제의 세료쥐아와 전혀 닮지 않았고 책 속에나 있을 것 같은, 그가 멋대로 상상한 어린이를 대하는 듯한 태도를 취했다. (…)

"너도 알고 있겠지? 응?" 아버지는 말했다.

"네, 아버지." 세료쥐아는 가상의 어린이처럼 꾸민 태도로 말했다.

알렉세이의 모습에서 자신의 욕망을 아이에게 투영하고 있는 우리의 모습을 볼 수 있어요. 그래서 세료쥐아는 아버지가 자신과 닮지 않은 아이를 멋대로 상상하고 있다는 것을 느꼈기 때문에 그런 책 속에 있는 어린이처럼 보이려고 늘 애를 쓰죠. 이렇게 톨스토이는 세료쥐아를 통해 자녀교육에 대해서도 이야기합니다. 설정의 세계에서 살고 있는 사람의 아이는 부모가 무엇을 원하는지 알고 원하는 대로만 합니다. 그렇게 하지 않으면 혼나니까요. 우리가 아이를 키울 때도 똑같습니다. 예를 들어 아이들은 지구가 공전과 자전을 하고 있다는 걸 믿을 수가 없고 이해할 수도 없어요. 하지만 그렇게 말하면 어른들이 좋아한다는 걸 알고 어른들이 원하는 대답만 하게 되죠. 그래야 칭찬받으니까요. 세료쥐아처럼요. 『안나 카레니나』는 이렇게 삶의 미세한 부분들까지 잡아내며 어느 한 요소도 빼놓지 않고 보여줍니다.

이제 레빈, 그리고 레빈과는 대척점에 놓여 있는 인물군으로 그의 형 니콜라이를 살펴볼게요. 니콜라이는 아나키스트 같은 사람입니다. 책 속 인물 중에서 가장 과격하게 러시아 제국의 전제군주제인 차르(tsar) 시스템을 붕괴해야 한다고 얘기하지만 실천하기보다 모든 걸 책과 이론으로 해결하려고 하는 사람이죠. 스스로 시골에 들어가 사는 레빈은 이해할 수 없는 사람입니다. 레빈은 형을 이렇게 말합니다.

세르게이 이바노비치를 비롯해서 사회적 복지를 위해 일하고 있는 많은 사람들이 '정'이나 모든 사람에 대한 사랑으로 인도되어 있는 것이 아니라 (…) 그의 형이 민중의 행복이니 영혼의 불멸이니 하는 문제를 사고하는 태도가 장기의 승부라든가 새로운 기계의 치밀한 구조를 연구할 때와 조금도 다름이 없다는 사실을 알아차린 데 있었다.

민중의 행복이라는 개념은 그렇게 기계 다루듯이 다루면 안 되죠. 그런데 많은 이론가가 그런 식으로 변혁을 꾀하고 있고, 톨스토이는 거기에서 가증스러운 위선을 본 겁니다. 그들이 원하는 이상적인 세상이 이론만으로 될 수 없다는 걸 레빈과 니콜라이 형제를 통해 끊임없이 얘기합니다. 저는 책을 읽으면서 아마도 톨스토이는 레빈처럼 살고 싶었던 게 아닐까 싶었어요. 그가 지향했던 것은 레빈처럼 실천하는 삶이 아니었을까 생각하게 됩니다.

레빈은 키티에게 버림받지만 올곧은 사람이기 때문에 어리석은 선택을 하지 않아요. 우리가 살다 보면 레빈처럼 원하는 것을 얻지 못하거나 사랑하는 사람과 이루어지지 않는 경우가 생기잖아요? 그때 어떤 선택을 하느냐는 자신의 몫인데요. 레빈은 자기에게 주어진 그 시간을 조용히 견디는 쪽을 선택합니다. 기계적인 인문을 하는 형과 다르게 현장으로 들어가서 직접 부딪힙니다. 톨스토이는 이렇게 당대 지식인들에게 이론으로 포장하지만 말고 현장에 가서 직접 체험해보라는 얘기를 레빈을 통해서 합니다.

레빈에게는 '라스카'라는 이름의 개가 있는데 레빈은 이 개를 보고 '나도 저렇게 살아야겠다' 결심합니다. 자족에 대한 깨달음입니다. 김훈의 『개』나 밀란 쿤데라의 『참을 수 없는 존재의 가벼움』 속 카레닌이 준 것과 같은 깨달음을 레빈의 라스카를 통해서도 얻을 수 있습니다.

> 라스카는 줄곧 그의 손 밑으로 머리를 들이밀었다. 그가 어루만져주자 라스카는 곧 그의 발치에 둥그렇게 몸을 오그리고 옆으로 내민 뒷다리 위에다 머리를 얹었다. 그러더니 이제는 모든 것이 만족스럽다는 표시로 가볍게 입을 열어 입술을 핥고는 끈적끈적한 입술을 나이 먹은 이빨의 언저리에 보기 좋게 붙이고 행복한 안정 상태로 잠잠해졌다.

레빈은 이러한 라스카의 마지막 동작을 주의 깊게 지켜보고 이렇게 말하죠. "나도 이렇게 해야겠다!"

시골에 내려간 레빈에게 왜 그렇게 사냐고 사람들이 물어요. 귀족 출신으로 사교계에서 여자를 만나고 알렉세이처럼 살 수 있는데 이유가 뭐냐는 거죠. 이런 질문에 레빈은 시골에서의 생활을 "모든 게 훨씬 간단하고 훨씬 뛰어나다"라고 정의합니다. 지금까지 본인이 꿈꾸던 가정생활보다도요.

> 시골에서 그는 자기에게 맞는 장소에 있음을 스스로 똑똑히 알고 아무 데도 허겁지겁 나다니는 일이 없었으며 조급한 생

각을 품고 있는 날은 전혀 없었다. 그런데 도시에서의 그는 마치 무엇인가를 놓치지 않으려는 것처럼 항상 허둥거리고만 있었다.

저는 레빈의 이 말에 크게 공감하는데요. 사실 마흔을 불혹(不惑)이라고 하잖아요. 제가 마흔이 됐을 때 일기에 이렇게 썼어요. "불혹은 무슨, 만혹(滿惑)이지"라고요. 마흔에 『달과 6펜스』를 읽었는데, 소설의 주인공 스트릭랜드는 마흔에 안락한 삶을 버리고 열정을 좇아 그림을 그리는 일에 뛰어들죠. 실제로 화가 폴 고갱을 모델로 쓰인 책인데 이 책을 읽고 나서 '아, 나이 마흔이 넘으면 이제 다른 선택은 못 하겠구나'라는 생각이 들었어요. 또 다른 인생은 더 이상 없고, 내가 지켜야 할 의무만이 남아서 저를 죄고 있는 현실이 큰 벽처럼 느껴지면서 다른 생에 대한 동경이 커졌죠. 답이 여기에 있지 않고 다른 곳에 있다고 믿었습니다. 진정한 삶을 살고 있지 않다는 생각에 마구 흔들렸죠.

그런데 쉰에 진짜 불혹이 왔어요. 남들은 지천명(知天命)이라는데 전 그때 불혹을 맞았죠. 그리고 이제 흔들리지 않습니다. 왜냐? 다른 곳에 답이 있는 걸 알지만 여기에도 답이 있다는 걸 알게 됐거든요. 내가 사는 이 삶을 잘 살면 답이 나온다는 걸 이제 알아요. 다른 어떤 생에 대한 동경도 없어요. 큰 부자, 사회적 명예와 성공보다 집 앞 공원을 지나면서 풀을 보고 초록을 느끼는 내 삶, 내 인생이 좋아요. 레빈이 시골에서 생활하면서 그곳의 모든 것이 훨씬 더 단순하고 뛰어나다고 느낀 것처럼 저도 이제야 실존적 자각을 하게 된 거죠.

만약 레빈이 키티와 바로 결혼을 했다면 도시에 살면서 이런 경험을 하지 못했을 거예요. 농민과 생활을 같이 하면서 얻게 된 모든 것들, 코페르니쿠스적인 사고의 전환은 일어나지 않았겠죠. 어쩌면 레빈에게 있어 사랑의 실패는 삶의 큰 깨달음을 얻게 되는 계기가 됐을 수도 있어요. 레빈은 실제로 농민으로 살면서 이론으로 할 수 없는 많은 것들에 대해서 알게 됩니다. 이론적, 기계적 계몽이라는 것의 무의미함, 농민들 나름의 규칙과 질서에 대해서 말이죠.

모든 것을 더 낫다고 생각되는 방향으로 개조하려는 끊임없이 치열한 노력이 있었던 반면에 다른 한편에는 사물의 자연적인 질서가 있었다.

레빈도 지식인이니까 처음에는 농민들에게 뭘 해라, 하지 마라 하며 그들을 계몽하려고 했겠죠. 그런데 그들은 듣지 않아요. 그들이 무지하기 때문이라고 생각했는데 아닙니다. 그들은 자연적인 질서를 아는 사람들이고 지혜롭게 그 질서에 맞춰 살았던 겁니다. 톨스토이는 그들이 자연과 함께 일궈낸 삶의 방식을 부정하고 기껏 자신들 기준에서의 더 나은 삶을 살아가라고 강요하는 것이 이론가들이라고 레빈의 생활을 빗대 말하고 있어요. 톨스토이는 지적 오만에 대한 혐오를 이 책 곳곳에 드러내는데요, 레빈이 형의 동료와 얘기를 나누는 장면을 한번 보세요.

여태까지만 해도 으레 그는 겨우 상대방의 사상을 이해하고 자기의 의견을 늘어놓기 시작하자마자 느닷없이 이런 이야기를 듣기 일쑤였다. "그러나 카우프만, 존스, 뒤부아, 미첼리는요? 당신은 그들을 읽지 않으셨군요. 읽어보세요."

문을 쾅 닫아버리는 대화죠. 우선 책 좀 읽고 와서 얘기해, 알지도 못하면서 무슨 대화야, 이런 식입니다. 우리 주위에서도 흔히 있는 일이에요. 실천보다는 말이 앞서는 사람을 쉽게 만날 수 있으니까요. 이 책을 읽고 나면 그런 사람의 화려한 말솜씨에 더 이상 탄복하지 않게 됩니다. 진짜와 가짜를 구별할 수 있는 힘이 생겨요.

행복, 사랑, 불행의 삼각관계

브론스키는 결국 안나를 떠납니다. 처음 안나에게 반한 브론스키는 안나와 사랑을 하면 행복해질 줄 알았지만 아니었기 때문입니다. 안나를 만나기 전에는 불행하다고 생각했지만 안나와 만나자 행복이 눈앞에 있었어요. 그런데 안나와 사랑이 이루어진 지금 최상의 행복이 와 있는데 다시 불행해지기 시작했어요. 줄리언 반스가 『플로베르의 앵무새』에서 이야기했듯 성취가 아닌 '성취를 향한 갈망'이 진짜 행복인 것이죠. 다시 불행해져버린 사랑으로 가볼까요?

결국 둘의 사랑이 만천하에 드러나고 안나는 브론스키의 딸 안나를 낳습니다. 둘이 함께 있으면 행복할 줄 알았는데 운명은 반대로 흐릅니다. 안나는 알렉세이에게 끊임없이 이혼을 요구하지만 그는 받아들이지 않아요. 게다가 안나는 시간이 흐르면서 브론스키의 태도에 그가 이미 다른 여자를 사랑하고 있는 것 같기도 하고, 자기를 미워한다고 생각해요. 안나와 브론스키가 싸우기 시작하는데 문맥이나 논리 없이 그냥 단어만 물고 싸워요. 싸움의 연속이에요.

"당신은 언제나 자기의 솔직함을 자랑하면서, 왜 진실을 말하지 않아요?"

"나는 결코 자랑 같은 것을 한 적도 없고, 또 결코 거짓말 같은 걸 하지는 않아." 그는 부글부글 끓어오르는 격정을 억누르면서 조용히 말했다. "나는 굉장히 유감스럽군. 만약 당신이 나를 존경하지 않고……"

"존경이니 하는 말은 사랑이 있어야 할 자리가 텅 비어버린 사실을 숨기기 위해서 생각해낸 것일 뿐예요. 그러나 만약 당신이 이제 나를 사랑하고 있지 않다면 분명히 그렇다고 말해주는 게 더 낫고 떳떳한 일이에요."

"아아, 이제 정말 참을 수 없어!"

(…)

'저이는 나를 미워하고 있다. 틀림없다.' 그녀는 생각했다.

해결하기 위한 대화가 아닌 그냥 감정의 소모입니다. 우리도 싸울 때 이와 다르지 않죠. 이렇게 브론스키와 크게 다투고 안나는 마지막, 죽음을 생각합니다. 다만 이 생각은 구체적이지 않고 막연해서 그것이 정확히 무엇인지 의식하지 못합니다. 그러다가 다시 한번 알렉세이 알렉산드로비치에 대해서 생각하자,

산후의 병을 앓았을 때와 그리고 그때 자기 머릿속을 떠나지 않았던 그 기분이 떠올랐다. '왜 나는 죽지 않았을까?' 그녀의 마음에는 그때 자기가 했던 말과 기분이 떠올랐다. 그러자 그녀는 갑자기 자기 마음속에 깃들었던 생각을 의식했다. 그렇다, 이거야말로, 모든 걸 해결해줄 방법이었던 것이다. '그렇다, 죽는 것이다!'

'알렉세이 알렉산드로비치와 세료쥐아의 치욕과 불명예도, 나의 이 무서운 치욕도, 죽음은 모든 것을 구제하여준다. 죽자. 그러면 저이도 뉘우치겠지. 나를 불쌍하게 여겨주리라, 사랑해주리라, 나를 위해 괴로워해주리라.'

장 베로, 〈잘못 이후〉, 캔버스에 유채, 46×38.1cm, 1885~1890, 내셔널 갤러리

이렇게 죽음, 자살이란 씨앗이 안나의 머릿속에 착상합니다. 하지만 바로 실행하진 못해요. 바로 죽을 수는 없어요. 이 생각 자체가 잊히는 거죠. 다른 생활을 하고, 그렇게 살다가 문득 아들이 보고 싶다고 생각합니다. 절망 상태에 있는 안나의 이야기를 들어볼게요.

그무렵 그렇게도 아름답고 다가갈 수도 없을 것처럼 보였던 많은 것들이 지금은 하찮은 것이 되어버리고, 반대로 그무렵에 가졌던 것이 지금은 영원히 이를 수 없는 것이 되어버렸다.

한때 그렇게 아름다워 보이지만 불가능해 보였던, 브론스키와의 연인관계가 이제는 하찮은 것이 되었고 그 무렵 향유하던 행복한 가정은 이제 불가능해져 버린 것이죠. 그리고 자신의 협박에도 냉랭하기만 한 브론스키 때문에 절망하던 안나는 바람을 쐬기 위해 마차를 타고 다리야의 집에 가기로 합니다. 그 마차를 타고 가는데 오후 3시, 가장 활기가 넘쳐흐르는 거리를 보면서 이런저런 생각을 해요. 빵집을 지나면서 옛 추억을 떠올리고, 간판을 읽고, 누군가의 인사를 받고, 그러다가 웃고 있는 두 처녀를 봐요.

두 처녀는 무엇 때문에 저렇게 싱글벙글하고 있는 것일까 생각하기 시작했다. '틀림없이 사랑에 대해서 생각하고 있는 거겠지? 저 처녀들은 그것이 얼마나 슬프고 얼마나 천한 것인지를 모르고 있는 것이다…… 어머, 가로수길과 어린아이들이 보이네. 세 사내애들이 뛰어다니고 있군. 말놀이구나. 세료쥐아!'

이게 사람이죠. 눈에 보이는 풍경에 따라 생각이 왔다 갔다 해요. 기분이 반영돼서 일관적이지 않은 사고의 흐름을 보여주고 있어요. 안나는 기분을 풀기 위해 간 다리야의 집에서 오히려 기분이 더 나빠진 채로 돌아오면서 풍경을 보고 자신의 감정과 견주어 이런저런 생각을 합니다. 사람들이 다 본인에게 손가락질하는 것 같고, 자신만 불행한 것 같아요. 평범한 타인의 일상을 바라보는 시선이 아주 냉소적으로 바뀌어요. 그리고 기차역으로 가 플랫폼에 서서 차량의 그림자를 바라보면서 이렇게 말해요.

저기로, 저 한가운데로. 그리고 나는 그이를 벌하고 모든 사람들과 나 자신으로부터 벗어나자.

그리고 충동적으로 몸을 기찻길에 던지죠. 그러나 곧바로 공포를 느끼며 몸을 일으켜 뛰어나오려고 했지만 이미 저항하기엔 늦었음을 느끼면서 '하느님, 저의 모든 것을 용서해주소서!'라고 중얼거리면서 생을 마칩니다. 우리의 일상이 이렇죠. 예기치 못한 일이 일어나고, 다분히 충동적이고요. '긴 호흡의 장편'을 있게 한 안나와 브론스키의 사랑은 불행으로 끝을 맺습니다.

불안과 기만과 비애와 사악으로 가득 찬 책을 그녀에게 읽게 해주던 촛불이 그 어느 때보다 환하게 확 타올라 지금까지 어둠에 싸여 있던 일체의 것을 그녀에게 비추어 보이고는 파지직, 소리를 내고 어두워지다가 이윽고 영원히 꺼져버렸다.

그녀가 죽는 순간인데 죽음에 대해 들었던 어떤 이야기보다 아름답다는 생각이 듭니다.
그리고 마지막 장에 레빈의 이야기가 나옵니다.

그런데 당신네는 예나 다름없이 (…) 흐름 밖의 조용한 모래톱에서 조용한 행복을 즐기고 있는 것 같군요.

책의 마지막쯤에 나오는 구절입니다. 안나와 브론스키의 사랑은 불행으로 마무리됐지만, 책의 마지막은 레빈과 키티가 아이와 함께 행복하게 사는 것으로 끝납니다. 톨스토이가 생각한 삶의 방향은 레빈과 키티의 삶이 아니었을까 싶습니다. 이야기 후반에 레빈이 '자기 마음속의 올바른 재판관'이라는 얘기를 하는데요, 이것이 이 책을 관통하는 문구라고 생각합니다.

나는 무엇인가, 무엇 때문에 살고 있는가, 이것을 생각하면 레빈은 그 해답을 찾아낼 수 없어서 절망에 빠지곤 했다. 그러나 이것에 대해서 자문하는 것을 그쳤을 때는 마치 자기가 무엇이고 무엇 때문에 살고 있는지를 알고 있기라도 한 것 같았다. 왜 냐하면 그는 씩씩하고 원기왕성하게 활동하고 또한 생활하고 있었기 때문이었다.

다른 곳에 삶이 있다고 믿었던 안나. 인생은 바로 여기 있다고 믿는 레빈. 어떤 시점, 어떤 상황에 닥쳤을 때, 우리는 올바른 판단을 해야 하죠. 물론 누가 옳다고 말할 수는 없어요. 그러나 확실한 것은 이 책을 통해, 이들의 삶을 통해 우리들의 마음속에 올바른 재판관을 들일 수 있다는 겁니다. 박형규의 해설에 이런 말이 있습니다.

　먼 후손들이 꾸준히 그의 작품을 대하며 그것을 통해 삶을 이 해하고 사랑하는 법을 배우고 있다.

제가 이 책에 빠진 이유가 바로 이것이었습니다. 많은 분이, 특히 젊은 사람들이 이 책을 읽고 삶을 이해하고 사랑하는 법을 배웠으면 합니다. 어떤 행동을 할 때나 어떤 상황에서나 당황하지 않고 의연히 삶의 길을 걸어갔으면 합니다. 저는 지금도 때때로 제가 어디에 서 있는지 돌아보며 『안나 카레니나』를 통해 받은 지도로 가야 하는 길을 찾습니다. 그러면 제 자신을 더 이해하고 상황을 더 이해할 수 있게 됩니다.

책을 다 읽은 딸아이와 카페에 앉아 책 이야기를 나눴을 때,

딸아이는 레빈을 답답해했어요. 브론스키야말로 아빠가 말하던 카르페 디엠을 실천하는 실존적인 사람이 아니냐고 하더군요. 그 물음에 그것은 실존을 너무 표피적으로 해석하는 것 같다고 말해 줬습니다. 또한 실존은 단순히 오늘을 즐기기만 하는 것이 아니라 현재에 집중하고 사는 것에 방점을 찍어야 하지 않을까 이야기했어요. 감정은 늘 기복이 있고, 인생은 무상하고, 똑같지 않고 늘 변합니다. 그렇다면 마음속에 올바른 재판관을 가지고 판단을 해야지, 그 순간에만 충실하겠다고 함부로 해서는 안 되는 거죠. 만약 서른까지만 살 인생이라면 모르겠습니다. 하지만 평균수명이 늘어나 백 살 가까이 살아갈 인생인데 5년 후, 10년 후, 20년 후의 삶을 염두에 두지 않을 수는 없어요. 그 순간의 솔직함이 전부는 아닙니다.

언젠가 딸아이가 인터뷰를 한 적이 있는데, 그때 기자가 왜 그렇게 공부를 열심히 하는지 물었습니다. 아이는 고등학교 다닐 때까지 살고 말 게 아니니까 앞으로 행복하려면 지금 무엇을 해야 할지 알고 준비하는 것이라고 대답했고요. 저는 아이에게 그때의 이야기를 했습니다. 그것과 같은 이치다, 위기의 순간 올바른 재판관의 손을 들어줘야 한다,라고요.

『참을 수 없는 존재의 가벼움』은 아주 놀라운 책이지만 그 이야기 속의 의미를 삶 속에 응용하기는 쉽지 않을 것 같습니다. 하지만 『안나 카레니나』는 내 삶에 그대로 투영하고 반영할 수 있는 책이라고 봅니다. 책 속에는 서울 한복판에서 지금도 일어나고 있고, 어제 내가 경험했고, 내일 내가 경험할지도 모르고, 누군가가 지금 경험하고 있는 이야기들이 담겨 있습니다. 그래서 정말 인생의 지도라는 생각이 듭니다. 특히 결혼에 대해서는 아주 자세한 길을 알려주고 있습니다. 결혼을 앞둔 사람들, 결혼생활을 하고 있는 사람들이 보면 좀 더 합리적인 생활을 위한 마음속 올바른 재판관이 서지 않을까요? 레빈의 마음속에 자리하고 있던 올바른 재판관처럼 말입니다. 자, 이제 여러분도 『안나 카레니나』를 읽고 삶의 지도를 한 장 펼쳐보시길 바랍니다.

삶의 속도를 늦추고
바라보다

이 장에서 소개하는 책들

· **법정**, 『살아 있는 것은 다 행복하라』, 류시화 엮음, 조화로운삶, 2006.

· **손철주**
- 『인생이 그림 같다 ─ 미술에 홀린, 손철주 미셀러니』, 생각의나무, 2005.
  → 『그림 보는 만큼 보인다』, 오픈하우스, 2017. 개정판으로 재출간
- 『그림 아는 만큼 보인다 ─ 미술이야기』, 효형출판, 1998.

· **오주석**
- 『오주석의 한국의 미 특강』, 솔, 2003.
  → 동일한 제목으로 재출간 (푸른역사, 2017)
- 『오주석의 옛 그림 읽기의 즐거움 1』(개정판), 솔, 2005.
- 『오주석의 옛 그림 읽기의 즐거움 2』, 솔, 2006.
  → 위의 두 권 모두 동일한 제목으로 재출간 (신구문화사, 2018)
- 『그림 속에 노닐다 ─ 오주석의 讀畵隨筆』, 솔, 2008.

· **최순우**, 『무량수전 배흘림기둥에 기대서서 ─ 최순우의 한국미 산책』(보급판), 학고 재, 2002.
· **프리초프 카프라**, 『현대 물리학과 동양사상』(개정판), 김용정·이성범 옮김, 범양사, 2006.
· **한형조**, 『붓다의 치명적 농담 ─ 한형조 교수의 금강경 別記』, 문학동네, 2011.

마지막 시간입니다. 오늘은 옛 선조들의 지혜를 들여다볼 수 있는 작품 위주로 이야기를 나누겠습니다. 손철주, 오주석, 법정, 유홍준 등을 통해 살펴볼 아름다운 글은 이 땅에서 나고 자란 우리의 영혼과 가장 가까운 클래식이 아닐까 싶습니다. 그러기 위해서는 우리 마음속 상태를 바꿔야 할 듯합니다. 우리는 지금 미친 시대를 살고 있습니다. 인류는 여태까지 지금만큼 급변하는 시대를 경험한 적 없어요. 1350년에 살던 사람이 타임머신을 타고 1850년으로 오면 그다지 살기 어렵지 않을 거예요. 5백 년의 시간 차는 있지만 생활 방식이나 한 사람이 태어나서 움직이는 물리적인 거리, 농경사회라는 기본 조건은 달라진 게 없어요. 그런데 1850년에 살던 사람이 1950년으로 가면 기절해서 정신 못 차리겠죠. 1950년에 살던 사람이 2020년으로 가면 정신을 잃을 거고요. 여기서 알 수 있는 것은 삼국시대부터 조선시대까지의 변화가 엄지 손톱만 하다면 그 이후의 변화는 팔 하나만큼의 변화를 겪고 있다는 겁니다. 시간과 거리에 대한 것만 봐도 알 수 있죠. 우리는 시속 300킬로미터로 오가는 사람들이잖아요. 그만큼의 생활 반경을 가지고 있어요. 하지만 1백 년 전의 사람들의 반경은 두 발로 걸어갈 수 있는 거리가 전부였습니다. 시간과 거리에 대한 해석을 포함해 우리의 전반적인 삶의 조건, 상태가 그 시대와는 완전히 다릅니다. 그렇기 때문에 옛사람들의 작품은 그들이 살던 시대, 삶의 속도를 떠올리며 감상해야 비로소 이해할 수 있습니다. 접근 가능한 정보의 양이 다르고 만나는 사람의 범위가 다르고 물질적으로 이동할 수 있는 거리가 지금과 달랐던, 근대화, 산업화, 현대화가 이루어지기 전의 상태로 돌아가야 합니다.

우리는 흔히 전생을 떠올리라고 하면 양반이나 한량이었을 거라고 생각하지만 글쎄요, 아마도 우리의 80퍼센트 이상은 양반이 아니었을 겁니다. 저도 농부의 아들이거나 노비였을 확률이 훨씬 높아요. 만약 그렇다고 한다면 태어나서 죽을 때까지 글을 몰랐을 수도 있고, 인구도 몇 명 안 되는 동네에서 살았을 수도 있어요. 그런 곳, 읍내에 큰 장이 서서 사람들이 바글바글 모였을 때 다 해봐야 300명 정도인 시절을 상상하면서 읽어야 잡히는 옛사람들의 글이 있습니다.

처마 끝의 빗소리는 번뇌를 멈추게 하고, 산자락의 폭포는 속기를 씻어준다.

손철주의 『인생이 그림 같다』(개정판, 『그림 보는 만큼 보인다』)에 담긴 문장입니다. 처마 끝의 빗소리는 소리 하나만으로 번뇌를 멈추게 할 수 있고 산자락에 가서 폭포 소리를 들으며 속기(俗氣), 즉 세속의 기운을 씻을 수 있다는 뜻입니다. 이런 글은 요즘 시대에 맞춰보면 현실적이지 않은 여유로운 말 같아서 울림이 없을 수 있어요. 『참을 수 없는 존재의 가벼움』에서 사비나가 음악에 대해 말한 문장을 한번 떠올려보세요. 음악을 싫어한다는 그녀는 "끝없는 침묵의 설원에 핀 장미와 같았던 요한 세바스티안 바흐의 시대에 살았다면 아마도 음악을 좋아했을지 모른다"라고 하죠. 레코드가 없고, 스마트폰과 스트리밍 서비스가 없던 요한 세바스티안 바흐의 시대. 그때는 음악을 들으려면 아마 연주하는 사람을 직접 찾아가야 했을 거예요. 서민이 음악을 들을 가능성은 그다지 높지 않았을 것이고 그런 시대의 사람들에게는 빗소리도 감각을 자극하는 아주 새로운 소리이고 큰 변화였을 겁니다.

저는 언젠가 다산초당을 방문했을 때의 기억을 되살리며 이 문장을 음미했습니다. 아마 4월쯤으로 기억하는데, 그때 맞아도 괜찮을 법한 부슬비가 내리고 있어서 차를 주차장에 대고 우산 없이 초당으로 올라갔습니다. 그래도 비는 피하자 싶어 초당 툇마루에 자리를 잡고 앉았죠. 비가 와서 그런지 사람은 별로 없는데 자리를 잡고 나니 빗줄기가 거세지더라고요. 비가 좀 그칠 때까지 기다렸다 가기로 일행과 얘기한 후, 30분 정도 툇마루에 그대로 앉아 있었습니다. 그런데 그때 새로운 경험을 했습니다. 처음에는 빗줄기가 세지네, 그치겠지, 여기서 시간을 좀 보내다 가야겠다 한 건데 10분, 20분, 빠른 속도로 흐르던 시간이 어느 순간부터 쓰러지기 직전의 팽이처럼 천천히 흐르는 겁니다. 그러면서 빗소리가 들리고 비 오는 모습이 보이기 시작해요. 인적은 점점 줄어들고, 흙 냄새, 개구리 우는 소리가 더 진하게 감각을 자극해요. 생각해보니 다산이 살던 시대가 그랬을 것 같았습니다. 인적이 드문 곳에 혼자 앉아서, 어쩌다 문 두드리는 친구의 방문에 기뻐하면서 살았겠죠. 아침에 눈을 떴는데 비가 내리면 빗소리를 듣고 떨어지는 물줄기를 바라보고 책을 읽던 그 정신 상태. 저는 다산초당에서의 경험 이후 옛사람들의 책을 읽을 때 우선 그 시절의 삶을 이해하려고 합니다. 그래야 그들이 말하고자 하는 것을 온전히 받아들일 수 있기 때문입니다. 자, 이제 저의 다산초당에서의 기억을 간접경험 삼아 다시 한번 문장을 살펴보세요.

처마 끝의 빗소리는 번뇌를 멈추게 하고, 산자락의 폭포는 속기를 씻어준다.

글쓴이의 마음이 좀 헤아려지나요? 이 말은 명나라 사람 예윤창이 했던 얘기랍니다. 옛사람들의 삶의 속도를 얘기하기 위해 잠시 가져와보았습니다. 이제 그 속도에 맞춰 감정선이 따라 움직이기 시작했다면 우리 선조인 김홍도의 이야기를 한번 들여다보도록 하죠.

시야를 열다—손철주와 오주석

문장으로 세상을 놀라게 한들 도리어 누가 되고 부귀가 하늘에 닿아도 수고에 그칠 뿐 산속으로 찾아오는 고요한 밤향 사르고 앉아서 솔바람 듣기만 하리오.

라디오도 없고 책도 많지 않았을 시절, 고요한 밤 산속으로 찾아오는 솔바람 소리 듣는 게 인생의 전부가 될 수 있습니다. 다시 다산초당으로 가봅시다. 작은 초당에 밤이 찾아왔어요. 텔레비전도 없고, 라디오도 인터넷도 없는 곳의 밤입니다. 그러면 향 사르고 등불 켜고 앉아 책이나 읽고 있지 않았을까요? 그리고 아무것도 없이 고요한 밤 풍경에 집중해 솔바람 소리를 듣고 바람에 답하는 풍경 소리를 듣지 않았을까 싶어요. 하지만 요즘은 이런 것이 불가능하죠. 너무 빨리 움직여요. 뭔가를 더 얻겠다고 바쁘게 움직이는데 왠지 더 많은 것을 놓치고 있다는 느낌입니다. 저는 요즘 바람이 축복이라는 생각이 듭니다. 사실 10년 전만 해도 있는지 없는지 모를 바람 따위 관심도 없었는데 말이죠. 그래서 언젠가 SNS에 이런 글을 올렸습니다.

2010년 8월 30일 저녁 9시. 국립도서관 정원의 이 바람. 누군가는 기억해줘야 한다. 누군가는 기록해줘야 한다. 축복이란 명사로.

도서관 정원에 앉아 바람을 맞는데 이게 축복이 아니면 뭐가 축복인가 싶었어요. 그리고 언젠가 도산서원에 갔을 때였는데요. 비가 오고 바람이 불고 그 앞 바위에 앉아 있는데 빗줄기가 나뭇잎을 툭 툭 투두두둑 두드리며 떨어져요. 바람 따라 움직이는 빗소리에 눈을 감으니 그곳이 마치 음악감상실 같았습니다. 서라운드가 따로 없더라고요. 그때의 도산서원 여행은 소리로 기억되는 여행이 됐어요. 바람의 감촉, 빗소리 하나에도 집중하는 우리가 되어야 한다고 생각합니다. 삶의 풍요를 위해서 말이죠. 하나 더 볼게요.

인간사 옳고 그름에 대해 말하지 않겠노라. 그저 꽃이 피고 지는 것만 바라다볼 뿐

'솔바람'과 같은 문맥입니다. 이게 도대체 무슨 소리야? 할지 모르지만, 네가 옳네 내가 옳네, 하는 것보다 중요한 건 꽃이 피고 지는 겁니다. 자연이 문명보다 더 위대한 거예요. "꽃잎 흩날리는 벚나무 아래에서 문명사는 엄숙할 리 없었다"라는 김훈의 말처럼. 딸아이가 초등학교 6학년 때의 일입니다. 아이와 함께 내린천으로 여행 가서 나란히 누워 하늘을 본 적이 있는데요. 그때 구름이 흘러가는 게 정말 아름다웠습니다. 시시각각 변하는 구름의 모습이 영화보다 더 재미있더라고요. 딸아이는 시큰둥해했지만 저는 정말 좋았어요. 게다가 생각해보면, 저야 영화라는 비교 대상이라도 있지만 실제로 저 문장이 쓰인 그 시절에는 그런 게 없었어

요. 우리는 그런 삶의 속도, 그런 것들을 알고 살아야 하지 않을까요? 문명보다 자연에 엄숙한 자세로 말이죠.

지금 말씀드린 몇 구절은 미술평론가인 손철주의 『인생이 그림 같다』에서 나온 것입니다. 아름다운 책이에요. 이외에도 그의 책으로는 『그림 아는 만큼 보인다』 『옛 그림 보면 옛 생각 난다』를 비롯해 여러 권이 있는데, 만약 손철주의 한 권을 읽는다면 『인생이 그림 같다』를 추천하고 싶습니다. 아름다운 글도 많고, 기본적으로 미술에 대한 해박한 지식으로 국내외 그림을 이해하기 쉽게 풀어줘서 미술 지식을 쌓는 데 많은 도움을 받을 수 있습니다.

뼈 빠지는 수고를 감당하는 나의 삶도 남이 보면 풍경이다.

이런 인상적인 문장도 발견할 수 있습니다. 그러니까 모든 삶이 그 사람에게는 감당하기 힘든 것이지만 멀리서 보면 행복해 보인다는 말입니다. 모든 근경은 전쟁이고, 모든 원경은 풍경입니다. 멀리서 바라볼 때 지게를 지고 가는 아저씨는 낭만적이지만 정작 지게를 진 아저씨는 뼈가 빠질 만큼 힘들겠죠. 이 문장을 본 이후 사물을 볼 때 '참 목가적인 풍경이다' 같은 감상에서 끝나지 않고 다른 면을 바라보게 됐습니다. 모두 책을 통해 얻는 시선의 확장이죠. 저자의 필력 또한 아주 대단하고요.

저자의 필력 얘기가 나와서 말씀드리면 가장 가슴에 남았던 표현이 하나 있는데 신윤복을 두고 "유가가 지배하는 깜깜 어둠 조선조에 날벼락 같은 화가"라고 말한 부분이에요. 남들이 그리지 않았던 소재를 잡아내고, 표현하지 못했던 것을 그려냈던 신윤복의 그림들을 한 줄로 집약해줬습니다. "깜깜 어둠 조선조에 날벼락 같은 화가"라고요. 대단하죠. 그리고 병산서원 만대루를 이렇게 표현하는데요. 이 문장을 한번 보세요.

산수를 표구해서 허공에 걸어두었다.

병산서원은 도산서원에서 조금 더 들어가면 있는 곳인데, 길가에 있지 않습니다. 길이 맞나 싶은 산길로 들어가면 보입니다. 그렇게 자연 한가운데에 있는 서원에 도착하면 우리나라 서원의 누각 가운데 가장 큰 규모를 자랑하는 만대루를 만나게 됩니다. 창호와 벽 없이 완전하게 개방된 형태로, 이 만대루에 올라 앉으면 유유히 흐르는 낙동강을 바라볼 수 있습니다. 손철주는 병산서원 만대루에서 그 틀 안에 온갖 자연이 펼쳐지는 장관을 기막힌 문장으로 표현했어요. 이 문장의 진가를 제대로 알려면 직접 가보셔야 하는데요. 말 그대로 만대루가 하나의 프레임이 되어 절벽과 나무를 허공에 잡아두었어요.

『인생이 그림 같다』에는 병산서원 만대루뿐만 아니라 옛 건축과 자연의 어울림에 대한 아주 다양한 이야기가 등장합니다. 그리고 우리 것뿐만 아니라 해외 미술에 대한 재미있는 이야기와 상식도 많이 다루고 있어서 다양한 미술 지식을 쌓을 수 있습니다. 그

중 한 가지를 소개해볼게요.

뭉크의 그림 중에 〈그 다음 날〉이라는 작품이 있습니다. 젊은 여자가 옷을 입은 채 침대에 아무렇게나 누워 있는 그림으로, 누구나 이 그림을 보면 아, 이 여자가 술 마시다 그냥 뻗었구나, 할 법합니다. 그런데 이 그림에 관한 논쟁이 일었습니다. 1909년에 오슬로 국립박물관장이 이 그림을 걸겠다고 구입했는데 국립박물관 후원자들이 난리가 난 거예요. 술 마시다 뻗은 불경스러운 여자 그림을 어디에 걸려고 하느냐는 거죠. 1900년대 초의 있을 법한 반응이에요. 돈을 대는 점잖은 사람들은 그 그림을 걸면 후원을 못 하겠다고, 이런 그림 걸자고 후원하는 게 아니라며 항의했습니다. 이때 후원자 한 명이 이렇게 말했다고 해요. "오슬로 국립박물관은 술 취한 여자가 쉴 곳이 아니다." 그러자 오슬로 국립박물관장이 그 다음 날 기자회견을 열고 이렇게 반박 인터뷰를 했답니다. "이곳이 쉴 만한 곳이었는지 그녀가 깨어나면 물어보겠다. 그러나 지금은 자게 내버려둬야 한다. 그녀가 있는 것이 미술관의 영예가 될지 치욕이 될지 판단하기에는 아직 이른 시각이다"라고요. 아주 세련된 반박 아닙니까? 이런 재미있는 일화도 이 책에서 만나볼 수 있습니다.

또 이 책에서 제가 아주 좋아하는 한 문장이 있는데 깊이 공감해서 대화 중에 자주 쓰는 말이기도 합니다.

말짱한 영혼은 가짜다.

에드바르 뭉크, 〈그 다음 날〉, 캔버스에 유채, 115×152cm, 1894~1895, 노르웨이 국립 박물관

이 문장은 "다음 문장에 대한 당신의 느낌을 다섯 줄로 쓰시오"라고 저희 회사 입사 시험 문제로도 출제한 적이 있습니다. 시험에 응시한 친구들이 어떤 감수성을 가지고 이 문장을 대하는지 알고 싶었거든요. 모든 영혼은 말짱할 수가 없어요. 말짱한 영혼은 가짜이지요. 그것을 집약적으로 표현한 문장이기 때문에 일부러 시험 문제에 내봤습니다. 저는 힘들 때 무엇보다 위안이 되는 이 문장을 떠올리곤 했는데, 그때마다 글의 힘이 얼마나 대단한지 다시 한번 생각하게 됐습니다.

이번에는 이렇게 손철주의 책처럼 저의 번뇌를 멈추게 했던, 빗소리 같은 책들을 위주로 소개해보겠습니다. 무식한 저 박웅현에게 사물을 보는 눈이 조금이라도 생길 수 있도록 해준 책이 몇 권 있는데, 손철주 외에 故 오주석, 유홍준의 책이 그렇습니다. 오주석의 책 중 특히 『한국의 미 특강』이 인상 깊었지만 따로 소개하진 않겠습니다. 단원 김홍도의 풍속화와 민화, 초상화 등을 아주 세밀하게 분석한 강의를 책으로 엮은 것인데 직접 책을 사서 그림과 함께 보셔야 알 겁니다. 우리 그림에 숨어 있는 해학과 아름다움을 아주 꼼꼼히 설명해줍니다. 놓치기 아까운 책입니다. 저는 읽기 전의 박웅현과 읽은 후의 박웅현을 다르게 만들어주는 책을 좋아하는데, 그런 책 중 하나입니다. 아주 좋은 만남이 됐어요. 『한국의 미 특강』을 읽은 후 갤러리, 미술관, 박물관에 가 보면 이전과 전혀 다른 새로운 유물과 예술이 보이는 경험을 하실 수 있습니다. 그야말로 '안목'이 생기는 겁니다.

2005년에 별세한 저자는 『한국의 미 특강』을 통해 필명을 날리고, 책을 몇 권 더 냈는데 그중 오늘 몇 구절 살펴볼 책은 『옛 그림 읽기의 즐거움』1, 2입니다. 이 책 1권의 「책을 펴내며」 앞머리에는 이런 글이 있습니다.

> 푸른 산 붓질 없어도 천 년 넘은 옛 그림,
> 맑은 물 맨 줄 없어도 만년 우는 거문고
> 靑山不墨千秋畵 綠水無絃萬古琴

오주석은 책을 쓰기에 앞서 자연의 위대함에 대해 먼저 이야기합니다. 1강부터 지금까지 수많은 작가들의 입을 통해 들었던 이야기입니다. 벚나무 아래 엄숙할 것 없는 문명사. 자연사보다 결코 대단할 것 없는 문명사. 예술을 한 번도 동경한 적 없는 자연. 바로 그것과 같은 맥락에서 한 구절을 더 소개하면,

> 해 질 녘 서편 하늘을 물들이는 장엄한 노을 앞에 섰거나, 한밤중 아득한 천공에서 무수히 쏟아져 내리는 별무리의 합창을 들을 때, 혹은 동틀 녘 세상 끝까지 퍼져나가는 황금빛 햇살의 광휘를 온몸에 맞으면서, 어느 누가 감히 예술을 논하겠는가. 봄날 작은 꽃망울을 터뜨리는 햇가지들을 가만히 들여다보자. 길고 짧고 굵고 가는, 물기 오른 여린 가지들이 이루는 조화와 오만 가지 빛깔, 그것은 기적이다. 가을 새벽 거미줄에 붙들린 조

그만 이슬 알갱이에 다가서 보자. 그 깜찍한 비례며 앙증맞은 짜임새도 경이롭지만 알알이 비치는 방울 속마다 제각기 살뜰한 우주가 숨어 있다.

작가는 책을 쓰기에 앞서 자연에 대해 이렇게 아름다운 글로 표현했는데요. 제가 주목했던 것 중 하나는 글 속에 영어 단어가 하나도 없다는 점입니다. 아침에 출근해 스케줄 노트에 하루 일과를 정리할 때, 노트북을 열고 인터넷을 하다가 이메일 체크를 하기 위해서 마우스를 움직여 로그인 하고, 점심 식사로 스파게티를 먹고 커피를 한 잔 마신 다음 새로운 광고 CI와 캠페인 런칭을 위해 킥오프 미팅을 해야 한다, 이렇게 말하고 쓰는 제가 봤을 때 오주석의 글은 경이로운 문장들이었습니다.

언젠가 세계대회에 참석한 북한 응원단에게 한 기자가 이메일 주소를 알려달라고 했습니다. 그랬더니 그 여성이 이렇게 받아쳤습니다. "우리 조선말로 합세다." 그 답이 적잖은 충격이었습니다. 정신이 번쩍 나더라고요. 언어는 대중의 습관이잖아요.

고려청자 매병을 바라보고 있으면 고요의 아름다움 속에 한 가락 부푼 정이 엷은 즐거움마저 풍겨준다. 부드럽고도 홈홈한 병 어깨의 곡선이 허리로 흘러서 다시 굽다리로 벌어진 안정된 자세도 빈틈이 없지만, 그 위에 기품 있게 마감된 작은 입의 조형 효과는 이 병의 아름다움을 거의 지배하고 있다는 생각을 갖게 해준다.

최순우의 『무량수전 배흘림기둥에 기대서서』 중 한 구절입니다. 그냥 글이 아니라 모국어에 대한 존경으로 느껴집니다. 영어 단어 하나 없이도 얼마나 세련되고 기품이 있습니까. 지금 이 순간에도 사멸하는 단어가 있는데 정말 안타깝습니다. 온통 영어로 광고를 만들어내는 광고장이가 이런 말씀을 드리는 것이 우습지만, 우리말은 꼭 지켜져야 하는 소중한 우리의 자산이라는 것을 잊지 않았으면 좋겠습니다.

그렇다면 이제 본격적으로 『옛 그림 읽기의 즐거움』으로 들어가볼까요? 오주석은 이 책 2권에서 우리 옛 그림들의 여백에 대해 이렇게 이야기합니다.

형상이 드러나지 않은 여백을 바라보는 것은 아무것도 보지 않는 것과는 다르다. 거기에는 마치 위대한 음악의 중간에 침묵의 몇 초를 기다리는 순간과 같은 마음 졸임이 있는 까닭이다.

우리 그림의 빈자리에 대한 얘기를 이렇게 한 건데요. 동양화가 가지고 있는 여백의 정신세계를 한 문장으로 정리해줍니다. 음악의 중간 침묵은 그냥 침묵이 아니라 음악의 일부잖아요. 베토벤 〈운명〉도 '빠바바 밤' 뒤에 이어지는 잠깐의 침묵이 우리를 끌고 그 곡 속으로 가죠. 그게 그림 속 여백에도 있다는 이야기입니다.

침묵의 위대함은 앞뒤의 음향이 만든다. 그림 속 여백의 의미 심장함은 주위의 형상이 조성한다.

단어 선택도 아주 정확하죠? 여백에 대한 이야기가 나와서 말씀드리는데, 제가 1996년에 뉴욕대학교에서 유학했을 때 디자인 첫 수업에 이철수 판화를 소개했습니다. 그때 외국인 교수와 학생들에게 그림 위에 텍스트가 올라간 것에 대해 이야기했죠. 서양화는 어떤 그림도 그림 위에 글이 올라가지 않잖아요? 그런데 동양화에는 시제나 그린 이의 감상이 올라갑니다. 그게 구도 안에 다 잡혀 있습니다. 매우 세련된, 서양에서 보면 놀라운 커뮤니케이션이에요. 그때 사람들이 놀란 게 또 하나 있었는데 바로 '여백'이었습니다. 수업을 진행하던 교수가 "저렇게 여백을 비우는 건 용기다"라고 말하더군요. 서양의 그림은 여백을 두지 못해요. 어떻게든 빼곡하게 채우죠. 그릴 것이 없으면 색으로라도요.

유홍준의 책에 겸재 정선의 〈단발령망금강산도〉라는 그림이 소개되는데 단발령에서 보이는 내금강을 보여주는 그림입니다. 왼쪽에 일만이천봉이 작게 그려져 있고, 대각선으로 오른쪽 아래 구석에 사람들이 둘러서서 보고 있어요. 그 사이는 운무로 메워져 있고요. 사실은 텅 빈 공간이고 제대로 운무를 그려넣지 않았지만 운무가 보여요. 죽은 여백이 아닌 살아 있는 여백인 것이죠. 이렇게 여백에 신경 쓰면서 우리 그림을 보는 또 다른 눈이 생겼죠.

같은 책에 소개된 단원 김홍도의 〈마상청앵〉이라는 그림에도 역시 아름다운 여백이 있습니다. 오주석은 설명에 앞서 "예술은 궁극의 경지에서 단순해진다. 그리고 분명해진다"라고 이야기하죠. 그리고 이렇게 그림에 대해 설명합니다.

그럴 것이다. 인생의 저녁, 저물어가는 노을빛 속에서 작품 제작의 연월일 따위가 무슨 소용이란 말인가? 화폭에 가득 번진 환한 봄빛이 있고, 내 가슴도 훈훈한 봄빛을 머금고 있는데, 더구나 이 늙은 가슴을 이해하는 또 하나의 따뜻한 가슴이 곁에 있는데 무엇을 더 바라겠는가? 그림을 그렸을 때 김홍도는 노인이었다. 화폭에 떠도는 해맑은 동심이 그것을 반증한다. 노인은 젊은이보다 봄을 더 많이 생각한다. 그리고 더 소중히 여긴다. 아마 가을이 되자 봄이 더욱 그리워졌던 것인지도 모른다. 그래서 우리는 〈마상청앵도〉가 어느 계절에 그려졌는지조차 알지 못한다. 하지만 봄이, 영원한 봄이 그 안에 있다.

이 구절에서 저는 특히 "김홍도는 노인이었다. 화폭에 떠도는 해맑은 동심이 그것을 반증한다" 이 문장이 참 좋습니다. 제가 나이 드는 게 좋다는 말씀을 드리면서 안 보이던 것들이 보인다고 했는데요. 이유가 있어요. 젊은 사람들은 나뭇잎이나 꽃 말고 예쁜 여자도 봐야 하고 멋진 남자도 봐야 하고 볼 수 있는 것이 참 많아요. 그런데 조금 지나고 나면 자연이 눈에 들어옵니다. 그리고 만약 화가라면 봄을 들여다보고 그것을 소중히 여기는 마음이 화폭

김홍도, 〈마상청앵〉, 지본담채, 114.2×52cm, 보물 제1970호, 간송미술문화재단

에 드러난다는 겁니다. 저자는 또 다른 저서 『그림 속에 노닐다』에서도 비슷한 이야기를 합니다.

단순하다는 것은, 특히 그림이 단순하다는 것은 그 구성이 지극히 핵심적이라는 말과 통한다. 사물의 핵심을 꿰뚫어보는 능력은 종종 노년에 다다라서야 얻어지곤 한다.

통찰입니다. "현상은 복잡하다 법칙은 단순하다, 법칙을 뽑아내라." 『생각의 탄생』에 나오는 구절입니다. 뿐만 아니라 그림을 보는 법에 대해서도 친절하게 설명되어 있어요. 예를 들어 우리 그림의 경우 문인화와 화원이 그린 그림을 보는 기준이 달라야 한다고 합니다. 화원은 기능인이지만 문인은 기능인이 아니니 인위적인 기교가 드러나는 것을 삼가기 때문이랍니다. 문인화의 경우 멋지게 보이고 잘 그리려고 노력해서 그린 그림은 티가 나기 때문에 그런 그림은 썩 높이 평가하지 않는데, 열심히 그리려고 노력한 자취는 보는 이의 긴장을 유발한답니다. 또 심각한 것도 문제라고 했습니다. 심각한 것은 긴장하게 하니까 참마음이 열리지 않습니다. 그래서 그림을 그릴 때는 노래하듯 편안하게 그리는 게 문인화의 정신이라고 합니다.

이외에 『그림 속에 노닐다』에는 서양화에 대한 이야기도 많이 나오는데요. 철학과도 관련 있는 이야기입니다. 서양은 모든 것을 사람 중심으로 파악하니까 그림 속에서도 자연물은 인간이 관찰한 모습이에요. 그래서 원근법이 아주 중요해요. 그런데 우리나라 그림에는 원근법이 없어요. 어떤 그림은 여러 각도가 한 폭에 다 들어 있기도 해요. 서양의 관점에서 보면 엉터리일 수도 있지만 동양의 관점에서 보면 그게 중요한 게 아니죠. 동양에서는 한 가지 시선으로만 보지 않아요. 우리 그림에 대한 오주석의 분석을 보면 원근법은 전혀 지켜지지 않았지만 왜 멀리 있는 사람이 진한지, 배경과 중심이 어떻게 똑같이 부각되면서 균형이 잡히는지 알 수 있습니다.

예술의 격조란 정확히 감상자의 수준과 자세만큼 올라간다.

우리가 얼마큼 능력을 가지고 있느냐에 따라 예술이 달라진다는 거죠. 아마 손철주, 오주석의 책을 읽으면 어느 정도 격조 있는 감상자의 수준에 다다르지 않을까 싶습니다.

마음을 열다―법정 그리고 동양사상

우리와 같은 시대를 지내면서 옛사람들의 속도로 살다 가신 분이 있습니다. 법정 스님입니다. 법정 스님의 책을 읽으면서 느낀 것이 이 분이 지혜의 폭이 넓다는 거였어요. 암자에서 오랜 시간 혼자 계셨는데, 확실히 지식은 바깥에서 들어오지만 지혜는 안에서 나오는 거라는 생각을 했습니다. 복잡한 사변과 논리를 지혜로 훌쩍 뛰어넘은 글들은 어렵게 읽히지 않아 더 좋아요. 그래서 법정 스님의 글을 읽을 때마다 돈오(頓悟), 갑작스러운 깨달음을 얻어요. 아, 이게 삶의 핵심이구나. 문장 하나를 통해 번쩍하고 깨닫게 되는 겁니다.

삶의 배후에 죽음이 받쳐주고 있기 때문에 삶이 빛날 수 있다.

책을 보면서 이분이 굉장히 실존적이라는 느낌이었어요. 그리고 또 하나, 그 실존은 참으로 불가적이라는 생각이 들었고요.

(행복은) 지극히 사소하고 아주 작은 데서 찾아온다.

바로 이런 문장들이죠. 우리가 지난 시간 함께 얘기했던 카뮈의 『이방인』, 장 그르니에의 『섬』, 니코스 카잔차키스의 『그리스인 조르바』까지 다 맞닿아 있는 문장입니다. 법정 스님은 "근원적으로 죽음이란 존재하지 않는다. 다만 변화하는 세계가 있을 뿐이다"라는 말씀도 남겼는데, 불교적인 내용입니다.

어디에선가 읽은 이야기가 떠오르는데요. 어떤 미국인이 인도네시아 산골에 들어가 2년을 살았는데, 가서 보니 그곳 사람들이 미신을 너무 믿더랍니다. 인도네시아에서는 열대우림 속에 집을 짓다 보니 나무 기둥을 세우고 바닥으로부터 몸체를 좀 띄워서 집을 짓는대요. 살면서 보니 원주민들이 아침을 먹고 나면 남은 음식을 조상에게 준다며 가져가더래요. 어디로 가나 봤더니 집 나무 기둥 아래에 놓길래 저게 무슨 조상에게 준다는 건가, 저런 미신이 어디 있나 했대요. 그런데 몇 개월을 지켜본 결과, 그 음식이 다 개미 밥이 되더라는 거죠. 알고 보니 그렇게 음식을 두지 않으면 개미들이 나무를 갉아먹어 기둥이 위태해질 수도 있었던 겁니다.

생각해보면 조상이라는 말도 틀린 말이 아닙니다. 왜냐하면 죽은 조상을 땅에 묻었고 시체가 썩어 개미 밥이 됐을 것이니 개미가 조상이라는 말도 맞는 겁니다. 그러니까 긴 흐름으로 봤을 때 제가 70년을 산다고 가정하면 그만큼의 박웅현이라는 객체는 객체가 아니라는 거예요. 수억 년의 흐름에서 70년인 건데요. 끊임없이 이어진 기다란 띠에서 점 하나 찍는 정도도 안 되는 순간을 제가 사는 겁니다. 큰 흐름의 관점에서 보면 제 몸뚱이는 잠시 뭉쳐졌던 덩어리인 셈입니다. 어느 순간 태어나서 70, 80년 살다가 죽고, 죽으면 썩을 거예요. 땅속에 묻어두면 벌레들이 먹고 무엇인가의 자양분이 되겠죠. 그러면 나란 실체, 존재는 없어집니다. 이렇게 흩어져버리는 게 죽음이고 이것이 큰 기(氣)의 흐름입니다. "근원적으로 죽음이란 존재하지 않는다. 다만 변화하는 세계가 있을 뿐이다"라는 것은 바로 이 이야기입니다. 그렇게 보면 무엇을 얼마나 소유하는가가 아니라 어떻게 존재하느냐에 삶의 의미가 있을 겁니다.

인간의 목표는 풍부하게 소유하는 것이 아니고 풍성하게 존재하는 것이다.

풍성(豊盛)과 풍부(豊富)는 다르잖아요? 순간순간을 온전히 즐기라는 말입니다.

무엇인가를 늘 소유한다는 것은 한편으로는 소유를 당하는 것이며, 무엇인가에 얽매인다는 뜻이다.

풍부하게 소유하기보다 풍성하게 존재하라는 이야기와 같은 맥락인데요. 비슷한 것으로 다음 구절도 좋습니다.

산은 내 개인의 소유가 아니기 때문에 마음 놓고 바라볼 수 있고 내 뜰처럼 즐길 수 있다.

산이 내 소유라면 내 산에 누가 들어왔네, 내 꽃나무는 왜 꺾어가, 그러면서 살겠죠. 그런데 다행히도 이 산은 내 개인 소유가 아니기 때문에 마음 놓고 바라볼 수 있고 누릴 수 있다는 겁니다. 말씀드린 문장들은 법정 스님의 『살아 있는 것은 다 행복하라』에 나오는 것들입니다.

얼마 전 아내와 국립중앙도서관 정원을 걷다가 그런 이야기를 나눴습니다. 국립중앙도서관은 퇴근길에 지나게 되는 곳인데,

서초역에서 내려서 걷다가 국립중앙도서관에 들어서면 소음이 뒤로 물러나며 넓은 정원이 나타납니다. 갑자기 딴 세상에 온 것 같은 편안함이 느껴지면서 이곳이 내 집 같다는 생각이 들어요. 도서관은 내 왕궁이고 정원은 우리 집 앞마당 같아요. 왕궁에 머물 수 없으니까 저 너머에 숙소를 하나 정해놓고 지낸다고 생각하면서 도서관을 지나 정원에서 바람을 쐬고 계단을 내려가 진짜 우리 집으로 갑니다. 그리고 저녁 식사를 하고 집사람과 다시 나와 정원을 산책하곤 하죠. 아내와 함께 걸으면서 제가 한 얘기가, 이게 우리 정원이 아니니까 이렇게 온전히 누릴 수 있다는 것이었습니다. 우리 것이라면 가꾸고 손질하고 다른 사람이 들어올까 경계하느라 충분히 누리지 못했을 거예요. 내 소유가 아닌 산을 마음 놓고 바라보는 것과 같은 이치죠.

'무소유'는 이런 깨달음이 모여서 나온 게 아닐까 생각했습니다. 그래서 저는 불교적인 사상체계를 가지면 내 삶이 더 편안해지고 풍요로워진다는 생각이 듭니다. 법정 스님의 이 책은 잠언집과 같은 형식인데 읽다 보면 삶의 지표가 되는 구절을 곳곳에서 만날 수 있습니다. 불교적인 가르침도 많고, 그것이 결국 인생을 돌아보게 하는 깨달음이 됩니다.

불교적인 깨달음을 얘기하다 보면 프리초프 카프라의 『현대물리학과 동양사상』을 빼놓을 수 없는데요. 어느 날 한 인터뷰를 마치고 돌아가는 길에 문자가 왔습니다. "선생님, 질문을 하나 놓쳤습니다. 만약에 지옥의 문이 열렸고 딱 한 권의 책만 가져가야 한다면 뭘 가져가시겠습니까?"라는 내용이었습니다. 고민 끝에 저는 『현대 물리학과 동양사상』을 골랐습니다. 철학, 사회, 과학, 문학, 모든 것이 들어 있는 책이라고 생각했기 때문입니다. 이 책은 저자가 양자물리학, 상대성이론 등 뉴턴 이후 현대물리학의 세계를 연구하다가 동양사상인 도가(道家), 불교, 힌두교 등과 일맥상통하는 점을 발견해 둘의 공통점에 대해 정리한 책입니다. 서양에서 신비주의, 미스티시즘(mysticism)이라 부르는 동양 사상이 현대물리학과 놀라운 유사성이 존재하더라는 것이죠. 그래서 아주 활발하게 연구를 했다고 해요.

예를 들어 이런 겁니다. 우리를 구성하는 모든 것은 궁극적으로는 소립자의 형태인데 소립자는 공간에 독립적으로 존재하는 객체가 아니라 존재와 비존재를 왕복하는 에너지의 일시적 형태라는 것이 현대물리학에서 밝혀진 사실입니다. 그러니까 고전물리학에서 말해왔던 절대시간과 절대공간은 허구이며, 현대물리학에서의 시간은 아인슈타인의 상대성이론에 따라 관찰자의 위치에 따라 흐름을 달리하는 상대적인 것으로 보는데요. 이런 것이 동양의 철학인 도가, 불가에 이미 있다는 것이죠. 이 책은 현대물리학의 발견을 분석하고 그것이 어떻게 동양의 철학과 겹치는지를 보여줍니다. 그러면서 선불교의 공안(公案)이나 선시(禪詩) 등을 등장시켜 문학적인 요소도 가지고 있고요. 지옥에 갈 때 이 책 하나 있으면 다양한 장르를 알 수 있을 것 같아서 선택했습니다.

이야기를 시작했으니 이 책에 대해 좀더 이야기해볼게요. 프리초프 카프라가 기의 흐름에 대해 얘기하면서 이런 경험을 들려줍니다. 저자가 캘리포니아 해변에 앉아 있는데, 오가는 파도와 자신의 들숨 날숨이 하나로 흘러가더랍니다.

> 늦여름의 어느 날 오후, 나는 해변에 앉아서 파도가 일렁이는 것을 바라보며 내 숨결의 리듬을 느끼고 있었다. 그런데 바로 그 순간 나는 나를 둘러싸고 있는 모든 것이 하나의 거대한 우주적 춤을 추고 있다는 것을 돌연 깨달았다.

대단한 발견입니다. 모든 것이 우주적인 춤을 추고 있다는 걸 발견하는 순간, 주관이 없어지는 거예요. 나는 이 흐름 속에 잠깐 머무는 존재라는 거죠. 눈을 감고 파도 치는 것과 내가 동일하게 맞물리면서 인류의 역사, 내가 살아온 시간이 얼마나 짧은지 대오각성의 순간을 맞는 겁니다. 제법무아 제행무상(諸法無我 諸行無常). '나'라는 것은 존재하지 않고 변치 않는 것은 없다는 말입니다. 내가 객체가 아니라는 걸 깨닫는 거예요. 정현종의 「무한 바깥」이라는 시에서처럼 나는 내가 아닌 겁니다. 만물의 물결 중 하나일 뿐이죠.

> 방 안에 있다가
> 숲으로 나갔을 때 듣는
> 새 소리와 날개 소리는 얼마나 좋으냐!

저것들과 한 공기를 마시니

속속들이 한 몸이요

저것들과 한 터에서 움직이니

그 파동 서로 만나

만물의 물결

무한 바깥을 이루니⋯⋯

— 정현종, 「무한 바깥」 중에서

이렇게 모든 것이 한 파동이라는 깨달음을 카프라가 경험한 것이죠. 그러면서 "변화의 흐름 속에서 절단된 부분을 만들고 그 것을 사물이라고 부르는 것은 인위적인 태도다"라고 말하기도 하 는데요. 모든 것은 수억 년 동안 끊임없이 변화하고 있어요. 그런 데 그중 한 부분을 잘라내요. 그리고 그것을 사물이라고 합니다. 거시적으로 보면 내가 사는 70년은 진짜 아무것도 아니죠. 그런데 그걸 잘라내서 '나'라는 세계라고 불러요. 얼마나 인위적인 태도 인가요.

만물은 서로 의존하는 데에서 그 존재와 본성을 얻는 것이지, 그 자체로서는 아무것도 아니다.

존재만 들여다보겠다는 게 아니라 관계도 함께 보겠다는 겁 니다. 상대물리학입니다. 동양철학이기도 하고요. 프리초프 카프라는 동양의 철학이 유기적이라면 절대성을 강조한 서양의 철학은 기계적이라는 이야기를 하면서, 양이 차면 음이 올라오게 되어 있듯이 지금 인류 역사는 서양의 이성이라는 양이 너무 차올라와 있어서 동양의 지혜라는 음이 올라와야 할 시점이 됐다고 말합니다. 뉴턴을 도와준 것이 데카르트였는데 그것이 무너진 지금, 양자물리학이라는 새로운 이론을 받쳐줄 철학적 체계를 찾지 못하고 있는 시점에서 동양의 신비주의가 답을 줬다는 것이죠. 대단한 발견이라고 생각합니다.

저는 90년대 초반, 도가에 관심이 많아서 그와 관련한 책도 많이 찾아 읽었는데요. 미국 유학시절 우연히 어디에선가 도가와 현대과학의 유사성에 대한 글을 읽었습니다. 거기에서 언급된 책을 읽으면 참 좋겠다 싶던 차에 어느 날 학교 서점에서 책을 고르는데 『The TAO of Physics(물리학의 도)』, 제목이 딱 눈에 띄는 겁니다. 얼른 꺼내 읽어봤더니 찾던 책이 맞는 것 같아요. 영어 원본이라 줄을 치면서 읽는데 속도가 아무래도 더디죠. 공부하는 틈틈이 읽었는데 유학을 마치고 돌아올 때까지 다 읽지 못했어요. 한국에 돌아와 다시 찾아보니 번역서가 있길래 곧장 사서 처음부터 다시 제대로 읽기 시작했습니다. 읽으면서 많은 지식을 얻었고, 과학과 동양철학의 유사성에 감탄하면서도 우리 것을 서양에서 발견했다는 게 아쉽기도 했습니다.

간단히 말씀드렸지만 동양의 사상은 참 경이롭습니다. 동양철학에 관심을 갖고 보면 작은 마음을 확장시킬 수 있는 좋은 책을 많이 발견하게 될 겁니다.

제가 읽은 또 한 권의 책은 한형조 선생이 쓴 『붓다의 치명적 농담』입니다. 부제가 '금강경 별기'예요. 부제에서 드러나듯 금강경에 대한 특별한 해설이 담겨 있습니다. 다른 책들이 그랬듯이 이 책을 읽고 삶이 좀 더 편안해졌습니다. 촉수가 민감해지고 없던 지혜를 얻게 됐어요.

'금강'은 다이아몬드를 말합니다. 그것은 절대 깨지지 않는 강한 것이잖아요. 여기에서 금강은 우리 모두가 가지고 있는 불성을 말합니다. '불성은 우리 모두, 만물에 있다'를 이야기하는 게 금강경입니다. 그런데 금강처럼 단단한 불성을 우리가 왜 못 느끼는가 하면 우리의 집(執), 고(苦), 연(緣), 이런 것이 우리가 가진 불성을 왜곡시키고 있다는 겁니다. 세상은 마치 장력에 의해서 휘어지는 것처럼 '나(我)'라는 주관이 들어가면 다 휘어진다는 거죠. 내가 보는 것이 제대로 보는 게 아니라는 이야기입니다. 그러니까 이렇게 왜곡해 보는 것이 번뇌고, 그 번뇌가 금강을 막고 있는데, 번뇌를 닦기 위해 지혜가 필요하다고 합니다. 여기에서 저자는 먼지 묻은 장난감의 비유를 듭니다.

(불성은) 흡사 방 한구석에 먼지 덮여 있는 어릴 때의 장난감 같은 것이다.

창고에 먼지 묻은 장난감이 하나 있어요. 그런데 먼지가 묻어 있어서 닦아내야 가지고 놀 수 있죠. 장난감이 금강이고, 먼지가 번뇌고, 닦아내는 것이 지혜인 셈입니다. 그것을 닦아낼 수 있으면 되는데, 그 방법은 실존적인 것이에요. 답은 여기에 있다는 생각이 거든요.

선사 조주의 "차 한 잔 들게"라는 말에는 아무런 신비나, 형이 상학이나, 배면에 숨긴 함축이 없습니다. 그것은 그야말로 액면 그 대로입니다. 우리 모두 차를 끓이고, 따르고 마십니다. 그게 '있어 야 할' 전부입니다. 그냥 현재에 집중해서 살아라, 카르페 디엠. 도 가 어디에 있는지 생각하지 말고 차를 마실 때 차를 마시면 되는 거다, 네가 하는 일을 제대로 하면 된다,라는 이야기를 하고 있습 니다. 그래서 제가 늘 말하지만, 깨달음이란 '새로운 것'이 아니라 '낡은' 것입니다. 다시 말하면, 불교에서 깨달음이란 무엇을 '획 득'하는 것이 아니라, 그동안 숨겨져 있던 어떤 것을 '발견'하는 경험입니다.

자기 속에 있는 다이아몬드를 발견하고 그것을 지혜의 불로 제련해서 세상에 다시없는 부자가 되라는 것이 금강경의 내용입 니다. "펼치면 팔만대장경이지만, 압축하면 마음 하나로 귀착된 다"라는 구절이 있는데, 말 그대로 어떤 것이든 펼치면 팔만대장 경이 되지만 접으면 마음 하나입니다. 어떻게 마음먹느냐에 다 달라진다는 말인데, 이런 한 줄을 읽으면 우리는 문득 깨닫게 됩 니다.

저자는 "돈오를 살아가는 것이 점수. 그리고 그렇게 얻은 돈오를 잊지 않고 계속 살아가는 것이 점수"라는 말을 하기도 하는데요.

불교라는 사상체계를 조금 더 이해한 후 방문한 절에서 들은 저녁 예불 소리는 그 자체로 경전이었다.

차츰차츰 정진하는 거라는 이야기입니다. 깨달음이 깨달음으로 끝나지 않기 위해서는 살면서 계속해서 그 깨달음을 기억하고 되돌아보고 실천해야겠죠. 그러기 위해 가장 좋은 방법은 책이 아닐까 싶습니다. 물론 좋은 책이어야 합니다. 우리는 책에 대한 긍정적인 편견, 책이면 다 좋다는 편견이 있습니다. 하지만 읽는 시간이 아까운 글도 많습니다. 점수의 삶을 살아가기 위해 끊임없이 돈오하려면 깨달음을 줄 만한 좋은 책을 찾아 읽어야 한다고 생각합니다. 한형조의 『붓다의 치명적 농담』에서 마지막으로 한 문장을 더 소개하겠습니다.

'내 뜻대로 모든 것을 이루리라'라는 기필(期必)을 거두십시오. 세상은 내 마음대로 할 수 있는 물건이 아닙니다. 그 오만과 아만(我慢)을 버려야 합니다.

이 문장을 읽고 언젠가 어떤 문제로 힘들어하는 아내에게 얘기해줬습니다. "기필을 버려"라고요. 그걸 버려야 행복해질 수 있습니다. 이처럼 글 한 줄이 자연스럽게 생활 속으로 들어옵니다.

그래서 훨씬 평안한 생활을 할 수 있게 되고요.

지금까지 이 강연을 통해 이철수, 최인훈, 이오덕, 김훈, 알랭 드 보통, 오스카 와일드, 김화영, 니코스 카잔차키스, 알베르 카뮈, 장 그르니에, 밀란 쿤데라, 톨스토이, 손철주, 오주석, 법정, 프리초프 카프라, 한형조까지 제 주관적인 생각으로 돈오를 줄 수 있는 작가와 책들을 소개했습니다. 순전히 저의 독법을 말씀드렸고, 저의 방법대로 함께 파도를 타볼 것을 권했습니다. 아마도 틀린 부분도 많을 것이고, 정확하게 파악하지 못하거나 놓친 부분도 많을 겁니다. 그럼에도 불구하고 이 강의를 하게 된 것은 저의 독법에 대해서, 제게 울림을 줬던 책들을 소개하고 공유하면서 여러분의 독법이 만들어졌으면 하는 바람이 있었기 때문입니다.

호학심사 심지기의(好學深思 心知其意). 즐겨 배우고 깊이 생각해서 마음으로 그 뜻을 안다는 뜻입니다. 비단 책뿐만이 아니라 안테나를 높이 세우고 촉수를 모두 열어놓으면 풍요롭고 행복한 인생을 즐기실 수 있지 않을까 싶습니다. 행복은 바로 눈앞에 있습니다. 비가 오는 날 내가 선택할 수 있는 것은 두 가지입니다. 하나는 주룩주룩 내리는 비를 보면서 짜증을 낼 것이냐, 또 다른 하나는 비를 맞고 싱그럽게 올라오는 은행나무 잎을 보면서 삶의 환희를 느낄 것이냐입니다. 행복은 선택입니다. 하지만 많은 사람이 행복을 '잔디 이론'으로 봅니다. 저쪽 잔디가 더 푸르네, 저 사람은 얼마나 좋을까, 20대라서 좋겠다, 영어도 잘하고 부럽다, 잘 생겨서 좋겠다, 돈 많아서 좋겠다……. 다 좋겠다예요. 그런데 어쩌겠다는 겁니까. 나는 그들이 아니고, 저 자리는 내 자리가 아닙니다. 나를 바꿀 수는 없어요. 행복을 선택하지 않은 거죠. 다시 처음으로 돌아가면 이런 얘기입니다.

봄이 어디 있는지 짚신이 닳도록 돌아다녔건만 정작 봄은 우리집 매화나무 가지에 걸려 있었네. 행복이 어디 있는지 짚신이 닳도록 돌아다녔건만 정작 행복은 내 눈앞에 있었네.

눈앞의 은행나무가 내 행복이에요. 다시 『이방인』입니다. 신은 어디에 있느냐? 저 해변가를 뛰어다니는 아이들이 신이라는 겁니다. 저 건너에 있는 신은 없어요. 눈앞에 보이는 순간이 다예요.

지금 사는 곳으로 이사 오기 전 불암산 아래에 위치한 아파트에 살았는데, 저는 그곳을 좋아했어요. 출근하는 데 한 시간이 걸렸으니 누군가는 불평했을지도 몰라요. 그런데 저에게 그것은 아무 상관없었어요. 물리적인 거리감이 심리적 거리감을 확보해줬으니까요. 집에 돌아오는 길에 일에 대한 생각이 정리가 돼 온전히 집에서 휴식을 취할 수 있어서 좋았고요. 그러다 이번에는 회사와 가까운 곳으로 이사를 왔어요. 아내는 그렇게 좋아하던 동네를 떠나서 어쩌냐고 하더군요. 그런데 출퇴근 시간이 가까워지니 아침에 여유가 생겨서 좋더라고요. 또 국립중앙도서관 정원이 내 앞마당이 되고, 그 정원에 새들이 와서 아침을 깨워요. 여기는 여기대로 또 좋아요. 행복합니다. 다음에 다른 곳에 가더라도 저는 행복할 거예요. 이게 제 삶의 태도입니다. 톨스토이와 알베르 카뮈, 김훈, 불교와 지중해, 그들의 안내를 받아 생겨난 삶의 태도인 셈입니다.

다시 말하지만 다독은 중요하지 않습니다. 많이 읽었어도 불행한 사람도 많으니까요. 『안나 카레니나』에서 톨스토이가 말한 것처럼 기계적인 지식만을 위해 책을 읽는 사람도 있거든요. 그러니 다독 콤플렉스에서 벗어나시길 바랍니다. 다시 카프카로 돌아가면 책이 '얼어붙은 내 머리의 감수성을 깨는 도끼'가 되어야 합니다. 그냥 읽었다고 얘기하기 위해 읽는 건 의미가 없어요. 단 한 권을 읽어도 머릿속의 감수성이다 깨졌다면 그것으로 충분합니다. 어쩌면 이 강의는 이것을 위해 했는지도 모르겠습니다. 그렇다면 이제 여러분 모두 이번 기회를 통해 새로운 안테나를 하나 더 세우시길 바랍니다. 더 행복해지고, 더 풍요로워지길 바라겠습니다. 저의 이야기가 울림이 있거나 도움이 됐기를 바라며 이 강의를 마칩니다.

책은 도끼다

ⓒ 박웅현 2023

초판 1쇄 발행 2023년 9월 5일
초판 4쇄 발행 2024년 10월 31일

지은이 박웅현
펴낸이 김수진
펴낸곳 (주)인티앤

출판등록 2022년 4월 14일 제2022-000051호
이메일 editor@intiand.com

편집 김수진   **구성** 이재영
디자인 studio CoCo   **제작** 세걸음

ISBN 979-11-979770-6-0 03800